史學研究叢書・人物傳記叢刊

典型夙昔——前修緬思錄
二集

陳煒舜　主編

本書出版經費，由黃志光先生、楊麗清博士、溫韶文先生、
董就雄教授、羅富國教育學院校友會及無名氏贊助，謹致謝忱

推薦序

尋向所誌，古道照顏

　　廁身「學林」，以文字為業，良久，不免輾轉焦慮：漫長的治學生涯，將留下什麼印記？是皇皇巨冊，擲地有聲，還是微言妙諦，響遏停雲？是明淨的詩心或騁騖的哲思嗎？還是坦率的性情、卓犖的風標？回望前賢足跡，我想，不論是具體的建樹或無形的潛潤，大約都讓親近的師友們津津樂道，低迴不已，也讓聞風問道者不勝傾慕，爭相影從吧。

　　《典型夙昔：前修緬思錄》二集所收錄的諸位學人，便以上述各種身影姿態映入讀者眼簾。余光中教授（香港中文大學、臺灣中山大學）、羅宗強教授（天津南開大學）、楊樹同教授（臺灣大學）、鄭良樹教授（香港中文大學、馬來西亞南方大學學院）、黃德偉教授（香港大學、臺灣佛光大學）、李錦宗先生（馬來西亞寫作人協會理事、馬來西亞作家協會理事、亞洲華文作家協會馬來西亞分會秘書）及吳相洲教授（首都師範大學、廣州大學）雖已先後辭世，但在曾與之深交的友人、曾受其沾溉的門生筆下，他們的形象再度鮮活飛動起來，他們的人生經驗與學思智慧，透過一樁樁日常追憶記述，又再次清晰地浮現，不僅給予我們啟發，更為「學林敘事」（借車行健教授〈文史兼具的當代學林敘事〉語）注入活潑的生命力。

　　基於個人偏嗜，我的閱讀和研究目光總交織在文學與歷史之間，舉凡二三尋常小詩、數封寒溫尺牘、幾幀泛黃相片，流轉的小說家言、喧嘩的時代傳記，莫不教我反覆端詳，沉吟不置，而最引我駐足

推敲的，自屬就中人物的情感寬窄交游分合；星羅棋布的事件如何蜿蜒發展；以及，這樣的敘事裡倏忽綻放的悲聲笑顏，該有多傾動人心。在如此興味導向下，本書眾多師長的生命故事，委實散發出無以名狀之穿越塵封歲月、重溫真摯人情的召喚魔力，特別是，已然流逝的青春裡，這些師長於我的求學生涯、知識養成佔有一席之地……

猶記得十八歲那年，初赴中山大學中文系就讀，從此，炎夏的港都、濤聲月影的西灣，成為文學之夢的起點，孕育了至今未已的詩的騷動；我遂也在校園各處高樓對海，在黃昏裡等待把燈塔捻亮為一盞書燈。大一時，每週余幼珊老師的英文課，同學們一邊背誦劇本臺詞，一邊窺想余宅那「四個假想敵」，好容易待到大二，始迎來余光中老師的現代文學課，我寫就長詩作業，與老師約在他面海的研究室討論，雖勉強按捺下急躁，仍掩不住「入門高興發」地好奇張望，當時我大約聽進去了——那些古典意象成色、西化句法瑕疵，惟似亦消化了一般灑脫忘卻，但記得室中兩壁一爿古意的中文典籍（竟然有說文解字注），一爿厚重的外文書帙，彷彿銳意對峙，或儒雅交談，和煦的金陽映照著稿紙上批改的紅色字跡。許多年後，我作客訪問香港中文大學，每行經大學圖書館前，鄰百萬大道的碧秋樓下，穿過聯合書院大草坪側，從後山對吐露港遙望八仙嶺，總要想起，隔著南中國海兩端，我竟追逐潮聲拜訪了老師的香港時期、沙田山居。

余老師離港返臺後，未幾，鄭良樹教授也自馬來亞大學來到香港中文大學執教。鄭教授是馬來西亞華裔學者，學術興趣廣博，在古籍辨偽學上尤取得極高成就，我初識其學問，即緣於結合辨偽學方法清理韓非思想發展的《韓非之著述及思想》一書，讀後為之歎服。彼時，我甫從余光中老師課堂探出頭來，雙目炯炯且懷抱劍氣簫心，因年少曾著迷於神州詩社的故事和作品，對馬華文學的輪廓充滿神秘的想像；而今，我在鄭教授友人對他的描述中，見到不遺餘力推動大馬

華人文化與華教建設的堅持，得知他以創作實踐投身馬華文學行列的用心，不僅充分體認到一代知識分子的歷史責任，也彷彿再察覺到那曾經接近又遠離的文學嚮往之心的溫熱和擾動。

　　鄭良樹教授播撒文化種子的使命感，並不孤單。近數年，馬來西亞蘇丹伊德理斯教育大學與清華大學中文系聯辦「大馬全國中學生文藝營」，藉赴馬講座之便，伊大許德發教授、馬大張惠思教授伉儷攜我和同事羅仕龍教授過訪位於吉隆坡的華社研究中心，站在入口處余英時先生題字的匾額下，確能感受一股透過收集、研究華人文獻，進而扮演文化發展之推手的承擔及自許。本書中令人欽佩的藝圃園丁，李錦宗先生即以最勤奮嚴謹、最誠懇的方式灌溉了馬華文學的一方沃土。李錦宗先生畢生以收集馬來西亞文學資料及整理馬華文學史料為職志，幾乎憑一人之力完成資料蒐集、文藝批評、述史等各方面工作，為馬華文學的傳承開拓作出極大貢獻，誠如多篇回憶文章共同指出的：基於為文學存史的初心，李錦宗先生以敏銳的眼光，關注及文學作家、作品之外的文學經營之面向，為文學史整理與書寫工作奠立穩固的基石，也為馬華文學的研究鋪下敲門磚。這些嘔心瀝血挖掘、徵集和整理的成果，確立了李先生文學史家的身分，更凸顯了他在馬華文學的意義。

　　把視線拉回中國古典文學領域，聚焦於文學發展該如何描述、文學史應如何書寫的討論和探索，持續為學界重視。南開大學羅宗強教授從中國文學批評史研究的角度出發，開創了中國文學思想史和中國古代士人心態的研究新領域。我自研究生階段，分別撰寫唐詩和明清詩歌的論文，即得益於先生《隋唐五代文學思想史》、《明代後期士人心態研究》二書甚多，前書「是把文學批評、文學理論主張與文學創作的傾向結合起來考察，了解文學思想發展的實際情況，它在各個時期的主要特點，它演變的軌跡，以及它的歷史與理論的價值。」後

書，左東嶺先生〈序〉對歷史研究的反思直擊我心，他評價心態研
究：「力爭將讀者帶進歷史的『現場』，從而產生一種身歷其境的感
覺」，「我們在面對這些客觀事實時，卻可以保持道德的判斷、情感的
向度與人文價值的闡發，從而揭示出其中所包蘊的複雜歷史內涵與意
義」，以之概括羅先生學術的關懷和取徑。這也成為我日後研究趨向
和方法上的指引。曾到臺灣東吳大學客座的南開大學盧盛江教授，是
羅先生指導的第一位博士，盧老師治學最細緻認真，待學生及晚輩最
溫厚懇摯，寔為學界所公認，在盧老師身上，我明明看到羅宗強教授
傳承下來的學術風骨和學者風範。

　　由於研治杜詩的緣故，我得盧盛江教授引介，曾數次參加中國唐
代文學學會年會暨唐代文學國際學術研討會，研討會上，便見著吳相
洲教授。吳教授的身形頎長，風度溫文爾雅，談吐從容且幽默風趣，
令人印象深刻，他是樂府學研究的專家，對此一學科之建立和研究之
推動，厥功最著，此外，他對永明體、隋唐五代詩文亦多有精闢之
論、新穎之說，而我，誠為樂府學的門外漢，但在吳教授親切的言談
面前，卻從無絲毫緊張，亦不慚愧於自身的淺薄，這大約就是吳相洲
教授帶給身邊朋友的感覺吧——謙謙君子之風、對後學的提攜和鼓
勵。吳教授致力於樂府學之倡導和方法論的闡述，《樂府學概論》為
其重要著作，是多年研究實踐和理論思考的總結，惟我對《樂府歌詩
論集》更覺親近一些，書中談及我熟悉且愛好的唐代詩人，無論在研
究或教學上都給我更多觸動，尤其，各篇文章以平暢的言語、平易的
姿態，引領讀者進入樂府歌詩的世界，自然地感受到知識的流淌，彷
如春風的吹拂，一如吳教授其人其溫潤。

　　我和本書編者陳煒舜教授，亦熟識於唐代文學國際學術研討會——
在遙遠的新疆烏魯木齊，慨然於我有周急之恩。煒舜教授回香港中文
大學任教前，曾供職佛光大學文學系，期間，和黃德偉教授成為同

事，也隨潘美月老師參加由楊樹同教授等人共同組織的「食黨」聚
會，遂與學林耆宿、峻直多士結忘年游。

　　黃德偉教授於兩岸三地比較文學學科的建設有開創之功，從香港
大學退休後轉任佛光大學教席，教學上，其治學嚴謹、要求嚴格，甚
得學生愛戴，趙孝萱老師「菩薩心腸、雷霆手段」的形容，最得個中
三昧；復主持文學系務，頗有布置更張，除規畫新課程、構思新教
材，亦延攬新教師，一時間，林美山上，師生俊才濟濟，和樂融融，
不僅彼此間建立珍貴的情誼，這樣的氛圍，也讓學術得以更無拘束地
交流蔓延。楊樹同教授畢業於臺大哲學系、哲學研究所，赴美深造後
留任臺大講師，教授理則學、哲學概論、倫理學等課程，當時，適發
生「臺大哲學系事件」，掀起莫大波瀾，楊教授捲入其中，教學研究
生涯也受到很大影響。但在楊教授夫人和朋友的記述中，他深植人心
的印象是急公好義、擇善固執，堅持理念、不忘初衷，這般性格，看
似與世俗相迕，然其身邊卻圍繞甚多意氣相投的至交，經常聚會暢
談，論學切磋，佐以佳餚美饌，兼杯盤狼藉之樂，於是，「食黨」之
名不脛而走。人生得此，不亦快哉！

　　黃德偉教授的文學素養和藝術品味都高，其居港時的家中客廳，
著名學者與演藝名流齊聚，賓朋滿座，一室盡歡。楊樹同教授則注重
理性思辨，對文學本不感興趣，至晚年始醉心當代文學名著，興趣盎
然，讀後且加註記。他們都與煒舜教授相得甚歡，並青眼相待；究其
原因，除了煒舜的才情、學養與兩位先生為後進，誠「可與言詩」者
外，二先生皆直來直往、愛憎分明，對同樣以真性情事之者，自然更
加投契，也倍加護持凌雲寸心。我未曾與兩位教授識面，僅在文字中
拾得其人零什，昔人往矣，流風未沫。

　　結束香港訪學的前幾日，在明媚的中文大學校園裡，煒舜兄寄來
書稿，囑我為之序。我向來喜讀故事，不意激動難平，諸位師長的故

事裡我曾參與過、見證著，正穿行而過，於是，我寫下這些故事，一瓣心香，致敬每個時代飄然遠去的巨大背影。是為序。

李欣錫

二〇二四年二月八日

目次

慧眼仁心　黃德偉教授追思專輯

椰浪蕉風　李錦宗先生五年祭專輯

卓識厚德　吳相洲教授追思專輯

附錄

壯美斯文
余光中教授紀念專輯

主編：黃維樑

編者按

　　余光中先生於二〇一七年十二月十四日在高雄仙逝，至今三年有多。《華人文化研究》半年刊副總編輯陳煒舜教授特約我主編一個專輯，以示對余先生的紀念，我欣然同意。向若干文友邀稿，反應頗佳，在此向諸位賜稿者衷心致謝。王蒙先生和金耀基先生兩位的文章，原已發表，一在《人民日報》，一在其專著《人間有知音》；這兩篇承蒙兩位允許轉載，在此一併致謝。

　　專輯中的文章，或敘述交往，或講述生平，或析論作品，或建議「余學」研究和論著方向，各有可觀。各地論述余光中文學成就的文字極多，對余氏極有好評（「附錄」選輯了一些評論），因此有「余學」的興起，本專輯諸作可為余學添資添采。

　　余教授的生平與作品，知者甚眾；應煒舜之請，仍簡介如下。

　　余光中，原籍福建永春，一九二八年重陽節生於南京。為學者、詩人、散文家、評論家、翻譯家。先後就讀於南京大學、廈門大學；一九五〇年赴臺，畢業於臺灣大學外文系。赴美進修，獲愛荷華大學藝術碩士學位。先後任臺灣師範大學、政治大學及香港中文大學教授，又任臺灣中山大學文學院院長、中山大學榮休講座教授；在海峽兩岸四地及亞歐美各地講學或任客座教授；為香港中文大學、臺灣政治大學、臺灣中山大學、澳門大學等校榮譽文學博士，北京大學駐校詩人。著譯有《白玉苦瓜》、《逍遙遊》、《梵谷傳》等數十種。為文壇重鎮，好評者眾，其深遠影響遍及海內外。

余光中永在*

王　蒙**

「鄉愁」詩人余光中先生走了，鄉愁時代卻沒有就此結束。逝者如斯夫，不舍晝夜，在不舍晝夜的逝者以外，重要的是跳動的中國心，還有美麗且鮮明的中國詩文，以及你我的記憶與吟誦活潑如初。

一九八二年，紐約，聖約翰大學，中國當代文學討論會。我聽到香港中文大學教授、作家、評論家黃維樑先生發言，他高度評價余光中的詩文，而且認為余先生應該獲得諾貝爾文學獎。散會後，黃教授將余先生作品集與黃教授評論集贈送給我。我一路上饒有興趣地閱讀著，感染著余先生的清晰、明白與真誠。當時，大陸上更熱衷的是朦朧詩，是詩語言的錘鍊與變幻莫測，而這位臺灣詩人的詩明白如話，深入淺出，不跩，不做作。我甚至覺得他的詩還欠一點發酵與點燃。

不幸的是，飛機經停東京成田國際機場，我下來稍事休息，再登機，兩本書被機上的清潔工清理掉了。責任在我自己沒有將它們攜帶下機，我覺得鬱悶。我似乎先驗地對不起他與黃教授。

一九八六年初，又是紐約，我作為國際筆會嘉賓，在第四十八屆

---

* 本文原載《人民日報》2017年12月29日。

** 一九三四年出生，小說家、散文家、評論家、詩人、學者。出過書四十多卷，一千八百多萬字。小說包括《青春萬歲》、《活動變人形》、《這邊風景》等。曾任中華人民共和國文化部長。曾任多所大學教授或名譽教授，任中國海洋大學文學院院長。訪問過六十多個國家和地區，曾獲頒榮譽文學博士學位，榮獲多個文學獎。作品翻譯為二十多種語言發行於各國。

年會上碰到了余先生。我們握手問好，文明禮貌，同時，保持著難得沒有的戒心與距離。

一九九三年，我參加《聯合報》召開的兩岸三地文學四十年討論會，我與余詩人，是僅有的晚餐演講的主講人。我聽到演講的兩個主題，一個是說小島也能產生大作家，一個是他嚴厲抨擊所謂「臺語寫作」自我封閉的愚蠢與狹隘。他有他的天真和明朗之處，他有他的紅線。

此後大陸改革開放，兩岸關係有了長足進展。我們見面越來越頻繁了。而且余先生在大陸文壇，有了越來越高的威望與越來越大的影響。記得輕易不誇獎誰的四川資深詩人學者流沙河就對余光中作品評價甚高。邀請余光中訪問做客的大陸文學團體與大學越來越多。有一個笑話，說是成都市邀請了余光中與其他幾位臺灣詩人到訪，打的橫幅是「熱烈歡迎余光中先生一行」，有一位也是臺灣資深詩人的客人，長得高高大大，他一到場，立刻被青年學生圍上，喚道：「您是余先生嗎？」他回答：「我不是余光中，我是『一行』。」

二〇〇一年，我參加香港中文大學「新世紀徵文」活動，我與白先勇是小說終審評委，而余光中是文學翻譯的終審評委。我們變成了同事。

二〇〇三年，評出第三次徵文的優勝者以後，我還參加了香港中文大學授予他榮譽博士學位的活動。會後，我把他與白先勇及文學院副院長、翻譯家金聖華教授請到了青島中國海洋大學做客，還舉行了

包括余先生作品在內的詩歌朗誦會。他的〈鄉愁〉再一次贏得了熱烈掌聲與歡呼，而他的英語詩朗誦，尤其令人讚美。他是我聽到過的國人中不列顛式英語發音的佼佼者，從他那裡，我感覺到的是不列顛之夢。

他說喜歡我的詩〈不老〉。他給海洋大學王蒙文學研究所題字：「從伊犁到青島，拾盡大師的足印。」

二〇〇四年，我們應邀到海南師範學院與黃維樑先生一起作關於散文的座談，主持人是海師喻大翔教授。活動在體育館舉行，學生聽眾極其踴躍。談到我此生讀過的最好散文時，我說是馬克思、恩格斯合著的《共產黨宣言》。而余先生說，詩是他的情人，散文是他的妻子。

他的學養很好，二十一世紀初我訪問愛爾蘭的時候在都柏林欣賞了愛爾蘭的話劇團演出的王爾德名劇《莎樂美》，回北京後我從國家圖書館借到了余光中翻譯的王爾德喜劇，書中附有他談文學翻譯的文字。我在香港、青島的大學也親耳聽到他講翻譯的課。他有在美國求學與任教的經歷。他關於中英文比較的文章極有見地，例如他不贊成由於英語的影響而在中文寫作被動態語句中濫用那麼多「被」字，飯吃了，水喝了，當然用不著說成飯被吃了與水被喝了。他說的這些文字上的毛病我也有。他的英語很高明，他的中文很地道，絕對不帶翻譯調調。好得很，即使從這裡，也看出他的中國心與大陸情結。

他定居在高雄。他在臺灣反對過可能有某些左翼色彩的鄉土文學，還說過什麼「狼來了」。然而，他的後半生在他的詩中惦念纏繞的長江、黃河、華山、濟南……到處留下了他的音容笑貌足跡。他說，他要住在臺灣的西部，從窗子上望出去，就是故鄉大陸，而如果住在臺東，看過去是美國，有什麼意思？當然，他的夢與愁跟你我一樣在中華，不在美利堅也不在不列顛。

　　陳水扁主政期間，余先生公開反對文化教育「去中國化」，當陳不通至極地用「罄竹難書」讚揚臺灣義工的業績時，臺灣教育行政負責人居然為陳「擦皮鞋」，他憤然予以指責。「擦皮鞋」一詞我是從他那裡聽來的，應該是拍馬與掩飾的意思吧。

　　文化是一種力量。文化是一種分野。文化是一種天命。余光中走了。我想著應該怎麼樣安慰與他同命運六十餘載的夫人范我存……兩岸各地友人與讀者懷念著他，默誦著「鄉愁是一方矮矮的墳墓，我在外頭，母親在裡頭」。外頭裡頭，情意超越生死。長江黃河，奔流澎湃洶湧。中華是屈原、李白、杜甫的中華，也是魯迅、艾青的中華，還是余光中、鄭愁予，以及歡迎他們、接待他們一行的男女老少……的中華。余光中永在，中華詩歌永存，鄉愁永遠，仍然是那麼明白，那麼簡單，那麼深情，那麼不可抗拒，也不可分割。

中國文學殿堂有余光中的座椅[*]

金耀基[**]

　　余光中先生於二〇一七年十二月十四日在臺灣高雄辭世，享年九十。第二天，臺、港、大陸及東南亞華人社會都大事報導，不論持什麼政治立場之人，都哀悼這位文學巨匠的逝世。余光中在文學上是全才，詩、散文、文藝評論及翻譯，都是第一流的。余之對於文字，最重形象化之經營，文字為龍，他是御龍、雕龍之聖手。黃維樑以「壯麗」狀其文采，可謂余的詩、文之解人。光中作詩，既多且精，〈鄉愁〉是兩岸三地百口傳誦的余翁名篇之一。余光中沒有獲諾貝爾獎，很難說是余光中還是諾貝爾獎的遺恨，幾乎是可以肯定的。余光中將與李白、杜甫、杜牧、陸游、蘇東坡等中華詩壇驕子共在，中國的文學殿堂中不能不為光中設一把座椅。就我與元禎而言，我們對光中大兄之離世是很難過無奈的，想不到前年在香港與光中夫婦之晚餐竟是最後一面。

　　余光中大兄與我都是在臺灣讀書與工作過的，他與我也都是從臺灣到香港中文大學教書的。不同的是，光中大兄晚年又回到臺灣，在

* 本文原載金耀基著：《人間有知音：金耀基師友書信集》，香港：中華書局，2018年。

** 一九三五年出生，社會學家、政治學家、教育家、散文家、書法家。臺灣大學法學士，美國匹茨堡大學博士。歷任香港中文大學社會學講座教授、新亞書院院長、香港中文大學校長。為中華民國中央研究院院士，杭州西泠印社社員。著有《從傳統到現代》、《大學之理念》、《百年中國學術與文化之變》、《劍橋語絲》、《海德堡語絲》、《最難忘情》、《金耀基書法作品集》等多種。

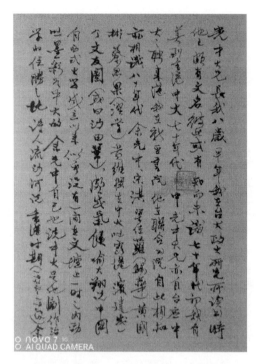

金耀基書法，寫「知音」余光中

高雄西子灣的中山大學終其天年。光中大兄長我八歲，早年我在臺灣大學、政大研究所讀書時，他已頗有文名，彼此或有知而未識。七十年代初，我自美到香港中大；七十年代中，光中大兄亦自臺應中大之聘來港。我在新亞書院，他在聯合書院，自此相知亦相識。八十年代初起，余光中、宋淇、梁佳蘿（錫華）、黃國彬、蔡思果（濯堂）、黃維樑在中大吐露港之濱建成一個文友圈（或曰沙田幫），頗成氣候。

喻大翔說：「中國自西式大學成立以來，似乎沒有一間在文壇上一時之內勤吐墨彩如中大的。」余光中自己也說中大是他創作治學的佳勝之地。詩人流沙河說，香港時期（1974-1985）「余光中是在九龍半島上最後完成龍門一躍，成為中國當代大詩人的，在光中的『香港時期』，我嘗請光中大兄到新亞作文化聚談，他的妙思雋語精彩之

至。他開玩笑地說：金兄主持新亞『文化聚談』，精彩之開場白，久有耳聞，所以我的演講不能不有以備之；不以精彩接精彩，得乎?!」

一九八四年，余光中受李煥校長之禮聘，出任臺灣剛成立之中山大學文學院創院院長。認真地說，我與余光中之真正結交是他回臺灣之後。他接掌文學院院長後第二年舉辦了一個大型的「五四學術紀念會」，邀我作一專題演講。我第一次看到他端正清麗的鋼筆信，也第一次與他對五四及五四後的中國學術文化有較深刻的討論，我發現我們有許多共同的觀點與喜惡。自此之後，我幾次收到他的新作，每次都為他創作力之旺盛感到歡喜與欽佩。一九九四年，他還特別來信祝賀我當選為中央研究院院士。

二○一四年，中山大學設立「余光中人文講座」，光中大兄於二○一三年又親筆來函，說講座第一年他邀請李安、王安憶與我到高雄講學。此時，余光中以鋼筆書寫的「硬體書」更成型了，我感其盛意，翌年三月十二、十三兩日在中山大學分別作了〈中國現代化與文明轉型〉與〈大學教育的人文價值〉兩次講演。在講演中，我首次破除科學與人文的對立性，強調科學也應該是人文的一個組成。所不同者，中國傳統的人文學（經學與文學）是求「善」與「美」，而科學則是求「真」的人文學。事後，光中大兄來信，顯然我的講演在中山大學師生中是有共鳴的。那次中山大學之行，光中大兄在講演之外，還安排我作了一次書法展演。我照他的意思，寫了杜甫詩「門泊東吳萬里船」七個大字，光中大兄則用毛筆作了「金耀基書法余光中續貂」的題簽。這幅我與余光中兄攜手之作應是我在西子灣與這位大詩人之情誼的最好紀念。

第二屆新紀元全球華文青年文學獎頒獎典禮合影

左起：白先勇、張敏儀、金耀基、余光中

余光中：傑出的文化擺渡人

鄭延國[*]

　　二〇二〇年初冬，香港學者兼作家黃維樑先生快遞一書贈我，書名《錄事巴托比／老人與海》（*Bartleby, the Scrivener / The Old Man and the Sea*），余光中譯，二〇二〇年八月臺北九歌出版社出版。譯文之外，襯有余先生《老人與海》一九五七年、二〇一〇年的兩種譯序以及《錄事巴托比》一九七〇年的譯後記。書之首則是單德興先生的導論〈余譯鉤沉與新生──寫在《老人與海》及《錄事巴托比》合訂本出版之前〉。譯文中珠璣錦繡的字句、跌宕起伏的情節，令筆者只覺得油墨馨香，難以掩卷，醺醺有味，不忍釋手。

　　翻譯一事，可以說是余光中生命裡不可或缺的一部分。在他的心目中，翻譯既像希臘神話中的第十位繆斯，也是比較文學的一種有效工具；既如一門藝術，也如一段婚姻；甚至不失為「取悅太太」的一種良策（翻譯可依照計畫完成，發表譯文能得到稿費，「交給」太太）。而作為譯者，「在翻譯一部名著的幾個月甚至幾年之間」，「與一個宏美的靈魂朝夕相對，按其脈搏，聽其心跳，親炙其闊論高談」，繼而在語言轉換的一剎那間，「成了天才的代言人」。兼以「從高處看，翻譯對文化可以發生重大的影響」，比如翻譯在整個中世紀歐洲

---

[*]　長沙理工大學教授，碩士生導師，中南大學客座碩士生導師，中國英漢語比較研究會理事。有專著《翻譯方圓》、論文《錢鍾書譯藝舉隅》、譯作《求知如採金》等梓行。〈求知如採金〉獲選為國家「九年義務教育三年制初級中學教科書」《語文》第六冊課文。

文學中「起過巨大的作用」，林紓在五四時期，「譯了171種西方小說」，為新文學作過不朽的貢獻，譯者又因此多了一頂「文化擺渡人」的桂冠。

毋庸置疑，余光中就正是這樣一位文化擺渡人。為了讓大陸、臺、港、澳的全體中國人對美國十九、二十世紀的文學巨匠有所瞭解，他「擺渡」了梅爾維爾和海明威的兩部小說。在擺渡過程中，他深感梅爾維爾的《錄事巴托比》具有「黑白對比，有如木刻版畫的撼人力量」，其筆勢既善於「韓潮」，更甚於「蘇海」，由是亦以韓愈、蘇軾的大家氣勢將英文原作翻轉成了一部中文名篇而備受讀者青睞。至於對海明威《老人與海》的擺渡，他更是「抖擻精神」，將初稿「大加修改，每頁少則十處，多則二十多處，全書所改，當在一千處以上」，力爭譯文、原文二者之間行文旗鼓相當，風格銖兩悉稱。這裡不妨引上幾處海上景色的譯文：

「旭日從海底淡淡地升起，老人看到了別的漁船緊貼著水面，遠靠海岸，而且散佈在灣流四處。不久陽光更亮，光芒照在水面，等到全輪升盡，平穩的海面把陽光反射到他的眼裡」；

「這時，陸上的雲像群山一般湧起，海岸只餘下一痕綠色的長線，背後隱現淡藍色的山丘。海水也已轉成深藍色，深得幾乎發紫。」

　　「太陽升得更高，陽光在水中映出的奇異光輝預示氣候晴好。」

譯文中呈現出來的如此美好的「老人與海」，焉能不讓讀者為之動容乃至拍案叫好？其實，余光中擺渡的不僅僅只是中西文化，而且還擺渡了海峽兩岸的中國文化。他撰寫的一首〈鄉愁〉，傳遞了詩人對祖國的無限思念；他創作的屈原詩篇，蘊含了中華兒女對中國古代文化和中國古代詩人的無比崇敬。「鄉愁是一灣淺淺的海峽，我在這頭，大陸在那頭」的低吟，讓兩岸同胞明白了「度盡劫波兄弟在，相逢一笑泯恩仇」的血肉關係；「大江東去，楚大夫，淘不盡你的傲骨；黃河西去，楚大夫，遙望著你的悲苦；守護你的，是一切水族，追尋你的，是整個民族」的高誦，令兩岸同胞懂得了「血濃於水」、「兩岸一家親」的深刻道理。

　　歲月倥傯，一轉眼，余光中先生乘鶴西行已有三載。此時此刻，筆者手捧《錄事巴托比／老人與海》這部譯著，跂望海峽對岸的臺灣寶島，心中裝滿了對他的不盡追思和敬意。

文學旅人的心象地圖
——余光中詩文作品中的地圖意識漫議

劉勇強*

心象地圖（mental map）是地圖學中的一個術語，指的是人通過各種手段獲取地理環境資訊後，在頭腦中形成的關於認知環境的空間概念。[1]這是一個主觀性很強、甚至帶有文學色彩的術語。在讀到余光中詩文中涉及地圖及相關描寫時，我覺得用這個術語描述他對地圖的感受與表現，也許是十分貼切的。

在余光中的作品中，有好幾篇精彩的散文是以地圖為主題的，如〈地圖〉、〈兩張地圖，一本相

* 文學博士，北京大學中文系教授。主要從事中國古代小說及宋元明清文學研究，撰有《西遊記論要》、《幻想的魅力》、《中國神話與小說》、《中國古代小說史敘論》、《話本小說敘論》等專著及相關論文數十篇。同時參與了北京大學《中華文明史》等集體專案的工作，並主編過普通高校中文學科基礎教材《古代文化經典選讀》及高中語文教材若干種。
1 茲據國家質檢總局、國家標準化管理委員會於二〇〇九年發佈的《地圖學術語》。本文其他地圖專業術語，均取自該表。

簿〉、〈憑一張地圖〉、〈天方飛毯原來是地圖〉等，其中後兩篇作品還
被用作了他的散文集名。在不少詩文中，特別是大量遊記中，雖未直
接提到地圖，仔細辨讀，同樣可以看到地圖的影子。我不知道在當代
作家中還有誰比余光中更重視地圖，我以為，將地圖意識融匯於寫作
之中，把對大地山河之關切與地圖呈現的圖像融為一體，構成獨特的
心象地圖，確實是余光中創作的一個引人注目的特點。

　　地圖是一個複雜的知識體系。余光中雖然不專研地圖，但從他的
作品可以看出，他對地圖有著長期的愛好，早在中學時代，他就被同
學公認為「地圖精」。他在〈地圖〉中寫道：

> 遠從初中時代起，他就喜歡畫地圖了。一張印刷精緻的地圖，
> 對於他，是一種智者的愉悅，一種令人清醒動人遐思的遊戲。
> 從一張眉目姣好的地圖他獲得的滿足，不但是理性的，也是感
> 情的，不但是知，也是美。……俯臨在一張有海的地圖上面，
> 作一種抽象的自由航行。這樣鷗巡著水的世界，這樣雲遊著鷹
> 瞰著一巴掌大小的大地，他產生一種君臨，不，神臨一切的幻
> 覺。這樣的縮地術，他覺得，應該是一切敏感的心靈都嗜好的
> 一種高級娛樂。他臨了一張又一張的地圖。他畫了那麼多張，
> 終於他發現，在這一方面，他所知道的和熟記的，竟已超過了
> 地理老師。[2]

　　而隨著閱歷的增長，余光中的地圖藏品日漸豐富，從大型的地圖
冊，到他所謂的「漫畫地圖」，[3]無所不有，對中外地圖的知識更為廣

2　《左手的掌紋》（南京：江蘇文藝出版社，2004年），頁38。
3　〈橋跨黃金城——記布拉格〉，《余光中散文》（杭州：浙江文藝出版社，1997年），
　頁233。

博，這由〈天方飛毯原來是地圖〉一文中對不同國家地圖的比較便可見一斑。地圖也成為他日常生活中不可或缺的一部分。在〈憑一張地圖〉中，他寫道，出國旅行，「我最喜歡的還是自己開車，只要公路網所及之處，憑一張精確而美麗的地圖，憑著旁座讀地圖的伴侶，我總愛開車去遊歷。只要神奇的方向盤在手，天涯海角的名勝古跡都可以召來車前。」[4]

　　不過，對余光中來說，地圖所呈現的絕不只是一種知識。地圖內容的精確性、完備性、實用性等，是地圖評價（map evaluation）的重要方面。而一個作家對地圖的判讀（map interpretation）卻不只是對地圖所記錄的各種要素內容的單純解讀與判斷，而是由地圖而衍生出的一種藝術想像，或者由生活體驗與認知在審視地圖時的情感投射。用余光中的話說，「地圖的功用雖在知性，卻最能激發想像的感性」[5]。因此，對余光中來說，地圖與其說是客觀地理的直觀呈現，不如說是融入了他個人生命體驗的心象，是他對把握世界，抒發感慨的載體。

　　在余光中的作品中，**我們可以看到，地圖是一種緣分**。「憑一張地圖」，余光中不斷發現未知世界，展示探索興致，抒發人生關懷，並最終成就了自己作為一個文學旅人的驕人業績。

　　在〈天方飛毯原來是地圖〉中，余光中曾記述他初三時的一個冬日下午，學校來了個買舊書的小販，他被一張對折的地圖所吸引，那是一張古色斑斕的土耳其地圖。余光中說，那是他生平第一次，用微薄的零用錢買下了第一幅單張的地圖。當時，他「甚至不知道伊斯坦堡就是君士坦丁堡，當然也還未聞特洛邑的故事，更不會料到四十年後，自己會從英譯本轉譯出《土耳其現代詩選》」。這就是一種緣分，他對這種緣分作了如下描述：

4　《余光中散文》（杭州：浙江文藝出版社，1997年），頁364。
5　〈天方飛毯原來是地圖〉，《青銅一夢》（臺北：九歌出版社，2005年），頁16。

不過是一個小男孩罷了，對那中東古國、歐亞跳板根本一無所知，更毫無關係，卻不乏強烈的神秘感與美感。那男孩只知道他愛地圖，更直覺那是智慧的符號、美的密碼，大千世界的高額支票，只要他夠努力，有一天他必能破符解碼，把那張遠期支票兌現成壯麗的山川城鎮。[6]

把地圖比喻成用努力就可以兌現的「大千世界的高額支票」，是對緣分的現身說法的極為恰切解讀。

在〈塔〉中，余光中回憶道：

十九歲的男孩，厭倦古國的破落與蒼老。外國地理是他最喜歡的一門課。暑假的下午，半畝的黃桷樹陰下，他會對著誘人的地圖出神，怔怔望不厭義大利在地中海濯足，多龍的北歐欲噬丹麥；望不厭象牙海岸，尼羅河口，江湖滿地的加拿大，島嶼滿海的澳洲。[7]

有朝一日，當這個男孩壯行天下時，安知這種四海為家的人生不是當初種下的那一點因緣的開花結果？

在〈記憶像鐵軌一樣長〉中，余光中也回憶了在四川鄉下度過的中學時代，他說：

不知道為什麼，年幼的我，在千山萬嶺的重圍之中，總愛對著外國地圖，嚮往去遠方遊歷。

6　《青銅一夢》，頁18。
7　《余光中散文》，頁26。

在這篇散文的結尾，他引用了土耳其詩人塔朗吉（Cahit Sitki Taranci）
的一首詩：

> 去什麼地方呢？這麼晚了，
> 美麗的火車，孤獨的火車？
> 淒苦是你汽笛的聲音，
> 令人記起了許多事情。[8]

在余光中如鐵軌一般長的記憶中，地圖或許就是這條鐵軌的路基和枕
木，就是生命歷程中奇妙緣分的見證。

在余光中的作品中，我們又可以看到，地圖是一種情分。余光中
曾經周遊各國，地圖是他最親密的旅伴。地圖承載著他的一個個情感
歷程，而情感的投入，也使得地圖在余光中那裡，獲得了鮮活的生命。

余光中在〈地圖〉中這樣描述他與地圖的情感交流：

> 書桌右手的第三個抽屜裡，整整齊齊疊著好幾十張地圖，有的
> 還很新，有的已經破損，或者字跡模糊，或者在折縫處已經磨
> 開了口。新的，他當然喜歡，可是最痛惜的，還是那些舊的，
> 破的，用原子筆劃滿了記號的。只有它們才瞭解，他闖過哪些
> 城，穿過哪些鎮，在異國的大平原上咽過多少州多少郡的空
> 寂。只有它們的折縫裡猶保存他長途奔馳的心境。八千里路雲
> 和月，它們曾伴他，在月下，雲下。不，他對自己說，何止八
> 千里路呢？……十萬里路的雲和月，朔風和茫茫的白霧和雪，
> 每一寸都曾與那些舊地圖分擔。

8　《余光中散文》，頁139、149。

有一段日子，當他再度獨身，那些地圖就像他的太太一樣，無
論遠行去何處，事先他都要和它們商量。[9]

也許每個人都可以在不同的東西上面找到自己感情的寄託，而分擔余
光中喜樂和空寂的，就是那一張張伴隨他走南闖北的地圖。

　　在〈兩張地圖，一本相簿〉中，余光中記述了他在四川陪同夫人
范我存探尋岳父墓地的過程，時隔半個世紀，唯一的線索便是兩張五
十年前岳母手繪的地圖：

　　　　這兩張地圖折痕深深，現在正緊握在我存手裡，像開啟童年之
　　　　門的金鑰。但是像許多地圖一樣，上面繪的不僅是地理，更是
　　　　時間。在這多變的世界，哪一張地圖是合用五十年的呢，哪一
　　　　個地址是永久地址？[10]

當然，也有不會改變的，那就是余光中在文章中所抒寫的對先人的孺
慕之情。這種深厚的感情，寄託在留有先人手澤的地圖上，又通過這
地圖，投射到經歷了滄桑巨變的土地上。

　　在〈思蜀〉一文中，余光中寫道：

　　　　在大型的中國地圖冊裡，你不會找到「悅來場」這個地方。甚
　　　　至勒敦加大教授許淑貞最近從北京寄贈的巨型《中華人民共和
　　　　國國家普通地圖集》，長五十一公分，寬三十五公分，足足五
　　　　公斤之重，上面也找不到這名字。這當然不足為怪：悅來場本
　　　　來是四川省江北縣的一個芥末小鎮，若是這一號村鎮全上了地

9　《左手的掌紋》，頁35。
10　《青銅一夢》，頁86。

圖，那豈非芝麻多於燒餅，怎麼容納得下？但反過來說，連地圖上都找不到，這地方豈不小得可憐，不，小得可愛，簡直有點詩意了。劉長卿勸高僧：「莫買活洲山，時人已知處」，正有此意。抗戰歲月，我的少年時代盡在這無圖索驥的窮鄉度過，可見「入蜀」之深。蜀者，屬也。在我少年記憶的深處，我早已是蜀人，而在其最深處，悅來場那一片僻壤全屬我一人。

所以有一天在美國麥克奈利版的《最新國際地圖冊》成渝地區那一頁，竟然，哎呀，找到了我的悅來場，真是喜出望外，似乎飄泊了半個世紀，忽然找到了定點可以落錨。小小的悅來場，我的悅來場，在中國地圖裡無跡可尋，卻在外國地圖裡赫然露面，幾乎可說是國際有名了，思之可哂。[11]

　　一個人小時候生活過的地方，是他一生的烙印。對於熱愛故土，又熱愛地圖的人來說，拿起地圖，首先尋找的可能就是自己生活過的地方。這樣的尋找彷彿是不經意的，其實卻是念茲在茲的感情凝聚。

　　在余光中的作品中，我們還可以看到，地圖是一種胸懷。在許多詩文中，地圖意識都折射著他對祖國從小到大又返老還童的牽掛與愛惜，對世界由近及遠又由外入裡的好奇與想像。在〈地圖〉中，他寫道：

　　流彈如霓的雨季，他偶爾也會坐在那裡，向攤開的異國地圖，回憶另一個空間的逍遙遊。

　　去新大陸的行囊裡，他沒有像蕭邦那樣帶一把泥土，畢竟，那泥土屬於那島嶼，不屬於那片古老的大陸。他帶去的是一幅舊

11　《青銅一夢》，頁33-34。

大陸的地圖，中學時代，抗戰期間，他用來讀本國地理的一張
破地圖，就是那張破地圖，曾經伴他自重慶回到南京，自南京
而上海而廈門而香港而終於到那個島嶼。一張破地圖，一個破
國家，自嘲地，他想。密西根的雪夜，蓋提斯堡的花季，他常
常展示那張殘缺的地圖，像凝視亡母的舊照片。那些記憶深長
的地名。長安啊。洛陽啊。赤壁啊。臺兒莊啊。漢口和漢陽。
楚和湘。往往，他的眸光逡巡在巴蜀，在嘉陵江上，在那裡，
他從一個童軍變成一個高二的學生。[12]

正是由於這種全神貫注，中國地圖的圖形成為余光中刻骨銘心的
印象，並轉化為揮之不去的詩歌意象。在〈鄉愁四韻〉中，就有這樣
一段：

給我一張海棠紅啊海棠紅
血一樣的海棠紅
沸血的燒痛
是鄉愁的燒痛
給我一張海棠紅啊海棠紅[13]

中華民國的中國版圖，幅員比現在的中華人民共和國的版圖遼闊，被
喻為海棠葉，余光中在這裡，就是將中國曾經的地圖形狀轉化為詩歌
的意象。而海棠紅作為熱血的象徵，使得地圖意象的轉化，與本詩的
長江水、雪花白、臘梅香意象，妙合無垠。

12　《左手的掌紋》，頁38。
13　《白玉苦瓜》（臺北：大地出版社，1974年），頁158-159。

高雄中山大學校慶展板上的余光中及其名句

在〈海棠紋身〉中，余光中再次化用了「海棠」地圖的意象：

一向忘了左胸口有一小塊傷痕

為什麼會在那裡，是刀

挑的，還是劍

削的，還是誰溫柔的唇

不溫柔的詛咒，所吻？

直到晚年

心臟發痛的那天

從鏡中的裸體他發現

那塊疤，那塊疤已長大

誰當胸一掌的手印

一隻血蟹，一張海棠紋身
那扭曲變貌的圖形他驚視
那海棠
究竟是外傷
還是內傷
再也分不清[14]

心口的「海棠紋身」是祖國在余光中心頭的烙印，而「傷痕」、「扭曲
變貌」則寓意著上個世紀戰亂和被撕裂的祖國帶給中華民族的沉重傷
害。由於有「海棠」地圖的圖像作底色，「國破山河在」的悲痛更具
畫面感。

〈當我死時〉中對故國的深情凝望，也融進了地圖意象：

當我死時，葬我，在長江與黃河
之間，枕我的頭顱，白髮蓋著黑土
在中國，最美最母親的國度
我便坦然睡去，睡整張大陸
聽兩側，安魂曲起自長江，黃河
兩管永生的音樂，滔滔，朝東
這是最縱容最寬闊的床
讓一顆心滿足地睡去，滿足地想
從前，一個中國的青年曾經
在冰凍的密西根向西瞭望
想望透黑夜看中國的黎明

---

14 《白玉苦瓜》，頁43-44。

　　　用十七年未饜中國的眼睛

　　　饕餮地圖，從西湖到太湖

　　　到多鷓鴣的重慶，代替回鄉[15]

在遙遠的異國，當然無法看到他日思夜想的祖國，所以才有「用十七年未饜中國的眼睛／饕餮地圖／從西湖到太湖／到多鷓鴣的重慶／代替回鄉」這樣癡情的詩句。看地圖，成了詩人懷念祖國莊嚴的儀式，他甚至甘願作這儀式的犧牲，「我便坦然睡去／睡整張大陸」。請注意，詩人在這裡用的量詞是「張」，這分明指的就是地圖。不過，這是詩化了地圖，毋寧說，它就是祖國的化身。而地圖上歷歷在目的長江、黃河，就凝聚在作者的內心深處，由於有了如此遼闊的山河作背景，詩人所表達的情感，也遠比「狐死首丘」的怨念更寬廣。

　　〈紅葉〉則是對臺灣的禮讚：

　　　寄你，一片紅葉的輕巧

　　　島形的一片葉，我們的島

　　　點點花紋，島上的山系

　　　纖纖葉莖，島上的河譜

　　　縮地千里有仙術

　　　基隆三寸到屏東

　　　望不盡的青煙藍水，宛若在其中[16]

在這裡，余光中巧妙地化用了中國古代的紅葉意象，使他對臺灣地圖形狀如葉的比擬，上承古詩傳統，飽含了濃濃的相思之情。

15　《敲打樂》（臺北：九歌出版社，1986年），頁55-56。

16　《與永恆拔河》（臺北：洪範書店，1979年），頁66。

　　同樣表達這種相思之情的還有〈風箏怨〉：

　　　　只因有你在地上牽線
　　　　才能放我到天外飄浮
　　　　這樣的一念相牽，鳥所不見……
　　　　沿著嫋長的北緯或東經
　　　　彼端的一提一引，即使是最輕
　　　　都會傳到脆薄的遊魂
　　　　雲上孤飛的冷夢，何時醒呢？
　　　　風太勁了，這顆繃緊的心
　　　　正在倒數著歸期，只等
　　　　你在千里外收線，一寸一分。[17]

「沿著嫋長的北緯或東經」，這淡淡的一筆，將余光中內心的地圖意
識再次暴露出來。

　　余光中在〈天方飛毯原來是地圖〉中說：「繪製世界地圖，是用
一張紙來描寫一隻球」，「世界的真面貌只有地球儀能表現，所以一切
地圖不過是變相，實為筆補造化的一種技藝，為了把凡人提升為鷹、
為雲、為神，讓地上平視的在雲端俯視。」因此，我們在他的詩作
〈地球儀〉，便看到了另一種更加居高臨下而又富於質感的地圖意識
的呈現：

　　　　我伸手去推球，一手
　　　　抵住了大半個歐洲、亞洲

17　《五行無阻》（臺北：九歌出版社，1998年），頁89-90。

超過凱撒加成吉斯汗[18]

在這裡，世界「歪在半空」，伴隨不安的未來和不快的過去快速旋轉，所有的愛與恨、生與死、清醒與惶惑、莊嚴與荒謬，甚至所有的空間與時間，都交匯在了一起。於此，我們也可以看到，地圖或地球儀在余光中心目中，其實不只是「地球的畫像」，也不只「地圖繪製師用一套美觀而精緻的半抽象符號，來為我們這渾茫的水陸大球勾勒出一個相片象徵的臉譜」，它就是這個被我們腳踏實地的體驗過、也可以設身處地想像的真實世界。

據說，由於地圖在使用中有很強的主觀性，形成了所謂地圖感受論（cartographic perception theory），它是研究地圖使用者對地圖的圖形、色彩、尺寸及注記等的感受過程及其特點，分析對圖形、圖像的心理反映特徵與地圖的視覺效果的理論。我不知道對於這門科學來說，余光中對地圖的感受與發揮有多大的代表性。但我相信，余光中在〈地圖〉一文結尾處對地圖的描寫，是有關地圖最美麗、也最警策的描述：

> 走進地圖，便不再是地圖，而是山嶽與河流，原野與城市。走出那河山，便僅僅留下了一張地圖。當你不在那片土地，當你不再步履於其上，俯仰於其間，你只能面對一張象徵性的地圖，正如不能面對一張親愛的臉時，就只能面對一幀照片了。得不到的，果真是更可愛嗎？然則靈魂究竟是軀體的主人呢，還是軀體的遠客？然則臨圖神游是一種超越，或是一種變相的逃避，靈魂的一種土遁之術？[19]

18　《安石榴》（臺北：洪範書店，1996年），頁110。

19　《左手的掌紋》，頁40。

不管我們是因了怎樣的緣分，秉持怎樣的情感、具有怎樣的胸懷，我們都可以憑著一張地圖，去開始我們的人生旅行，開始我們對這個世界的相識相知與傾聽傾訴；如果將來某一個時候，有人憑著同一張地圖去尋訪我們的雪泥鴻爪，那將是我們的幸運──我以為，這就是文學旅人余光中的心象地圖給予我們的寶貴啟示。

（2014年4月13日完稿，時任澳門大學客座教授。

2021年3月修訂。）

作者附識：本稿寫作承黃維樑教授提議並惠示相關材料，謹致謝忱。

〈鬼雨〉震撼我少年之心
——讀余光中筆記四則

黃仲鳴[*]

一　煉丹者

　　二〇一三年，余光中翩然重回香江，很多盛會如座談會、詩歌音樂會和舊人的聚會等在呼喊他。余老那時還精神矍鑠，一眾粉絲莫不興奮，盼余老得長壽，創作不休。就在這年，我寫了篇短文〈煉丹者余光中〉，要大家注意，在他身上有一顆「丹」，是余光中成為詩人、散文大家的妙藥。這顆「丹」，是對中國文字的試煉。六十年代他便有此心志：

> 我倒當真想在中國文字的風火爐中，煉出一顆丹來。……我嘗試把中國的文字壓縮、搥扁、拉長、磨利，把它拆開又拼攏，折來且疊去，為了試驗它的速度、密度和彈性。我的理想是要讓中國的文字在變化各殊的句法中，交響成一個大樂隊，而作家的筆應該一揮百應，如交響樂的指揮杖。

* 暨南大學文學博士，現任香港樹仁大學新聞與傳播學系教授，專研香港報學史和通俗文學。曾任香港《星島日報》執行總編輯，《東方日報》總編輯，《百家文學雜誌》總編輯，香港《作家》主編，暨南大學中文系兼職教授等職。著有《香港三及第文體流變史》、《一個讀者的審查報告》，編著有《侶倫作品評論集》、《倪匡・未成書》、《香港文學大系・通俗文學卷》等。

這番話見諸《逍遙遊》的〈後記〉。同時期的李敖，曾說：「五十年來和五百年內，中國人寫白話文的前三名是李敖，李敖，李敖，嘴巴上罵我吹牛的人，心裡都為我供了牌位。」我看了便不服氣，如此驕橫自吹，真不知「恥」字是怎麼寫的。余光中在〈鬼雨〉和〈逍遙遊〉等篇中果然「坐言起行」，煉起丹來。

　　〈鬼雨〉是震撼我少年之心的作品，一直捧為散文中的極品。這篇自傳作品，若干年後，我步上教壇授寫作課，便以之作為範文，要學子咀嚼、細細領悟、細細學習。「牙擦者」李敖可以寫出這千錘百煉的中文嗎？

　　〈鬼雨〉作於一九六三年冬天，時年三十五的余光中，眼睜睜看著三天前歡喜迎來的嬌兒，倏然重回天神懷抱。死亡的尖銳刺痛了他，「為兒嘔出心血乃已耳」，於是寫下這篇〈鬼雨〉。〈鬼雨〉的結構特別，也是試煉之作，可分為四個部分：第一部分是接獲噩耗的對話；第二部分是以余光中上課時的片段來謳歌死亡，並藉由上課的反覆演說與內心獨白闡釋自己的死亡觀；第三部分詳細描繪了雨下親葬亡兒的場景。最後一部分表面是一封寫給朋友的書信，實際上是內心傷感的抒發，可以說是全文最重要的部分，充滿了余光中對於兒子早夭一事凌亂思緒的抒發，情感畢現。而文中陰鬱情景的描繪，氣氛冰冷，構成強烈的感官刺激，如文末的一段：

　　　　今夜的雨裡充滿了鬼魂。濕漓，陰沉沉，黑森森，冷冷清清，
　　　　慘慘悽悽切切。今夜的雨裡充滿了尋尋覓覓，今夜這鬼雨。落
　　　　在蓮池上，這鬼雨，落在落盡蓮花的斷肢斷肢上。……許多被
　　　　鞭笞的靈魂在雨地裡哀求大赦。魑魅呼喊著魍魎回答著魑魅。
　　　　月蝕夜，迷路的白狐倒斃，在青狸的屍旁。

如此舞弄文字，如非有學養，焉可為之？他勸學子「中文要加強」，寫下一系列針砭病態中文的文字。如在〈中文的常態與變態〉裡，他指「目前中文的一大危機，是西化」，並列舉例證，鞭撻了胡亂用「們」、「之一」，連接詞「與」及「及」，介詞「有關」和「關於」，「地」、「的」等等。煉文字，當然是先「去惡務盡」。

　　這位「煉丹者」，已於二〇一七年十二月十四日駕鶴西遊。

二　反西化大將

　　余光中是「煉字者」，要「煉字」，須先反西化。他和思果是這方面的大將。兩人都在大學教翻譯、從事翻譯。思果說：

> 我教翻譯，時常發現改學生的翻譯不是改翻譯，是改他們的中文；我看別人的創作，發現他們寫的就是劣譯。中文已經不是中文，需要把污染，劣譯的污染，洗乾淨。我們已經不會說話；我們說的是不中不西的混話，連國學大師，不懂外文的人都寫污染的白話文。我真害怕。

大學生的白話文已「污染」，思果這篇文章寫在二十多年前，這麼多年仍沒有改善。我在大學教授寫作，碰到的就是這些「污染白話文」，改不勝改，以致學生滿紙都是我的紅筆。學期開課前，我必先對學生說：「如果忍受不住我的『滿江紅』，千萬不要修我的課。」

　　我對西化之憎之惡之吹毛求疵，思果與余光中必視我為「忘年交」。余光中舉例：

> 「關於李商隱的〈錦瑟〉這一首詩，不同的學者們是具有著很

不相同的理解方式。」「陸游的作品裡存在著極高度的愛國主義的精神。」類此的贅文冗句，在今日大學生的筆下，早已見慣。簡單明瞭的中文，似乎已經失傳。

例中西化何在？還有什麼毛病？讀者諸君，大可自我測驗一下。

余光中鞭打「不純的中文」，可見他一部書：《余光中談翻譯》（北京：中國對外翻譯出版公司，2002年）。思果的引文則見諸他為這書寫的序。

余光中不僅對大學生的中文鳴呼哀歎，對早期的作家也鞭得啪啪有聲。一共有六位作家受到他的批評，一點不容情。計有魯迅、周作人、徐志摩、沈從文、何其芳、艾青，且看他引魯迅的〈戰士和蒼蠅〉這一段：

> 戰士戰死的時候，蒼蠅們所首先發現的是他的缺點和傷痕，嘬著，營營地叫著，以為得意，以為比死了的戰士更英雄。但是戰士已經戰死了，不再來揮去他們。於是乎蒼蠅們即更其營營地叫，自以為倒是不朽的聲音，因為它們的完全，遠在戰士之上。

余光中這麼評述：「『戰士戰死』的刺耳疊音凡兩見，為什麼不說『陣亡』或『成仁』呢？這當然不是西化的問題。複數的『蒼蠅們』卻是有點西化的，但是群蠅嗡嗡拿來襯托一士諤諤，倒也有其效果。不過『蒼蠅們』的代名詞，時而『他們』，時而『它們』，卻欠周密。至於『它們的完全』，也不太可解。魯迅原意似乎是戰士帶傷，肉體損缺，而群蠅爭屍，寄生自肥。既然如此，還不如說『它們的完整』或者『它們的軀體的完整』，會更清楚些。」

余光中說，若認為這六位作家是行文「偶犯」，所以「不必斤斤計

較」，但「這樣的例子在早期，甚至近期的作品裡，俯拾即是」，無論大作家、大學教授、大學生，都害了「文字病」，無可救藥。嗚呼！

三　余氏三書

有同事說他一對子女中文甚差，有什麼書可以給他們進補一下。我聽了，頗躊躇，因不知他的子女程度如何也。同事說，中四中五了。我說：「看余光中吧，他的散文甚佳，尤其是那一手中文，漂亮極矣。」

同事聽了，立馬去圖書館借了一疊余光中的書，預備迫他那對寶貝兒女看。我笑道：「不能強迫，看他們與余光中的緣分吧。」

余光中和我確有緣分。六十年代，我小學畢業後，在坊間看到他的《左手的繆思》，立即愛上了。寫散文，寫到他那程度，在當年來說，誰可及之？後來再看到他的《掌上雨》、《逍遙遊》，簡直看得如癡如醉。

在《逍遙遊》的〈後記〉裡，他有此宏願：

> ……我倒當真想在中國文字的風火爐中，煉出一顆丹來。在這一類作品裡，我嘗試把中國的文字壓縮，捶扁，拉長，磨利，把它拆開又拼攏，折來又疊去，為了試驗它的速度，密度、和彈性。

這段話，於今看來嫌欠「科學」，究竟如何「壓縮」、「捶扁」、「拉長」、「磨利」？余光中沒有詳細說明。直到若干年後，我還記得這番話，還有志隨余光中之後，試煉精確中文；奈何爐火不純青，迄無所成。但那時看了余氏三書，確有所領會和感受。

余氏三書:《左手的繆思》、《掌上雨》、《逍遙遊》,是他早期的作品,也是他的大膽之作,要將中文「折來疊去」之作,他的〈鬼雨〉、〈莎誕夜〉、〈逍遙遊〉等篇,可證他的嘗試:

從密密麻麻的莎鬍子裡,從迴旋著牧歌,情歌,輓歌的伊麗莎白朝泳了出來,人民徜徉著,不願意回到二十世紀,不願意回到氫彈和癌症的現代。莎士比亞的鬍子,蔭天蔽地,冉冉升起了瘴氣,若一座原始森林。走進去,便是深邃的十六世紀……(〈莎誕夜〉)

這種文字,不僅有詩意、哲意,還字字緊扣含情,如非有些學識,怎能領略出那種境界?受到他的影響,在二十歲時,便寫了一篇〈二十歲頌〉,發表在《盤古》雜誌上。可惜這類文章,後來興趣轉向,沒寫了。同時也覺濃艷一些,學問也不足,如何能長寫下去?

不錯,來到香港後,余光中也沒重回當年的繆思懷抱去。然而,讀他沙田時期的文章,始終忘不了他左手掌上那顆顆雨珠。那時,我們一班少年,有愛余光中的,有喜李敖的。及長,不少朋友已棄李敖了。但喜余光中的仍有不少,覺得他的文字確是風火爐中煉出來的,尤其是余氏三書。這三書,確是他的傑作。

同事的年輕子女,在智慧手機的時代,在讀圖的時代,要他們看余光中,我可推斷:必定看不入腦;看得入的,也不知所云。

中文之衰落、再衰落,或致沉淪,不可挽救,可以預卜。阿門。

但如能有人讀出感覺,喜歡上了,那中文就能燃出了一絲星火。

四、左手的傑作

余氏三書的出版時間為：

《左手的繆思》（臺北：文星書店，1963年9月）
《掌上雨》（臺北：文星書店，1964年6月）
《逍遙遊》（臺北：文星書店，1965年7月）

余光中在《掌上雨》的〈後記〉中自言：「第一興趣是詩，第二興趣是翻譯。」其實，他對散文的興趣卻非常濃厚，他在《左手的繆思・後記》中說：「十三年來（作者按：指1963年前），這隻右手不斷燃香，向詩的繆思。可是僅飲汨羅江水是不能果腹的。漸漸地，右手也休息一下，讓左手寫點散文。」換言之，他寫散文是應各報各刊所邀而為，他也是樂得賺些稿費；再換言之，他寫散文，比寫翻譯「輕易」些吧？是乎？

左起：余光中、宋淇、丘彥明、梁錫華、思果、
陳之藩，攝於1980年代

　　《左手的繆思》是他第一本散文集，第二本是《掌上雨》，第三本是《逍遙遊》，其後他出版的散文集如《記憶像鐵軌一樣長》、《隔水呼渡》等等，我認為都不及這三書，原因只有一個，此三書，影響正在成長中的我。他的散文，不輸其詩，卻勝譯文。

　　記得，掛在我們口頭上的，有「半票讀者」一詞。這見於《掌上雨》的第一篇〈論半票讀者的文學〉：

　　　　我說「半票讀者」，因為在感情年齡上他們給人一樣「嫩」的感覺，在文學欣賞的角度，仍屬買半票的童年。

這些「半票讀者」，看的是「半票作家」了？余光中說，他們追捧的是《少年維特之煩惱》、《茶花女》、《茵夢湖》、《小婦人》、《簡愛》；是雪萊、海涅的偶像，「他們寧願捧亞軍甚至殿軍的場，就是閉眼不看冠軍。」當年，我們便以「半票讀者」來指責只看「次級」或「低級」書刊的低端讀者。但於今看來，余光中筆下的「半票讀者」，已相當高級了。每一部文學作品，每一個人的欣賞、評價都不同。做個「半票」，終比「不肯斷奶」的「零票讀者」（不用買票入場）強。

　　《掌上雨》一書，在余光中逝世後，由封德屏所主編的《詩壇的賽車手與指揮家：余光中紀念特刊》（臺北：文訊雜誌社，2018年2月）中，將它列為「論述」類。不錯，《掌上雨》內容大多是談文論藝，也有談及余光中自己的〈我的寫作經驗〉。但從行文結構來看，這不屬「純理論」的文字，有可觀和值得欣賞的散文格局。正如余光中自己也說：「是理論性質的散文」。

　　在這三書中，我最愛的還是《逍遙遊》。這書中，好文章不少，如〈下五四的半旗〉、〈儒家鴕鳥的錢穆〉、〈鬼雨〉、〈莎誕夜〉、〈逍遙遊〉、〈九張床〉等，真是讀之再三，可堪咀嚼之至。尤其是〈鬼雨〉，

無論在文字和結構方面，都屬上乘，別有新意。我授寫作課程，便選此為範文。

　　我非十足十的余迷。每個人的童年和少年時代，大都受此或彼的影響，余氏三書確影響我甚深。

我所認識的余光中

雨　弦[*]

　　余光中（1928-2017）是臺灣、也是其他華人地區最有成就、最具影響力的作家之一。他從事詩、散文、評論、翻譯近七十年，無不深入，成就卓越。他已出版專集、選集、合集逾百種，多產長銷。榮獲諸多文學獎項，多所大學授予榮譽文學博士學位，多校聘為客座教授。文學作品被收入兩岸三地中小學、大學教科書；詩作屢經楊弦、李泰祥、羅大佑、王洛賓等人譜曲，傳唱久遠；到處可見詩碑、詩牆、詩園及諸多文創，讀者遍及華人世界並享譽國際，對現代文學影響至為深遠。梁實秋稱余光中「右手寫詩，左手寫散文，成就之高一時無兩」。顏元叔譽為「詩壇祭酒」。黃維樑直言：「上承中國文學傳統，旁採西洋藝術，在新詩的貢獻，有如杜甫之確立律詩。」創作早已定型，詩文備受肯定，在新文學史已佔有一席之地的余光中，直到年屆九十，創作不斷，其精神毅力猶如戰士拒絕繳械者，在國內外文壇誠屬少見。

---

[*]　本名張忠進，一九四九年生於臺灣嘉義。國立高雄師範大學文學博士。二〇一八年夏完成博士論文，論文題為《余光中高雄書寫詩作研究》。曾任國立臺灣文學館副館長。現為大海洋詩社社長，並任教於國立高雄大學。著有詩集《夫妻樹》等十餘冊。陳瑞山教授英譯詩集 *The Window on the Border between Life and Death* 由美國紐約Cayuga Lake Books出版，並在亞馬遜書店和Kindle eBook發行。

雨弦、余氏夫婦

二〇一六年九月攝於余府

　　一九八九年我有幸認識了余光中，是他來到高雄的第五年，為了出版《母親的手》詩集去請教他，他把我的一疊詩稿看完，附了封信寄還給我，信上不忘給年輕人鼓勵：「……殯儀館的工作，日與死亡相接，若能善用此主題，當能寫出富有哲意、參透生死的詩來。你的佳作每能掌握民俗風味，且富諧趣，若能就此用力，必能層樓更上。……」二〇〇九年，我出版《生命的窗口》詩集，付梓前夕又去找他，他寫了一段推薦文字：「……絕少人會歡天喜地到殯儀館上任，但我勉勵雨弦，要好好把握這難得的『良機』，從新經驗發覺主題。我的期待沒有落空。他充分把握了這主題，寫出了短而雋永的佳作。……」後來，我和他的關係更密切了，一來，二〇一〇至二〇一四年，我任職國立臺灣文學館期間，因為辦活動有了較多互動；二來，二〇一一年，我去就讀國文所博士班，他當了我的指導教授，甚

至成為他的「閉門弟子」。多年來與余教授的接觸，讓我對他的詩與人有了更多的瞭解。

我喜歡余光中的詩，無論內容或形式的表現。他出版過二十本詩集，詩作超過千首，就內容來說，其詩風多變，有家國情懷，也有地方情感融入，更有生態環保普世關懷，作品具深度、廣度，格局開闊。就形式來說，他的詩善用譬喻、轉化，意象繁複而獨特，講究繪畫性、音樂性。繪畫性來自意象，音樂性來自節奏。意象是最精緻的思維，節奏是最動人的語言。他從小喜愛美術，一九五八年他到愛荷華大學研修文學創作、美國文學，也修現代藝術，而且拿高分。他寫畫評，也寫樂評。他主張詩一定要朗誦，詩朗誦了才有完整生命。因此，他的詩裡充滿了繪畫與音樂之美，讀他的詩或聽他的詩朗誦都是一種至高的享受。

余光中曾寫過一篇散文：〈我的四個假想敵〉，因為他有四個女兒：珊珊、幼珊、佩珊、季珊。在他定居高雄時期，大女兒珊珊旅居美國，三女兒佩珊住臺中，小女兒季珊旅居加拿大（近兩年回到臺灣），只有二女兒幼珊因與父親同在中山大學外文系任教，父女同事二十多年，一直留在父母身邊。她是最瞭解父母親生活的人，接受訪問時她曾告訴我：「父親除了書、車、文具三樣東西是他自己買，家裡從裡到外都是母親打理的，包括父親穿的衣服。」余光中賢伉儷的好感情是眾人皆知的，他們興趣相同，都喜歡文學、美術和音樂，價值觀也相同，有共同話題。但余光中在生活打理上對余師母的依賴，卻是少有人知道的。對此我曾問過余師母，她說：「沒有啦，余先生工作比較忙。其實，我們從小歷經抗戰、內戰，逃難到臺灣來，不怕吃苦，也懂得珍惜。」余教授曾獻詩給余師母，像〈東京新宿驛〉、〈珍珠項鍊〉、〈三生石〉、〈私語〉、〈悲來日〉、〈停電夜〉，等等，都讓人感動。

　　余光中每天去學校教書，回家來就是呆在書房裡，讀書、寫稿，經常熬到半夜一兩點，家人都笑他是「書呆子」。晚年雖然還寫作，但生活作息變規律了，早上六點半起床，七、八點吃早餐，十二點半午餐，晚上六點半晚餐。年紀大了，晚上十一點前必定上床休息。他甚愛工作，沒什麼物欲，幼珊曾告訴我：「父親不挑食，不講究美食，但會注意身體，譬如香蕉一次只吃半根，西瓜涼性晚上一定不吃。工作結束後會看電視休閒，也看連續劇，最喜歡《琅琊榜》，也看《羋月傳》。他的生活單純，以前就是教書、寫作、開會、演講、評審、出國，幾十年下來也就是這樣。他喜歡靜，不擅交際。年紀大了，就很少外出了。」我問她：「父親運動嗎？」「他不太運動，唯一的就是到大樓下面公園步道走走。」我想，他是把忙碌的工作當作運動吧！

　　二〇一六年，對余光中而言，是憂喜參半的一年。憂的是七月份和余師母雙雙住進加護病房，喜的是九月份兩人的鑽石婚慶。關於前者，幼珊告訴我：「七月母親住院，隔天一早我正忙著，父親一人出去買水果，回來快到大樓門口，就在馬路對面要走下坡道時，因腿部無力，又提著水果，整個人摔倒地上。鄰居發現告知大樓保全，保全立即通知我，下樓一看，頭傷流著血，保全幫忙叫救護車，我趕緊護送父親到高醫急診，再轉加護病房。」她接著說：「就這樣，母親和父親一前一後住進加護病房，姊妹陸續趕回，等父親轉進普通病房，我們才讓母親知道。幸好一兩週後母親、父親先後平安出院。」對於女兒「等父親轉進普通病房，才讓母親知道」這件事，余光中曾親口告訴我，他頗感欣慰。幸福美滿的家庭真是「吉人自有天相」，接著九月份的鑽石婚到來，當天晚上二十幾位好友齊聚慶祝，女兒們也都回來了，余教授和余師母的神情愉悅、開心。他倆牽手走過六十年，鶼鰈情深，女兒事親，令人動容！

范我存《玉石尚》

余光中的最後幾年，除了腳走起路來比較沒力，右眼白內障，左眼青光眼，耳朵有點重聽以外，其他身體狀況都還好，前一年的跌傷也慢慢恢復。說到眼疾，我想起他寫給一位詩人醫生的詩句來：「黃醫師推開驗光架／說，白內障尚未成熟／青光眼，要小心，是慢性／我眨著泛紅的眼睛／只能苦笑，不知道應該／報之以白眼，還是青睞。」他把「白內障」說成「白眼」，把「青光眼」說成「青睞」，病情變詩情，幽默富諧趣，讀來印象深刻。他在晚年腦筋一直清晰，清晰得有點不可思議，直到二〇一七年底，他最後一次住院前仍不斷指導我的博士論文，遺憾的是在我論文接近完成時刻，他卻先走了。在恩師最後住院期間，余師母曾在電話中告訴我：「余先生在病床上猶

掛念著你的博士論文，我要他放心，說你一定會很快完成的。」我在電話的一端聽了真想大哭一場，但我忍住了淚水，將之化為完成論文的一股強大力量，半年後終於完成論文口試，高分取得文學博士學位。我在心底默默訴說了：「恩師，謝謝您！」一遍又一遍，一遍又一遍。

由於我與余光中長期高頻的近身接觸，尤其是在我寫論文的那幾年間，更增進對他的瞭解，我想用一句話來形容我所認識的余光中：做人誠懇且正直，任事穩健而踏實，生活簡單又素樸，為學專注與投入。

強化「余光中研究」是對逝者最好的紀念

古遠清[*]

　　余光中離開我們已三年多了。如何進一步提高余光中研究檔次，讓「余學」研究更上一層樓，是對這位中國當代文學史上的一座「重鎮」或「名城」最好的紀念。下面是筆者的幾種設想：

一　成立《余光中全集》編撰委員會

　　陳映真去世後，其友人以最快的速度出版了多卷本《陳映真全集》，以前也有過《葉石濤全集》，可《余光中全集》出版的消息千呼萬喚不出來。

　　建議迅速成立《余光中全集》編撰委員會，可由高雄中山大學「余光中研究所」（如果有這個所的話）的師生一起完成這個大工程。最理想的出版單位為「九歌出版社」。

　　《余光中全集》一定要求「全」，即凡是見諸文字乃至遺作都在搜集之列。二○○四年天津百花文藝出版社出版的九卷本《余光中

[*]　一九四一～二○二二年出生，廣東梅縣人，武漢大學中文系畢業。臺港文學史家、文學評論家。歷任大陸多所大學教授或客座教授，在世界多地區開會、講學，原陝西師範大學人文社會科學高等研究院駐院研究員。著編有《中國大陸當代文學理論批評史》、《臺灣文學理論批評史》、《香港當代文學批評史》、《澳門文學編年史》、《余光中評說五十年》等共六十多部。

集》，因意識形態原因，刪掉不少，如一九八一年六月，余光中從香港中文大學返臺休假，當他看到藍褲黃帽的小學生隊伍，不禁寫下後來被《余光中集》拒收的〈祝福〉：

> 似乎這輕快的行列
>
> 正踏向明日的中國
>
> 而對街的林蔭特別的青翠
>
> 對街的陽光特別的晴美
>
> 那時，海峽的兩岸，就像這街的兩岸
>
> 風裡，揚著同一面國旗
>
> 旗下，唱著同一首國歌
>
> 歌聲裡的面孔，十萬萬張
>
> 是仰望慈祥可親的國父
>
> 不是日爾曼的鬍子，斯拉夫的鼻子
>
> 不是列寧裝裡肥胖的獨夫

這首詩追求中國的統一，值得肯定。可詩裡說的「統一」，是兩岸十億人「統一」在「中華民國」的光景中，現在看來，則純屬「政治不正確」了。連余光中的鐵粉陳幸蕙也有保留：「全詩文學正確，藝術正確，但是否政治正確？這有待時間解謎。」這首詩大陸讀者鮮有人看到過，但編「全集」這類詩是不可忽略的。這些都要補上。就是余光中本人「悔其少作」不願收進「文集」的作品，如他在廈門大學求學時寫的〈臧克家的詩──〈烙印〉〉的論文，還有到臺灣後寫的贊助李敖賣牛肉麵的「廣告詞」之類。至於余光本人生前十分忌諱的雜文〈狼來了〉，更不能遺漏。這是研究臺灣當代文學思潮和論爭史的重要文獻。

成都杜甫草堂裡余光中〈鄉愁〉刻石

求「全」，便少不了余光中寫給友人的書信。儘管余中光要戒掉寫信的「壞習慣」，但他還是有節制地給友人寫過一些書信，筆者就曾收到過他少量的信件。建議單獨編一本《余光中書簡集》，並加上適當的注釋，最好是以原汁原味出版，不作任何刪改。

二　出版《余光中論爭史》

在余光中文學史上——如果真有這部文學史的話，那其中充滿了論爭、論辯和論戰。余光中自己說過，作家不是靠論戰乃至混戰成名的。但一位在文學史上佔有重要地位的作家，要逃避論戰是不太可能的。在社會變革和文學思潮急劇變動的年代，富有社會責任感的作家，不應迴避大是大非問題。他應該入世而不應該遁世，應該發言，應該旗幟鮮明地亮出自己的觀點和立場。在現代詩和鄉土文學論戰中，余光中正是這樣做的。可到了晚年，余光中已從熱血的青年詩人變為冷眼閱世的老教授，其詩風不再激烈而趨向平和，對文壇論爭不像過去那樣有「鞏固國防」的興致。他甚至認為：自己「與世無爭，

因為沒有人值得我爭吵」，並自負地說「和這世界的不快已經吵完」。
可只要還在創作，還未告別文壇，要完全迴避論爭是做不到的。我在
即將出版的一百萬字的《臺灣當代文學事典》「文學現象」中，有一
節〈「非余」勢力〉，所述的勢力包括不同政黨派別人士、文學論爭中
意見相左人士、文學審美觀點不同人士，等等。至於「擁余」者，拙
著這樣寫道：

> 在臺灣，「擁余」勢力主要由富有中國意識的作家和不願意以
> 意識形態劃線肯定余光中藝術成就的人所構成，如九歌出版
> 社、「藍星」詩社、葡萄園詩社以及余光中的老師梁實秋、余
> 光中的研究者顏元叔和黃維樑、余光中的學生鍾玲、余光中的
> 崇拜者陳幸蕙和余光中在高雄中山大學的同事，另還有在「非
> 余」與「擁余」之間遊走的另類理論家陳芳明。

如果把兩岸三地「擁余」與「非余」還有中間派論爭的焦點及經過寫
出來，並對此作出客觀的評價，這對研究余光中乃至研究臺灣當代文
學論爭史，一定有極大的認識價值和參考價值。

三　出版新的《余光中評傳》

現在兩岸三地至少出版有五種「余光中傳」：傅孟麗的《茱萸的孩
子──余光中傳》（臺北，天下遠見出版公司，1999年1月）、陳君華
的《望鄉的牧神：余光中傳》（團結出版社，2001年）、王堯的《余光
中：詩意盡在鄉愁中》（大象出版社，2003年）、徐學的《余光中傳》
（廈門大學出版社，2018年）、古遠清的《余光中傳──永遠的鄉愁》
（長江文藝出版社，2019年）。其中傅孟麗的傳記，經過傳主精心的

打磨和修改，文字很美，分期也非常準確，還提供了一些鮮為人知的史料（如余光中50年代入學臺灣大學的遭遇），但此書存在著為賢者諱的缺陷。作者把余光中寫得太完美，對余光中人生道路上的一些事件如關於〈狼來了〉隻字不提，使人覺得這本傳記寫的不是一個完全和真實的余光中。徐學的余傳，原名《火中龍吟：余光中評傳》（花城出版社，2002年），有許多獨到的見解，學術色彩比傳著突出，可讀性也很高，但述多於評，故後來作者再版時乾脆就叫《余光中傳》。拙著出版社約稿時書名為《余光中的讀書生活》，面世時由出版社改名為《余光中：詩書人生》（長江文藝出版社，2008年）。再版時，又由出版社改名為《余光中傳》，但刪去了初版本最有特色的兩章：〈向歷史自首？〉、〈紅旗下的耳語〉，新增寫的一章〈和這世界的不快已經吵完〉（載《世界華文文學論壇，2008年》）也未能與讀者見面。據說初版本因濃墨重彩寫了〈狼來了〉事件，傳主看了很不高興。其實筆者是為這一事件「解套」的，但他不領情。筆者認為寫余傳有兩種方法，一是「甜上加甜」，二是「若要甜，加點鹽」，《余光中：詩書人生》便採取後種方法，傳主未能接受，這說明他的「美感胃納」只能吸收甜的，而不相容酸甜苦辣。

　　現在人們急切需要的不是再添加幾種「余光中傳」，而是在余傳的基礎上寫出厚重的「余光中傳」。在大陸，已有《洛夫評傳》、《陳映真評傳》，可為什麼影響力不亞於這兩位作家的余光中，就沒有《余光中評傳》？徐學的《火中龍吟》已為評傳的寫作奠定了基礎，希望後來者有所超越。

一九九六年，流沙河與余光中在杜甫草堂合影

四　編寫《余光中研究資料大全》

有人認為，編這種資料連中學生都會做，不需要什麼學問。其實，明代朱荃宰在《文通》中說過：「著書莫難於匯書，匯書之人一，而讀吾匯者無萬數，以一人聞見，而使萬數人皆以為允，此必無之事也。」這裡說的「匯書」，也就是資料大全。他認為編這種書要有學問，如匯注、匯校、匯評，匯考，最能見出編者的學術功力。現在評職稱，編「匯書」不能算成果，這是違反科學的。

　　在「匯書」方面，香港的余光中研究「專業戶」黃維樑是開拓者，他先後編著有《火浴的鳳凰——余光中作品評論集》（臺北：九歌出版社，1979年4月）、《璀璨的五采筆：余光中作品評論集（1979-1993）》（臺北：九歌出版社，1994年10月），其中第一本共分三輯：詩論、散文論、通論及其他，另有余光中年表、余光中著作編譯目錄、評論介紹訪問余光中文章的目錄，計四百五十三頁。後者分四輯：詩論、散文論、文學批評論和翻譯論及其他、生活特寫，另有四種附錄，其中有該書的作者簡介。此外，還有編後記。

　　至於筆者的《余光中評說五十年》（文化藝術出版社，2008年），除「叢書主編談」、「本書編者前言」外，另有自述、訪問、印象、漫議、爭鳴、論略。其中「爭鳴」分三部分：評「鄉土文學」之爭、評

古遠清著編「余學」二書

余光中的詩、向歷史自首。古編和黃編最大的不同在於篇幅遠沒有黃編大，且是原文照登而不是節錄，而且還收了不少如李敖、陳鼓應、郭楓等人的「酷評」乃至「惡評」文章。

陳芳明編的《臺灣現當代作家資料匯編·余光中》（臺南：臺灣文學館，2013年），分圖片集、生平及作品、研究綜述、重要評論文章選刊、研究評論資料目錄等五輯，厚達六百七十五頁，這是目前規模最大的余光中研究資料匯編，遺憾的是幾乎不收批判或批評余光中的文章，使該書缺乏立體感。

能否在此基礎上編一種洋洋大觀的多卷本《余光中研究資料大全》？這不僅需要人力，更需要財力。目前大陸科研機構財力遠比對岸雄厚，如余光中的母校廈門大學臺灣研究院下屬的臺灣文學研究所，能否以此為題申報國家社科基金重大課題？如申報成功，那「財力」就完全不成問題了。

這裡說的「資料大全」，至少應文無巨細，包括余光中出書的廣告，最好將發表在海內外有關余光中的評論文章盡可能一網打盡。目前，只有魯迅才有這個待遇。余光中雖然不是臺灣的魯迅，政治傾向也南轅北轍，但現在兩岸尤其是大陸不少研究生都以余光中做學位論文，文教界、學術界急需這種「求全」的參考資料。

五　再次召開「余光中國際研討會」

這種研討會，武漢華中師範大學於二〇〇〇年召開過「余光中暨沙田文學國際研討會」，並出版有黃曼君等主編的《火浴的鳳凰·恆在的繆斯》（湖北人民出版社，2002年）。高雄中山大學也舉辦過類似的研討會，余光中去世後又舉辦過這類會議，論文品質高，但大陸學者缺席，代表性不足。希望未來《余光中全集》出版之際，兩岸三地

學者攜起手來再召開一次規模更大的「余光中國際研討會」，並出版論文集。

　　筆者與余光中沒有深交，只見過三次面，第二次是在高雄中山大學，除在面臨大海的餐廳余氏請我用餐外，還送了許多他的著作簽名本，尤其是贈送〈聽容天圻彈琴〉手稿，我至今珍藏著。上面我對研究余光中提高檔次的建議，如能逐步實現，這應該是對這位「詩壇祭酒」的最好紀念。

五采璀璨六十年
——余光中和「余學」憶述

黃維樑[*]

　　「余學」即對余光中的研究。一九七九年五月我編著的《火浴的鳳凰：余光中作品評論集》由臺北的純文學出版社推出，香港文學界前輩戴天說此書為「余學」奠基之作。「余學」之稱，由此開始。一九九四年我編著的《璀璨的五采筆》由臺北的九歌出版社推出，是第二本余光中作品評論集。關於「五采筆」，我是這樣說的：「余光中用紫色筆來寫詩，用金色筆來寫散文，用黑色筆來寫評論，用紅色筆來編輯文學作品，用藍色筆來翻譯。」詳見該書的導言。本文憶述我與余光中（1928-2017）先生的交往，以及我的余光中研究，內容也涉及我個人的學術經歷，兼及一些學界文壇的人與事。余光中從一九五二年出版第一本詩集《舟子的悲歌》到辭世止，其文學事業維持六十多年；我由一九六〇年代中期初讀、初評余氏作品至今，則將近六十年。題目裡有「五采」和「六十年」，緣由在此。

---

[*]　香港中文大學一級榮譽學士，美國俄亥俄州立大學博士。歷任香港中文大學中文系教授；大陸、臺灣、澳門多所大學客座教授；美國Macalester College及四川大學客席講座教授。著有《中國詩學縱橫論》、《香港文學初探》、《文心雕龍：體系與應用》、《壯麗：余光中論》、《迎接華年》等二十多種。為多個學術團體主席或顧問，曾獲多個文學獎、翻譯獎。

一　余光中是當年香港讀書界的話題

從小學開始，我對文字興趣濃郁，至中學期間，讀了好些課外的文學書籍。我的文、理、數各科成績都不差，可謂平均發展；憑一九六五年中學會考的多個科目優良成績，拿到政府頒發的獎學金，進入香港中文大學（以下多簡稱為中大）新亞書院中文系就讀。入學後古今中外的文學作品開始讀得比較多了。那時臺灣文星書店出版的「叢刊」，一本賣港幣二元四角（相當於普通電影院「後座」的票價）在香港頗受歡迎。余光中的詩集《蓮的聯想》（1964年出版）、散文集《左手的繆思》（1963）、《掌上雨》（1964）、《逍遙遊》（1965），都由文星書店出版，成為讀書界的話題。

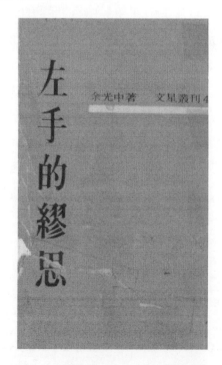

余光中早期散文集《左手的繆思》

　　中學校友王漢華在中大讀的是社會學，喜愛文學，也談起余光中，向我推薦。（漢華人非常聰明，會讀書，擅游泳，喜跳舞。那時流行「的士高」，他跳起舞來就會挑起一陣週末狂熱。大學畢業後曾從事電影發行業務，組織「五粒星電影會」，把臺灣的《歡顏》引進香港，女主角胡慧中一炮而紅，主題曲《橄欖樹》唱遍臺港各地。）真光女中的一個高中生，我做家教為她補習英文的，也買了余光中的書。文星叢刊諸書採小開本，封面設計簡單，一律是深黃色。顏色單調，書小若芝麻；可是「芝麻開門」之後，余光中的散文內容繁富，文字色彩絢麗，令我目為之炫，心為之迷。

　　《中國學生週報》當年風行於中學和大學，我在其中發表過好幾篇短文，是余光中詩文的讀後感。那個年代我常用的筆名包括游之夏（暗稱自己是孔子的「文學」科學生子游、子夏）、黃絲嘉（柔柔的像個女性）、黃曰諾（是「王〔皇〕曰諾」的諧音，氣魄非凡）。以「新古典主義」格調《蓮的聯想》詩集而風行的余光中，曾言自信做半個姜白石並無問題；我為此寫過一文以「半個姜白石」之類字眼為題，發表的園地則為《中報週刊》。以上這些少作，現在已蹤影無覓。香港中文大學圖書館有《中國學生週報》的顯微膠卷，附目錄；也許可從此途徑讓時光倒流，尋回昔日「余迷」（現在則用「余粉」）的青嫩書寫。

二　對余光中的高評無形中獲夏志清「背書」

　　大學時期我評論余光中的文章，保存下來的是連續發表於《中國學生週報》專欄《小小欣賞》的六篇短文。同窗中，黃韶生（筆名有黃濟泓等，我們稱之為「牛仔」的）不修邊幅而泛讀廣闊、議論風發；他撰寫《小小欣賞》有年，忽然倦勤，請我接替。我欣然效力，

用的筆名是常用的「游之夏」。發表過多篇之後，我專寫余光中，連續六篇，於一九六八年十二月二十七日至一九六九年三月七日刊出，基本上每兩週刊一篇。當時我讀大四，是個不知天高地厚的文學青年，而在首篇中我寫道：「余光中是一個最出色最具風格的散文家。」六篇短文後來收於《火浴的鳳凰》一書，以〈余光中：最出色最具風格的散文家〉為總題目。

嚴格來說，句子中有「一個」又有「最」，是有語病的。既然只是其中「一個」，就不能是「最」；如果是「最」，那就不能只是其中「一個」。我幾十年來下筆力求謹慎，不敢隨意。大概當時寫作時猶豫：可以用「最」字嗎？用此字，那就表示只有他一人最出色了，真的如此嗎？還是沉穩一點吧，於是加上「一個」。

順便指出一本書的錯誤。《臺灣現當代作家研究資料彙編34：余光中》（臺南：國立臺灣文學館，2013年12月出版）厚達六百七十一頁，資料豐富，且每多珍貴者，為余學專家所必備。唯錯漏難免。此書收錄我這裡說的〈余光中：最出色最具風格的散文家〉一文，編者介紹此文，說作者「發表文章時為香港中文大學中文系講師」。其實我於一九七六年獲得俄亥俄州立大學的博士學位後，才返回香港任中大中文系講師；換言之，該書所述拙作發表的時間（即上面說的一九六八年杪至一九六九年春），比起確實的時間，最少推遲了八年。我這個高評余光中的「先鋒」，時間被這樣推遲，先鋒地位就可能不保了。前此臺灣文學館向我徵求同意選入拙作時，我特別著意要求編者注明拙作的寫作、發表年份，因為先鋒地位當然值得自豪。不料書印出來有此重大錯誤，使我大為失望。

一九六八年不知天高地厚的大四學生，對余光中的高度評價，想不到五年後無形中得到著名學者批評家夏志清教授的「背書」（夏教授人在美國，當然不可能看到我大學時期在香港發表的文章；即使看

到，大教授怎會被文藝青年牽著鼻子走）。夏先生於一九七三年四月寫的《文學雜談》第三節中說：「余光中是當代最有獨創性，最多姿多彩的散文家，將來再撰文論之。」果然，兩年多之後，一九七五年末寫作的〈余光中：懷國與鄉愁的延續〉中，夏志清再度盛讚余氏散文，謂其「不少自傳體的抒情文章」「華麗」、「鏗鏘」、「多巧變」，「又多著意嵌入古典佳句，不愧為驚人之筆」；其〈鬼雨〉一篇「比諸中國文學史上任何聞名的悼文祭文，敢誇毫不遜色」；余光中於一九六四年在美國多個大學巡迴任教，期間他「寫了一些最出色的抒情文」。夏志清對余光中散文的評價，「最」字出現過三次，自然深得我心，與我前此的評語略同。不過，夏氏所言「最出色」的「最」字，是指余光中所寫散文之「最」，還是當時臺灣散文之「最」呢，也有語義不清之處。也許夏志清故意說得不清楚。文學評價不比運動比賽的成績，可以說得尺寸分秒分明。

三　在香港初晤余光中

一九六九年春，余光中應邀到香港參加翻譯會議。他順便到香港中文大學崇基學院演講，我赴會恭聽。其後十來個喜歡余氏作品、仰慕其人的文藝青年，包括古蒼梧、吳萱人、綠騎士、羈魂等，聯群到九龍的富都酒店和他見面，我是其一。十年前即一九五九年的春天，余光中在美國愛荷華大學（The University of Iowa）深造，白髮蒼蒼的元老詩人佛羅斯特（Robert Frost）蒞校演講和座談，余光中這東方青年與老詩人交談和拍照，雙方都留下印象——余氏且寫了文章記述其事，文章中說他很想出其不意剪下佛氏的幾縷銀髮，回到臺灣後送給要好的詩友。富都之會，我大概表現低調，好像也沒有拍照——那個年代拍照和沖印照片都要花費不菲。

　　我大概把那六篇短文的影印本在會面時送呈（那時影印文章花錢也不少）詩人，不然就是稍後把它們寄到臺北給他，記憶不清了。香港會面後，我寫信連同一些剪報，寄到臺北給余先生。他回信，表示感謝與遺憾。在富都，我乃以本名黃維樑和他相見；余信寫道：「當時我根本沒想到『游之夏』也在場，真是憾事」。一九六九年八月下旬我離港飛赴美國留學，余先生的這封信大概是在是年夏天寫的，寄到我香港的住址。此信最少有兩頁，目前我只存有首頁，也「真是憾事」。多年來一些信件和照片因為要借出拍照做插圖，以為書刊之用，以至頗有丟失「文物」的。找不到此信的末頁，其寫信日期就只能靠推算了。讀其書，見其人，收其信，讀者與作者間親密度加強。一九六九年開始了我與余先生長長久久的交往。

四　帶著余光中的書赴美留學

　　在中大新亞書院中文系讀書，我主修中文，副修英文。當年臺灣青年留美之風極盛，有順口溜曰「來來來，來臺大；去去去，去美國」。香港學生的留美之風不如臺灣。有如一般大四學生，我這一學年（1968-1969）開始考慮畢業後的前路：一是就業當教師，二是深造讀碩士課程。我報考中大研究院，同時接受一個女性朋友的建議，申請留學美國。中大研究院考上了，但一九六九至一九七〇學年的研究生獎學金全部大幅度被削減，而美國的奧克拉荷馬州立大學（Oklahoma State University）新聞學院錄取我，且給我助教獎學金。於是我免去「留港呢還是赴美呢」的艱難抉擇，一心赴美。中學時期我任刊物編輯，大學時期任《新亞學生報》主編，還在《中報週刊》任兼職編輯；「履歷」不俗，我想「奧州大」錄取我的理據在此。

　　八月下旬乘坐票價最廉宜的菲律賓航空班機赴美，大行李箱、冬

天大襆加上大捆用麻繩綁著的書（如果航空公司認為我行李超重，我會說書都是長途飛行時看的），十足「大鄉里出城」的模樣，拖拖抱抱辦理登記手續，一方面與父母兄弟妹和友人依依話別。第一次離港遠行，也是第一次乘坐飛機。要念的是大眾傳播，但心繫文學。那一捆書裡有中國文學史、英國文學選集、英漢字典；還有余光中的幾本書，包括《五陵少年》、《左手的繆思》（應該還有《蓮的聯想》和《逍遙遊》）。我這裡記得清楚有《五》和《左》二書，為什麼呢？下面有分教。

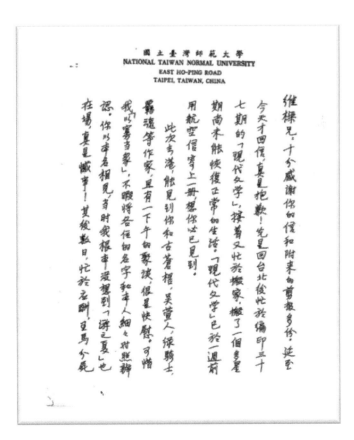

一九六九年夏余光中致黃維樑函首頁

五 余光中和我自一九六九年起都在美國

余光中於一九五八至一九五九年在愛荷華大學參加「國際作家工作坊」（這項活動後來發展成為「國際寫作項目」即 International Writing Program，在中華文學界備受重視，臺灣、香港，後來內地，眾多知名作家都在此交流活動），並攻讀碩士學位。一九六四～一九六六年在美國東部和中部幾個州的大學巡迴講學，以及當客座教授。一九六九～一九七一年在科羅拉多州丹佛市的「寺鐘學院」（Temple Buell College）任客座教授，並在科羅拉多州教育廳兼職。按：Buell 與 Bell 是不同意思的兩個字，把學院名字翻譯為「寺鐘」，並不準確；余先生對此不會不知道，他大抵「大而化之」而來一個「漢化」的翻譯。

余先生於一九六九年第三次赴美，和我赴美讀書差不多同時間。我跟他在美國聯絡上了，互通書信。一九七○年四月十六日他給我寫了長長的四頁紙，細說他近著詩集《敲打樂》中幾首作品的寫作背景，對其指涉的敏感現象加以闡釋，其意在回應我一年半之前所寫文章對他的批評。此信對理解余光中當年批評時弊的詩歌非常重要，我當適時公開之。寫此信時，他獨居，信中說大概兩個多月後太太和四個女兒（珊珊、幼珊、佩珊、季珊）可望從臺灣來美國相聚。

到美國一年後，即一九七○年的暑假，我在美國東岸的唐人餐館打工，做「企枱」（侍應生），賺了錢，寄了一筆「大樂」（dollar）到香港給父母。八月底返回奧克拉荷馬州立大學後，還買了一部二手車，也許是三手車，跟著學習駕駛，考車牌。我把此事寫信告訴余先生，他於九月二十二日回信祝賀我「新得白駒」，又說「扶盤顧盼，馳突秋色，樂何如之！感恩節如能北征丹佛，非常歡迎」。我讀著信真的蠢蠢欲北征了。余先生喜歡地圖，我也喜歡。在香港的中學會考（現在稱為 DSE，即「中學文憑考試」），我的地理科和中文科、英文科一

樣，考獲「優等」成績（「砂紙」[cert.]上的英文是 distinction）。余先生喜歡憑著地圖駕車長征，其根據美國和香港駕車經驗所寫的〈咦呵西部〉、〈登樓賦〉（二文在臺灣寫於1966年秋）和〈高速的聯想〉（在香港寫於1977年初），都五弦飛鴻般暢寫駕車之樂。我現在買了汽車，決定長征了，我跟著余光中亦步亦趨？應該說是希望載欣載奔。

六　千里「單騎」到丹佛拜訪余光中

　　考獲執照約個把月後，伴著余先生幾封信裡的叮囑和祝福，我毅然以「獨行俠」身份遠征丹佛市。是長征，比美國民歌「Five Hundred Miles」的里數多了一百英里。我駕的是美國通用汽車公司出產的小「白駒」（Covair Monza）。她在奧州大所在地靜水（Stillwater）小鎮裡行走，樣子有白雪公主的嬌美；可是啊，這部二手或三手車，一跑起長途，就像老爺車那樣百病叢生。征途上壞了，修好，又壞了，又修好；千里走單騎，我這個「騎士」的煩惱沮喪，難以詳述。路上客棧投宿，翌日繼續奔馳——可惜我的座駕不是名貴的「奔馳」（Mercedes Benz），晚上得佛祖保佑，終於到達丹佛余府。

　　事先約好到余家來會的三位余光中讀者也先後到了：商禽（原在臺北）與古蒼梧（原在香港）從愛荷華大學來，周全浩從內布拉斯卡大學來。商與古都是詩人，古在香港同人雜誌《盤古》發表過詩論〈請走出文字的迷宮〉，對晦澀的現代主義詩風加以針砭，諍言讓人稱快。周讀的是地理學，對余氏詩文很是欣賞。余氏夫婦連四位千金共六人，加上遠客四人，一九六九～一九七一年的兩年中，丹佛余府的熱鬧，借用梁實秋高評私淑弟子余光中詩文的半句話，可謂「一時無兩」。大概逗留了四日三夜（也許是三日兩夜），余先生樂得與我們譚文說藝，卻苦了余太太張羅大小事務款待客人。

　　余光中在一九二八年的重陽節出生，我們現在一九七〇年感恩節假期來訪，詩人才過了四十二歲生日，已早生華髮。他在各地詩刊發表作品，多有不付稿費的。刊物如付稿費，則不一定付之有方有道。余先生不是重財的人，但談話中，他表示過對某些刊物支付稿費的不滿。大概一家三代經濟負擔不輕，作為一家之主，努力發表詩文，翻譯英美文學，是開源之道。

　　我上面「斬釘截鐵」寫下從香港帶到美國的余光中詩文集書名，何以能有此確鑿說法？這裡分曉了：余先生在我帶到丹佛的余氏著作上題簽，包括上述的《五》、《左》二書。題簽的還有《敲打樂》、《在冷戰的年代》；前者是我一九六九年八月抵達美國後，王漢華在香港購買寄到美國給我的，後者則是浸會學院的劉健寄送的（此書1969年11月才出版）。四本書之外，題簽的應該還有《蓮的聯想》和《逍遙遊》，可惜此二書在寫作本文時遍尋不獲。余光中向來時間觀念極強，他當年在幾本書上題簽，除了有「維樑訪丹佛紀念」之類字眼，每本都寫上日子「一九七〇、十一、廿八」。這幾本書，從出版地臺灣銷售到香港，從香港帶到或寄到美國各地（我在美國留學七年，多次搬遷），再帶回香港，從香港又帶到目前的深圳，一直放在書桌或書架，我當然清楚看到它們扉頁上余光中的墨跡。

　　丹佛之旅最深刻的印象是到「紅岩圓形露天廣場」（Red Rocks Amphitheatre）觀光。時維寒冬，從余家驅車十多英里抵達時，雪花飄飛。我們幾個人張開穿著厚重衣服的雙臂，要擁抱輕盈的白霏霏；張開嘴巴，要舔舔溫柔的白霏霏；幻覺美麗的雪姑在這空曠的劇場（可容近萬人）出現，歡迎遠客。觀山賞雪之樂過後，我的苦惱又來襲了。老爺車般弱質的 Covair Monza 又告病倒——下山途中，「拋錨」了。正當美國的大節日，百業休假，我這訪客非常狼狽，主人又怎能「苟安」？此次修車自然費錢費時又費力，按下不表。跳躍敘述：打擾余

家數日之後，我們諸人告別；周全浩兄個人返回內布拉斯卡州大學，商禽、古蒼梧和我同車，我任駕駛員，循一弧形路線遊覽幾個地方（包括梁實秋讀過書的地方「珂泉」即 Colorado Springs）後計畫返回各人居住地；可是我的白色小轎車「夢莎姑娘」不堪勞累，「燈枯油盡」，在德克薩斯州的達拉斯市垮了，返魂乏術。從九月初喜洋洋買車到十二月初悲戚戚拋車，始戀終棄，這段羅曼史顯得激越悲壯。

七　余光中丹佛兩年的文友雅敘

　　余光中在丹佛兩年，教學和行政工作之餘，寫詩寫散文，詩有〈江湖上〉、〈白霏霏〉等六首，文有〈丹佛城──新西域的陽關〉（寫於1970年1月）等五篇。這些作品都是我丹佛之旅後很久才讀到的。〈丹佛城〉寫落磯山，他把多山多石的科羅拉多州稱為「大石帝國」。寫「秋天的白楊，千樹成林」，友人楊世彭戲呼之為「搖錢樹」。丹佛兩年，余光中與科羅拉多大學的楊世彭教授來往頻繁（楊教授後來先後兩度到香港任香港話劇團的藝術總監）；葉珊和鍾玲則曾在一九六九年的耶誕節假期到訪，賓主暢聚。

　　葉珊本名王靖獻，後來把筆名葉珊改為「楊牧」。是次他「從西岸飛來山城，飲酒論詩，談天說地，相與周旋了七夕才飛去」。余光中與楊牧交往數十年，丹佛這七天，應是相聚時間最長、交流密度最大的一次。一九七四～一九八五年是余光中的香港時期，有整整八年的時間（1976-1980、1981-1985）他和我同在香港中文大學中文系任教，我們經常譚文說藝。余先生寫詩論詩，評論當代詩人時，頗能樂道人善。我發現他極少談論楊牧的作品，怪而問之。他說讀楊牧的詩，很難把握其主題，不明其詩意，是以無從徵引評論。

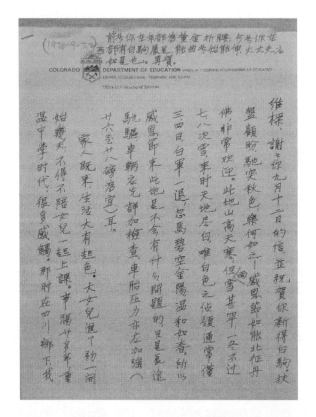

一九七〇年九月二十二日余光中致黃維樑函首頁

楊牧的詩難懂，是很多評論者的共識。我的第一本書《中國詩學
縱橫論》是瘂弦和楊牧合辦的出版社洪範書店垂青邀我出書的，楊牧
對拙著的製作非常重視；書的封面印出來，他不滿意，不惜重新設計
印製，此書才有面世時的典雅外表。我對此事一直感念不忘。好幾次
想寫文章評論楊牧的詩作，作為一種「回報」；然而，他的詩我總是
苦讀而不能懂，知難而退，只得作罷。新近有學者評張棗的詩，說其
詩「特別難讀」。這種迎難而上，這種「克難」精神，我只能表示佩
服。現代詩的難懂是個大問題，至今仍然存在。

八　美國經驗對余光中創作大有影響

　　一九六九～一九七一年在美國兩年間余先生寫給我的信至少有五封。上面提到過一九七〇年四月十六日四頁長信的局部內容，此信是五封信中信息量最大的一封：除瞭解釋幾首詩的背景外，他述及到紐約州立大學（在 Albany 的校區）演講，參加幾次中國同學會的活動，「大概是太累了，又染上於梨華的 flu。結果自紐約飛芝城，又飛丹佛，飛飛降降，乃上吐下瀉。乃進丹佛醫院，……住院一週始愈。……」這段日子，余光中一人獨居，信裡沒有說有沒有熟人幫忙或探病；無論如何，生病的滋味一定難受。信裡感歎道：「很有點茂陵風雨病相如的味道。」人在異國，他想到仍是中國古代的才子。冰心當年留學美國時染病住院，寂寞異鄉，從窗外晃動的湖水得到安慰，把湖的名字翻譯為「慰冰湖」（Lake Waban）。余光中異國遊子的寂寞，應該不下於有同鄉之誼的冰心。上面所述的信提及「染上於梨華的 flu」，flu 即流行性感冒。這使我聯想到小說家、留美文學的先驅於梨華二〇二〇年在美國因為感染了新冠肺炎而病逝，她是否一向特別容易受到感染呢？

　　「於」此說一件有關的事。余先生仙逝那個十二月，於梨華在紐約讀《紐約時報》得知噩耗，稱關於余的訃聞「有半版，很詳細」。此事見於於梨華的〈我記得的余光中〉一文，此文收於李瑞騰主編、二〇一八年十月九歌出版社出版的《聽我胸中的烈火──余光中教授紀念文集》。余光中在西方文學界的名氣，遠遠沒有中國某些小說家那麼大，而訃聞「有半版，很詳細」，我深感興趣，請陳煒舜幫我上網找來一看。果然是頗長的文章，題為 "Yu Guangzhong, Exiled Poet Who Longed for China, Dies at 89"，附了兩張照片，作者名為 Amy Qin（後來煒舜查到是秦穎），敘述生平頗簡賅，涉及「鄉愁」詩，以

及鄉土文學論爭；她引述得州大學（奧斯丁校區）有臺灣教育背景的張誦聖教授對余光中的評價：他是「臺灣最有成就的作家之一，也是中國現代文學最有成就的作家之一」。此文有語調過激處，也有幾個事實的小瑕疵。

　　余光中於一九五八～一九五九年、一九六四～一九六六年、一九六九～一九七一年三次旅居美國，美國經驗增長其學識、擴闊其文化視野、深化其「鄉愁」（對大陸的思念）。他的知性縱橫、感性飛揚的「余體」散文，在美國萌生和發展；他的現代歌謠體詩歌，在美國寫出來。〈登樓賦〉和〈咦呵西部〉等散文，若非在美國越州過郡高速馳騁，就構不成其「余體」。若非親歷美國的先進發達，他就不會感到東方古國國民的切膚之痛。美國經驗對余光中的影響大矣哉。

九　我對《白玉苦瓜》的評論引起紛紛議論

　　一九七一年初夏我在「奧州大」取得新聞學的碩士學位，夏末赴俄亥俄州哥倫布市，在俄亥俄州立大學繼續讀書，和余先生保持書信往來。一九七四年得知余先生的新詩集《白玉苦瓜》在臺北出版了，在臺灣的親戚韓玉立十一月給我購寄了一本。細讀後，我在一九七五年夏天寫成〈詩：不朽之盛事——析余光中〈白玉苦瓜〉並試論詩人之成就〉，這是我到那時為止所寫論余光中最長的文章。萬多字，對余光中評價甚高，《明報月刊》主編胡菊人先生收到投稿後，在是年十一月號刊登了此文的刪節本。此文經過多次轉載和討論，論者對現代詩的語言問題，以及對余光中詩作的評價，意見紛紜。余光中在香港看到此文，關注後續的爭論。

　　《白玉苦瓜》集子裡有多首民謠式詩篇，臺灣的楊弦選了幾首譜曲，加上其他臺灣詩人作品的譜曲，一九七五年六月臺北舉行「現代

民歌演唱會」，余光中為此從港赴臺出席活動。不久後同名唱片在臺推出，校園民歌從此成為風尚。余先生把唱片寄到美國給我，這自然是珍貴的禮物。

我在俄亥俄州立大學專心讀書，做研究，寫論文，一九七五年至一九七六年春，我先後發表了下面的長篇論文：〈艾略特和中國現代詩學〉、〈中國最早的短篇小說〉、〈王國維《人間詞話》新論〉、〈詩：不朽之盛事——析余光中《白玉苦瓜》並試論詩人之成就〉、〈中國詩話詞話和印象式批評〉（另外〈中國詩學史上的言外之意說〉在一九七五年十一月寫成，一九七六年十月才發表）。當研究生期間，還先後把夏志清教授兩篇英文論文翻譯成中文：一是〈《老殘遊記》新論〉，二是〈文人小說家和中國文化——《鏡花緣》新論〉。論《人間詞話》那篇長達六萬字，它連同論印象式批評，以及論言外之意說，一共三篇，後來成為前面所說《中國詩學縱橫論》一書的全部內容，於一九七七年出版，順此道及。

十　一九七六年起我和余先生都在中大中文系教書

一九七六年大概是一月時，我在新亞讀書時的同窗好友吳長和，以及舍妹黃綺瑩，分別寫信到美國告訴我，說母校中文系教職有空缺，建議我應徵。此時我一方面在準備論文，一方面發出求職信在美國的大學謀職。聽到母校要請人的消息，決定應徵；遂依照要求辦理申請手續，並寄上推薦信（其中有夏志清先生所寫的）和近年發表的多篇著作和譯作。

一九七五年余光中在香港的刊物先後讀到我的〈中國最早的短篇小說〉和〈詩：不朽之盛事〉等文章；〈艾略特和中國現代詩學〉在臺灣發表，他應該也有機會看到。余先生先後寫信到美國給我，予以

黃維樑著編「余學」六書

鼓勵;他還告訴我文章發表後華文世界多地的反應(論《白玉苦瓜》一文引發了對新詩相關問題的爭論)。一九七六年四月三十日,余先生來信傳來了好消息:我申請新亞中文系的教職已獲初步通過。他說申請者約二十人,審議申請者的四人小組中,主席王佶先生和鄺健行博士都屬意於我,他(余光中)當然也支持。鄺健行是大師兄,比我年長約十歲,素未謀面;王佶是新亞書院的教務長,我在新亞讀書時(1965-1969年)是個中等程度的活躍分子,他對我頗有認識;爭取中文成為香港的法定語文一事,我想他對我應留下良好印象。初步通

過後，經過上級部門審議，我獲聘成為定局。

　　我在俄亥俄州立大學日夜勤奮，此時母親又遠從香港前來美國看我，並幫忙照顧初生的女嬰（在1975年底出生），我終於完成論文，通過口試，參加過畢業典禮，在八月下旬與家人飛到香港。對我來說，在美國有七年之「養」（學養），和香港一別七年了。慈親識字有限，香港人的粵語她不會說，英文則只會說 Coke 這個音，而她萬里迢迢單身來美國，說是要把六、七年不歸家的兒子逮回去。哈哈，她「成功」了。這裡補記一筆，當作對先慈的懷念。

　　我於一九七六年九月起在母校中大中文系教書，余先生於一九七四～一九八五年在中大中文系任教授，我和他做了九年的同事。和余先生交往，和「余群」文友交往，讀他的作品、論他的作品，有可歌（基本上沒有「可泣」）之事，有可述之事，罄竹難書（此成語取其古義，即其正面之義）。共事九年的種種，這裡只開了個頭，略作了交代。可告知讀者的是，四川大學文學與新聞學院博士生吳敬玲，在張放（張歎鳳）教授指導下，完成論文《1974-1985年間香港沙田文學群落研究》，以余光中、梁錫華、黃國彬、黃維樑四人為研究對象，於二〇二〇年取得博士學位。

十一　「余學」奠基：編著《火浴的鳳凰》的緣由

　　一九七六年八月底起，我與余先生成為同事，在校內校外經常見面。一九七七年秒，坊間有專書詆毀余光中，我覺得要為余先生編一本「正能量」的書，以正視聽。向余先生道白此事，他表示樂觀其成。蒙純文學出版社林海音女士支持和鼓勵，余先生又提供了不少資料；我利用課餘時間埋頭工作，書成，我為它取名《火浴的鳳凰——余光中作品評論集》，於一九七九年四月在臺北面世。為此書構思名字時，

二〇一七年十二月二十九日高雄殯儀館「奉花錄」前

余先生有「秋收滿籃」、「一籃甘果」幾個頗為低調平實的建議；我欣賞余光中詩文的璀璨富麗，有如神話傳說中的鳳凰，加上他有詩以〈火浴〉（寫於1967年）為題，乃為此書定名。書名還寓意余光中創作有力求超越自我的雄心。

　　此書和中文系同事梁錫華的一本新書，差不多同時從臺北寄抵香港，於是余、梁、黃加上相熟的黃國彬，四人到沙田一家餐廳吃飯，有慶祝新書出版之意。余、梁、雙黃，正是四川大學吳敬玲博士的研

究對象「沙田四人幫」。酒家名字好像是「小欖公」，沙田還是在鄉村時期，龐大的馬場正在興建，國彬充滿環保意識的詩〈沙田之春〉（成於1976年3月）已經發表。

《火浴的鳳凰》所收的評論文章，包括我自己的五篇，還有我撰寫的長篇導言。我力稱余光中詩文多方面的卓越表現，用「精新鬱趣，博麗豪雄」形容其整體風格，並寫道：「我國現代文學的眾多作家中，余光中是最重要、最傑出者之一。」我用「最……之一」形容，而不用「最……」，乃為了力求批評上的「客觀」，希望評語這貨幣，不會過於膨脹而很快就貶值。出版後，戴天說此書為「余學」奠基。我自豪地認為，這個基礎奠定得頗為穩固。此書出版後好評甚多，連美國出版的英文學報 *CLEAR*（*Chinese Literature: Essays, Articles and Reviews*）一九八五年一月出版的，也發表長篇書評，書評作者 Sharon S. J. Hou（中文姓名好像是侯師娟）謂「此書是臺灣文學研習者必備之書」（"The book is […] a must for students of Taiwan literature."）此書銷路頗暢，其第五次印刷在一九八六年十二月面世。

一九九四年我編著的《璀璨的五采筆》由臺北的九歌出版社出版，收評論余光中的各地文章，包括我寫的多篇。二〇〇四年九歌出版拙著《文化英雄拜會記》，評論余光中的文章占了一半篇幅（此書二〇一八年香港中文大學出版社推出另一個版本，二〇二一年將由北京的九州出版社推出新修訂版本）。二〇一四年出版了拙著《壯麗：余光中論》，這之後，我所寫關於余光中的長短文章有近二十篇，這裡不能列述。

十二　當繼續憶述余光中與「余學」

有吳敬玲的博士論文，余光中在香港十年（或謂十一年）的作品

和生活，獲得可觀的記錄；我這裡的「憶述」，以及其他論者如流沙河、李元洛、古遠清、陳幸蕙、傅孟麗、徐學、郭虹、梁笑梅等位不同方式的書寫，也多少窺到了余光中這隻斑斕的「豹」香港時期的諸種色彩。作家的傳記可大可小可厚可薄，我自問對余光中一生的作品和生活多有著墨、揮墨的空間。余光中的不同臺灣時期，以及美國時期、香港時期，以至大陸前後兩時期（後期指一九九〇年代至他辭世的二十多年間他在大陸的種種文學活動），我自信都可以進一步研究後寫出評傳式的詳盡記述。

為什麼這樣自信？原因之一是我讀過余光中的全部作品──真是卷帙繁浩。之二是我儲存了余光中各個時期的大量相關資料，包括刊物上他發表的作品、他的手稿、他的多種書信，還有各地對他報導的剪報、各地對他的評論文章和專著──很應該建設個「資料庫」來容納。之三是我熟悉余光中或長或短居住過的地方：香港、美國、臺灣、大陸、澳門。我居住時間最長的地方是香港，在美國居住過前後共八、九年，在臺灣居住過前後共近十年，在大陸長短斷續居住過二、三十年；換言之，余光中居住過的地方，我和他或同時期或不同時期，都居住過，而且在這些地方我和他都有或疏或密的來往；這樣的「共處」，還有一地：余光中在澳門大學獲授榮譽文學博士，後來當該校駐校作家，而當時我正在該校任教，我居澳約有三年（2012年起計算）。

寫人物的傳記，當然不必要或根本不可能，同時期或不同時期住過傳主所住的地方；然而，能有同期同住的經歷，或有不同時期但住過傳主所住的地方──這些經歷自然可貴，可以為寫作條件「加分」。如果夠堅毅，又有相當的年壽，持之以恆，我還可以寫出與余光中有關的種種論著，包括大部頭的評傳（或他個別時期的小評傳，如美國時期、香港時期……）。據說新亞書院創建者錢穆先生從香港

退休赴臺灣，年逾古稀了，幾年後就寫出了他大部頭的《朱子學案》。吾人當見賢思齊。

目前很想寫的長篇文章，一是關於一九八二年我認為余光中可得諾貝爾獎的理由；一是拿余光中和艾略特比較，指出余的文學成就比艾大。略說後者。只就詩而言，艾詩的創意走火入魔，其題材甚為狹窄；余詩題材廣闊，創意豐盈而手法穩健，詩藝高超。余光中的絕色抒情散文，艾略特根本沒有這個品種；如此等等。艾略特挾其英文等同「世界語」的優勢而名冠全球，余光中用中文寫作，語言「勢力」全無可比性。數十年來我所寫余光中作品的評論文章，已有數十萬言；當然還可以也需要有這裡說的種種加添。

這篇〈余光中和「余學」憶述〉至此只算開了頭，篇幅已長，但可以更應該放開懷抱繼續記述。余先生辭世後，張曉風寫長文憶述兩人交往，筆墨飽滿酣暢，讀之感動其情，讚賞其采，真是大散文家的上好文字。拙作篇幅已長，就此暫停，當有後續。（斷續寫於2021年3月至4月上旬）

山高水長
羅宗強教授追思專輯

主編：楊松年、范軍

編者按

　　羅宗強先生（1931-2020）年生於中國廣東省揭陽市。一九六四年研究生畢業於南開大學。後至江西贛南師範學院任教。一九七五年回到南開，歷任副教授、教授、博士生導師。兼任中國李白學會副會長、中國杜甫學會副會長、中國唐代文學學會副會長、中國唐代文學學會顧問、《文學遺產》編委、中國古代文論學會顧問，首都師範大學特聘教授，新加坡國立大學中文系客座教授，雲南大學、河北大學、廣西師範大學兼職教授等。

　　羅宗強先生致力於研究中國文學批評史，開創了中國文學思想史和中國古代士人心態的研究新領域。一九八〇年以來，著有《李杜論略》、《隋唐五代文學思想史》、《唐詩小史》、《玄學與魏晉士人心態》、《道家道教古文論談片》、《魏晉南北朝文學思想史》、《讀文心雕龍手記》、《明代後期士人心態研究》、《明代文學思想史》；主編《古代文學理論研究概述》、《隋唐五代文學史》（與郝世峰合作）、《中國文學史（隋唐五代卷）》等等，著作等身。

　　為表紀念之意，特邀請羅先生的故交楊松年教授、羅先生的學生華僑大學教授黃河先生（旅居加拿大）、首都師大教授雍繁星先生和泰國華僑崇聖大學范軍副教授撰寫緬懷文章，匯成紀念專輯，以寄託哀思。

怎麼會這樣，太突然了

——懷念羅宗強先生

楊松年[*]

　　天津教育出版社王軼冰女士來了微信：老師，聽聞羅宗強先生千古，本不打算告訴您，但想想還是發訊息給您，我心中很痛！

　　她本不打算告訴我，因為我剛出院不久，還在養病期間。一聽到這消息，我確實是震到了，回應：哇，怎麼會這樣，太突然了。

　　回憶遂一頁一頁地翻開。和羅先生初次見面，是在潮州舉辦的韓文公研討會上，羅先生是潮州人，這個研討會對他倍加親切，當時我們知道彼此都是關心中國文學評論的，可是由於會議匆忙，交談的機會並不多，但是羅先生已經留給我深刻的印象。

　　我們交談比較深入的是那一年他受邀到新加坡國立大學中文系講學。記得他到系的第一天，就來我的研究室。開門看到他，我非常興奮，緊緊握住他的手：歡迎歡迎，知道你要來，我多盼望喇。

　　坐下後沒有什麼客套話，他指著書架上我的幾本中國文學評論的書說：臺灣出版的書我們不容易看到，不過你的幾本書我看過。你對文學批評文類的看法，應當擴大到選集和論詩絕句，我非常同意。探討選集和論詩絕句的方法，你的意見我也看過，很好。

　　他單刀直入的針對我的作品發表意見。我跟羅先生沒怎麼見過幾回面，但是他這性格可以說吸引了我。

---

[*]　世界華人民間信仰文化研究中心學術顧問團主席，臺灣南洋文化學會學術顧問。

　　我也坦率地表示我對文學評論研究的一些意見。說目前研究中國文學批評的，多側重在評論者及其作品的論析，一塊一塊的，看不見背後的歷史、社會、文化的因素，以及其間傳承的聯繫，人與他們的論見似乎跟這些背景因素隔裂開來。

　　羅先生對我這看法表示贊同。我也知道他會贊同這個見解的。我讀過他的《魏晉南北朝文學思想史》、《隋唐五代文學思想史》、《明代文學思想史》，都能結合上舉的背景因素和當時作者的心態來寫文學思想史。在上世紀七十年代我在南洋大學講魏晉南北朝文學時，深感當時資料之不足，勸導同學們多看王瑤等研究中古文學思想，中古文學風貌，中古文人生活的之類書籍。只是這些著作還不能與文學評論緊密地結合。羅先生的幾部文學思想史著作的出現，解決了我長期關懷的問題。

　　文學評論，文學見解，發自作者的內心，作者的心態是研究者應重點探究的課題。這也是羅先生所注重的，而羅先生更注意的是魏晉士人和明代後期士人的心態，從而有兩部《玄學與魏晉士人心態》、《明代後期士人心態》的問世。選擇魏晉士人和明代後期士人那些特殊的獨立超群，挺拔不阿的心態和風格為論析對象，不但反映羅先生洞察文學思想的眼光，也反映他內心中那種知識分子的氣質。

　　那次會面，我跟羅先生談了將近兩個小時，直到系裡的秘書說系主任要見他才離開。離開前他突然指著我書架的幾本我寫的新馬文學的著作說：楊老師，你的文學評論研究計畫很多，就少寫這些作品。

　　我一錯愕，但很快就清楚羅先生的意思了。我碩博論文都是研究明清詩論的，當我還在香港大學讀書時，新加坡駐香港高等公署的一等秘書王慷鼎先生曾經請我吃飯並要我多注意新馬文學，多為新馬文壇做些事。當時我正全心治理中國文論，直接回絕他的好意。但是，回到新加坡之後，才知道課堂上、研究上、出版上、文學活動上，新

馬文學急需學術人員做很多的工作。我毅然接受留港時期王先生懇切
的建議，撥出一些時間整理和撰寫新馬文學。關於新馬文學的文章發
表了，著作出版了，我的導師黃兆傑教授直接表示我應該專心於中國
文學評論的探討，史丹福大學王靖宇教授沒有明言，隱隱然也有此意。
但兩位先生的愛護之意，我深深地感受到。羅先生在初次深入交談中，
也提出這看法，不但表露他直爽的性格，也同樣充滿愛護之情。

　　和羅先生交談兩天後，由於我的學術假期，我離開新加坡好幾個
月，回來後，羅先生已經完成教學工作，回返天津，我們錯過再次見
面的機會。

羅宗強教授演講照

　　其後由於孩子曾在天津塘沽工作，我有時到天津和孩子在一起。
曾經有兩次到南開探望他，一次他不在，說是到醫院去，一次見到他
了，但是孩子事忙，沒有說幾句話就得告別。

　　說起來，我跟羅先生交談機會真是太少了，但是我們彼此從作品
中，瞭解彼此，也可算是深交。

　　去年年底，我剛聽說北京中華書局出版他的文集十一冊，在為他高興而祝賀時，現在竟接到他仙逝的訊息，當然會脫口而出：哇，怎麼會這樣，太突然了！

仰之彌高的學人風範

——緬懷業師羅宗強先生

黃　河[*]

　　宗強先生個子不高，面容清癯，平常話語不多，但在與人討論學術問題的時候，他那不多的話語，卻有一種讓人心悅誠服的魅力。這魅力，我想，應該源自於在他話語之中很自然地流露出來的淵博的學養和敏銳的見識吧。

　　我最初為宗強先生的學識所折服，還是上個世紀八十年代中期在山東大學攻讀碩士學位的時候。一個偶然的機會，我讀到了先生其時剛出版的《隋唐五代文學思想史》。這部書中體現出來的先生對隋唐五代文學的淵博學養和敏銳見識立即讓我佩服不已。從先生這部書中，我第一次認識到，原來艱深的理論論著可以用如詩如畫的優美文字來表述；生動細膩的審美感受竟然會將不同階段的唐詩劃分出如此清晰的界限；紛紜複雜的文人心態居然可以直接地影響一個時期的文學和文學思想的發展；看似葛藤糾結的歷史背景，只要運用得當，也可以通過準確精到的史料與詩文的引證予以清楚扼要地闡明。而這些論證所以能達到這樣的高度，實質上與著者的胸襟學識緊密相連。這部著作雖然只是先生的第二部論著，但它建立在嚴謹基礎上的高屋建瓴，已經明確地展示了先生治學的大家之氣。記得就在那個時候，我

---

[*]　華僑大學文學院退休教授，現居加拿大。一九九六年到一九九九年，師從羅宗強先生攻讀博士學位。

就下了決心，如果有機會攻讀博士，一定要追隨先生。

　　沒想到，在碩士畢業後的第十年，我如願以償，真的入了先生門下，成為先生的博士研究生。還是沒想到，當我還沒有到南開大學報到的時候，我就收到了先生寫給我的一封長信。先生在信中，除了說明他將赴新加坡講學一年之外，其餘的文字，都在叮囑我應該怎樣讀書，從哪裡入手做學問。先生在信中寫道，要研究古代文學思想，研究者至少應該具備三方面的素養，一是對所研究時代的社會文化和作家作品的盡可能全面地把握與瞭解。先生強調，所謂社會文化包羅很廣，上自帝王的個性愛好，中有大臣的章表奏議，下含庶民的風氣習俗，還有地域節候種種因素，這些都可能影響到文學發展的趨勢走向，因此都為文學研究者所不可不知。先生又指出，所謂文學，它絕不僅僅只是作品，它還包括了作家的家庭背景、人生歷程、性格脾氣、心態特徵、交遊往來種種，這些都會對作家的心態創作發生影響，故而也是研究者所不可不知的事。先生將研究者的此種把握與瞭解稱為「還原歷史」，認為研究者是否具備這份素養，乃是決定你的研究能否做到客觀真實的基礎。二就是研究者還應具有能夠展開合理推導的思辨能力了。

　　在先生看來，研究有了材料，猶如建造大廈有了磚瓦木石。磚瓦木石當然並非大廈，你還須合理安排磚瓦木石，讓它充分發揮作用，一步一步地形成大廈。研究者的推理思辨即有如匠人之利用磚瓦木石，憑藉推理，研究者才能將材料組織起來，讓它自然合理按部就班地沿著自身的邏輯發展軌道向前推進，最終導致出真實可信的必然結論。先生十分重視研究者的推理思辨能力，他一向主張讀別人的研究著作，不僅要讀別人的研究結論，還要注意分析他是如何得出結論的分析推理過程，以提高自己的思辨能力。早在年輕時候，他就讀過康德的《判斷力批判》，而他讀此書的目的即在於提高自己的分析推理能力。

　　先生曾這樣描述他之讀康德的《判斷力批判》：「這書很不好懂，

我就一段一段地讀、想，一行一行地拆開來讀，看他的邏輯思路。看一遍不懂，就看第二遍、第三遍，直至大概弄明白了。讀西方的哲學著作，對於理論思維的訓練很有幫助。」[1]為先生所推重的研究者應具備的第三種能力，就是一個文學思想研究者還須有敏銳的審美洞察能力了。先生在一篇文章中，曾專門談過這個問題：「文學是文學，它到底不是社會學，不是哲學，不是史學，也不是其他的任何以邏輯和思辨作為表達方式的學科，它有自己的特點、感情、情趣、形象、境界、比喻、描述等等所構成的美。……缺乏審美能力，進一步的分析就不可能。」[2]這意思也就是說，雖然我們從事的是理論研究，但我們研究的對象畢竟是文學，如果沒有敏銳的審美能力，讀不出作品的好壞，你的研究就沒有基礎，只能成為不著邊際的海市蜃樓。

　　先生希望我從這三方面入手以提高自己。這就是我受先生教誨的開始。

　　對於弟子，先生的要求是嚴格的。這種嚴格，用嚴厲或嚴苛來形容一點也不過分。同門師兄弟幾個有時湊在一起散步聊天，談到各自最擔心害怕的事，大家竟不約而同地都認為，是先生打來的電話。因為只要是先生打來電話，就意味著你的論文出了問題。先生嚴謹過人又心細如髮，文章中出現的問題一般說來是逃不過他的眼睛的。一旦發現我們文章中存在的問題，先生便會毫不留情地指出，並要求迅速改正。每逢此時，先生的語氣往往十分嚴厲。因為先生的意見，總是能切中文章的弊病所在，所以，先生一針見血的批評，常常讓我們感到面紅耳赤，羞愧難當。我的學位論文，以清初王士禛（漁洋）的詩歌思想為題。按先生的要求，我除了必須熟讀王漁洋《帶經堂集》外，還須通讀清代在王漁洋之前，與王漁洋同時，以及受王漁洋影響

1　張毅：〈羅宗強先生訪談錄〉，《文藝研究》2004年第3期。
2　羅宗強：〈古典文學研究中的一件小事〉，《古典文學知識》1996年第2期。

的所有詩歌。一句話，現存的清人別集，至少要讀三分之一，才有資格談王漁洋。更何況即使讀完這些，也還僅僅只是別集部分而已，要真懂王漁洋，還要讀其時大量的《實錄》、史籍、筆記、年譜乃至野史秘聞種種。

我就這樣在先生的引導下，開始了三年沒日沒夜地在學術之路上攀藤附葛艱難前行的歷程。這是一段在當時來說是苦不堪言，今天回味起來卻是甘之如飴的人生經歷。為了敦促和檢查我的讀書情況，每次面謁先生，先生總會根據論文內容，提出一些讓你意想不到的問題。以王漁洋詩為例，他早年寫得朦朧幽微隱約的〈秋柳〉四首，詩意之難求確解向為學界公認。但此四首詩又是漁洋晚年自己也肯定下來的他的代表作之一，故這組詩實為解讀王漁洋早年乃至終生心態的一個關鍵，是研究者無法迴避且必須正視的一組詩歌。當我向先生陳述我對這幾首詩歌的一些看法的時候，先生忽然問我，王士禛《漁洋山人自撰年譜》說當年他這幾首詩剛出即「和者甚眾」，且這「甚眾」據稱達數百家之多。你在與王士禛同時的清人別集中有沒有看到和作，看到多少，這些和作都表現出怎樣的一種情思，表現手法又有何特點？另外，都是什麼樣的詩人為〈秋柳〉作和，你有沒有作過統計和分類？一番話問得我瞠目結舌，無言以對。

我既慚愧於自己讀書甚少和讀書不精，又深感於先生有如醍醐灌頂般的提問讓我眼睛一亮，思路豁然開朗。因為這一現象說明王士禛在這組詩歌中表現的情思，以及本詩特有的隱約朦朧的表現手法確是有其存在基礎，符合時人心態，並為當時人所普遍認可和接受的。今天我們覺得〈秋柳〉詩不易把握，那是因為今天之社會環境與清朝初年完全不同。既然這樣，為什麼不從時人的〈秋柳〉和作中去尋求認識〈秋柳〉詩的線索呢？再由此引發開去，我們不是還可以圍繞〈秋柳〉詩，對明清易代之初的詩人們對〈秋柳〉如此熱衷這樣的一種普

遍心態以及王士禎所謂的「神韻詩」的形成進行一番探討嗎？

　　這就是我們追隨先生讀書的樂趣和魅力所在了。生活基本上圍繞讀書而展開，既有讓你終日枯坐，兀兀經年，難堪不已，狼狼非常的時候，也會讓你品味感受那種突然之間雲開霧散，所有疑惑一朝釋然的輕鬆和喜悅。

　　當先生敦促我們讀書的時候，他自己也在一盞青燈的陪伴下孜孜不倦地讀書。按照先生自述，他寫《魏晉南北朝文學思想史》耗時八年，寫《明代文學思想史》用了整整十二年。從時間上推算，這二十年正是他帶博士研究生的二十年，他並沒有因為指導研究生而停下自己讀書的腳步。即使年過八旬，他仍然一如既往地讀書寫作，二〇一四年出版《明代文學思想史》，二〇一五年在《文學評論》上發表長篇論文〈論「氣韻」和「神韻」〉。他是如何讀書的呢？有學者回憶先生寫《明代文學思想史》時的讀書情況說：「他一開始就給自己定下日課，每天閱讀十卷〈明實錄〉，風雨無阻。屈指算下來，兩千九百一十一卷的《明實錄》差不多要讀一整年。然後是政書，雜史，筆記，然後是一部又一部的明人別集。」這種日復一日，年復一年的讀書生涯，在他人，也許覺得枯燥乏味，但先生卻將自己的生命與讀書緊緊地捆綁聯繫在一起，一生都在追求於斯，沉湎於斯，享受於斯，用先生自己的話來說，他覺得「青燈攤書，實在是一種難以言喻的快樂。」我以為，如果真有讓先生覺得不可接受和痛苦的事，絕非是金錢物質上的拮据困頓和身體上的病痛勞累，而是他讀書的權利的被剝奪。他所以執意要離開贛南回到南開大學，原因其實僅僅在於南開能夠提供一個讓他自由地讀書的環境。

　　晚年的先生不能像以前那樣自由地讀書了。由於記憶力衰退，先生只能靠打印來幫助記憶，這似乎使他內心深處產生出一種蒼茫無奈的感傷和惆悵。在二〇一四年八月十三日先生給我的郵件中，他真切

地表露出這種心境:「我生活如常,只是衰朽已不堪勞作,文章事仿如隔世。『都將今古無窮事,放在愁邊。』」這是先生寫給我的最後一封信。作為曾與先生朝夕相處的弟子,我心裡當然明白,在寫下這些話時的先生心中,念念不忘的其實還是他的「勞作」、他的「文章事」。

先生平靜地走了,留下了十卷《羅宗強文集》。我們心中,也留下了對他永遠無盡的思念。

羅宗強教授生活照

送別羅宗強先生

雍繁星[*]

　　前些天送別先生。這次是最後的送別。

　　幾天來忙忙碌碌，心裡卻空空蕩蕩。看到朋友圈裡回憶先生的文章，看到先生的照片和視頻，有些重合的記憶就慢慢地浮起，模模糊糊的。眼淚不可抑制地湧出來，我才意識到，這次真的和敬愛的先生永別了。

　　我是一九九九年考到先生門下，二〇〇二年畢業的。三年親炙，我從無知變得會讀一點兒書，先生從溫而厲的老師變成慈祥可親的家人。第一次見到先生這位傳說中的大學者，是在南開主樓的博士生面試辦公室。他很清瘦，精神很好，就是「清峻」。先生問我看過的《文心雕龍》注本，我說了幾種，卻忘了說黃侃和范文瀾。先生追問這兩種注本我是否看過，我趕忙補救說知道，看過一點。我還說自己抄寫黃叔琳注本。這是事實，先生相信了。後來過了很久，先生跟我說：知道為什麼招你嗎？因為你什麼都不懂。雖然學習西方理論倒還不胡說八道，腦子還算清楚。我汗顏。我的古代文史水平就是一張白紙。他認可的，應該是我沒有不懂裝懂。

　　那幾年的讀書生活也很辛苦。印象最深的是《莊子》課，每天去圖書館翻《無求備齋莊子集成》。我把《莊子》原文和先生要求逐字

---

* 首都師範大學中國詩歌研究中心專職研究員。一九九九年至二〇〇二年在南開大學隨羅宗強先生攻讀博士學位。

對讀的七八種注分欄抄在一個大筆記本上。懵懵懂懂地硬讀了一個學期，慢慢就順下來。先生還挑了十餘種重要別集，每兩週講一種。三曹、李杜，部頭都不小。我看得天昏地暗，囫圇吞棗。上課在北村馬蹄湖畔，先生家裡。我們把讀書中的困惑提出來，先生講解。師母在旁邊的屋子安靜地讀書或者畫畫。她是個特別善良的老太太。課間沒有休息，常常就是整個下午。有時候從先生家裡出來，校園裡已經亮燈了。馬蹄湖畔的燈光，伴著我們。

師兄們多是莊重敦厚的人，先生那些年成就勃發，視學術為生命。師兄們都很怕他的嚴厲。我入學的時候，先生已經六十八歲。也許是因為年紀大了點兒，也許是前兩年剛生過大病，他對我有點兒縱容。我想，在他眼裡我就是個頑皮的孩子。我基礎不好，也不是很用功，偶爾小聰明，時時惹先生生氣，惹先生發笑，惹先生哭笑不得。我畢業到北京工作，先生在一本書的後記裡寫道：「送別門人雍繁星之後三日」。那時候已有城際列車，京津咫尺，我沒有意識到畢業是一種離別。

然而事實上，工作以後我就不能經常看望先生了。以前差不多每週都見，變成每年兩三次。打電話的時候，他每次問我工作忙不忙，單位領導同事是否好相處，學業有沒有進步。我說去看他和師母，他總是說工作要緊。待我決定去時，他就特別高興，連連說好，一定要問清楚幾點的火車。離開的時候，他都堅持要送我。

先生早年坎坷，身體病弱，但精神矍鑠昂揚，步履匆匆。八十多歲的時候，還騎自行車。後來，我也慢慢成了中年人，先生也漸漸顯得蒼老。他不再告誡我用功，經常說身體要緊，不要熬夜，書是讀不完的。他可是視學術為生命的啊，是不能容忍學生嬉游荒廢的啊，是學生眼中嚴厲的大學者啊！變老了的先生，只能送我到樓下。

再後來，先生的視力減退，不能看書。我無法想像這對先生這樣

純粹的讀書人來說意味著什麼。他總說自己是個廢人。我發現，他的記憶、行動和反應都遲緩了。他常常說起小時候的事，說起老朋友，也常常沉默著，不知在想什麼。離開的時候，他送我到門口，總是說見一次，少一次。我黯然，不知該說什麼。

　　七、八年前，我也學著先生的樣子，帶學生一起讀《莊子》。在先生離開前兩天，我調了《莊子》課去看他。先生已經不能進食，枕邊堆放著他喜歡的書。我不知道他是否知道我去看他了。我也不知道即便他知道，是否會有一點點兒安慰。大家都很憂心，期盼著奇蹟。然而沒有奇蹟。兩天後的下午，我正在補調課，得到先生離開的消息。我正在講他最喜歡的《齊物論》中「方生方死方死方生」。這可能只是巧合？

　　先生喜歡莊子的真，喜歡那種物我一體神遊天地的美。我想，他或者去了逍遙而遊的世界。那麼，這最後的送別，也許不必那麼悲傷。

　　安息吧，我的先生！

筆者與羅師合影

左為博論答辯後所攝，右為畢業照。

羅宗強先生二三事

范　軍*

　　印象中第一次見到羅宗強先生，應該是在二十二年前入南開大學讀研究生的新學期之初。其時的南開文學院名師薈萃，葉嘉瑩、范曾、甯宗一、羅宗強、孫昌武、劉叔新、陳洪、李劍國、馬慶株等先生，每年都會為剛入學的「新鮮人」開設「初識南開」的系列演講，我就是在這個系列演講中第一次見識了羅先生的風采。

　　一九九八年的冬天，羅先生大病初癒，演講主題大約是「治學方法與學術道路」。我記得第一次聆聽羅先生的演講，是在主樓218大教室。印象中，羅先生因為身體虛弱，是坐著演講的。先生聲音細弱而不洪亮，加上羅先生的潮汕口音，所以聽起來不免有些吃力。或許是因為先生身體欠佳的緣故吧，那次演講在我聽來，感覺氣氛頗為感傷。

　　羅先生在演講中，回顧自己的過往人生和學術經歷，多次感慨，很多時間耗費在無謂政治運動和繁瑣的家務之中。他提及一生中最快樂的事情就是收拾完家務，照顧好妻兒睡下後，深夜裡青燈下攤書閱讀和自如書寫自己真正的研究心得而不是趕科研任務。他說，寫得最快樂享受的一本書是《玄學與魏晉士人心態》，而寫得最辛苦的則是主編《中國文學史》（隋唐五代卷）。

　　在當回答學生提問最後悔遺憾的事情是什麼的時候，羅先生的回

---

* 南開大學文學博士，曾任教於中國華僑大學和泰國華僑崇聖大學，現為南寧師範大學文學院副教授。

答令我忍不住淚下。羅先生說，最後悔的事情是剛從贛南回到南開的
那些年，大學教師待遇微薄，生活拮据。羅師母臥病在床，多次大手
術住院。先生每天都寧肯徒步幾站地去醫院給師母送飯，只為省下公
共汽車票錢。為了給師母增加營養，家裡的雞蛋只能留給師母吃，年
幼的女兒饞了，哭鬧強要吃僅有的雞蛋，先生一怒之下，打了孩子。
事後先生深為後悔自責，每每想起都心痛不已。女兒並沒有過分的要
求，只是區區一個雞蛋都不能滿足，他覺得十分對不起女兒，也感慨
一個大學教師阮囊羞澀，難以維持基本的尊嚴和體面。

　　令人感歎唏噓的是，先生那一代學者就是這樣忍耐著如今年輕人
難以理解的清貧，守著知識人的本分，在艱難困苦中奮力寫出傑出的
學術著作的。

　　我在南開讀書時，羅先生因為身體原因只為研究生開課，而且
經常是在他的家裡上課，所以很難去旁聽，何況我當時所學並非古典
文學專業。為此，我一直引以為最大遺憾，同時很羨慕同宿舍的張毅
老師的研究生馬興祥，他可以獨自一個人去羅先生家中「開小灶」，
去上《文心雕龍》研讀課。為了不耽誤馬興祥的課程，先生甚至在病
重住院時，依然為馬興祥上課。馬興祥多次跟我講，他本想去醫院照
顧羅先生，可是每次都是羅先生躺在病床上堅持給他講課，令他非常
感動。

　　有一天，記不清是一九九八年底，還是一九九九年初的冬日，宿
舍裡只有我一個人。電話鈴響起來，拿起電話就聽得出來羅先生那獨
特的潮汕普通話。羅先生電話中詢問馬興祥是否在宿舍，我回答不
在。羅先生在電話中叮囑，若馬興祥回宿舍，請他務必回電話給他。
在其後的半小時之內，羅先生又連續兩次打來電話，電話中的語氣也
比較焦急。我忍不住問羅先生有什麼事情。羅先生說，確實有事情，
他近來因為身體欠佳，不時需要吸氧，今天氧氣瓶的氧氣空了，他擔

心需要吸氧時沒有氧氣，所以想讓人幫忙去天津肺病醫院買瓶氧氣。當時羅師母身體也不太好，天氣寒冷，氧氣瓶又比較重，羅師母本來要自己去醫院買，但是羅先生不放心師母一個人去，故而只好麻煩學生幫忙。不巧的是，打遍學生的電話，都不在宿舍。那時候手機並不如現在這樣普及，學生若不在宿舍就沒有辦法聯繫上了。我聽了羅先生的話，馬上說我可以去幫忙買。羅先生很高興我能幫忙，讓我去他家裡去取拿去醫院退掉的空瓶和買新氧氣瓶的錢款。我放下電話即騎著自行車趕去羅先生家裡，取了東西，又連忙打車往返肺病醫院買了一瓶新的氧氣瓶，送去羅先生家裡。

氧氣瓶送到羅先生家裡，又遇到了問題。給氧氣瓶安裝鼻吸管，需要扳手，手擰是根本擰不動的。可是羅先生家裡沒有扳手，我又急急忙忙跑去西南村小市場的五金店買來了扳手，忙得一身汗，因為我擔心動作慢會帶來什麼差池。忙了半天，我終於笨手笨腳將鼻吸管安裝好，大家都鬆了一口氣。

天色已經暗了，離開羅先生家之前，先生問我叫什麼名字，學什麼專業。得知我學文藝學專業時，說起當時學界正在熱烈討論的中國文論「失語症」的話題，羅先生說文藝學專業處在瓶頸期，很難做出新成績，要想解決中國文論失語的困境，中國古代文論需要徹底釐清，這些方面有很多工作可以做。羅先生這番話，對我影響頗大，為我之後博士階段轉到古代文學專業埋下了種子。

那件事情之後，羅先生的演講我都去聽了，先生的博士答辯我也去聽了幾場，先生的嚴格，在文學院是出了名的，曾有一位女博士生，巨大的科研壓力導致神經衰弱，因此無法完成畢業論文而提前退學。

二〇〇一年，我繼續在南開文學院古代文學專業攻讀博士學位，其時羅先生身體已經恢復，給博士生開設《莊子》精讀課。因為秋季新學期開學之後很快天氣轉冷，為了免去羅先生往返教室之勞，先生

的課依然是在家裡上。我很想趁機彌補碩士階段沒有機會聽羅先生課的遺憾，就拜託羅先生的學生李瑄向羅先生申請是否能夠一起聽課。不幾天，李瑄告訴我因為聽課研究生比較多，家裡空間有限，已經坐不下了，所以很遺憾不能滿足我去聽課的願望了。

我聞言非常遺憾，心情為之低徊良久。然而過了兩天，李瑄又來找我，她說，羅先生看到我的名字，記起我曾經幫過他的忙，答應我去聽《莊子》的課，要我去圖書館找《無求備齋莊子集成》來讀。羅先生曾講過，重點可讀郭象、成玄英、林希逸和陸西星的注疏，這樣中國學術史上不同歷史時期，玄學、佛學、理學和全真教等不同學術流派對莊子的解釋和學術發展脈絡就可以由此觀其大略了。

聽了李瑄的話，我喜出望外，非常感謝羅先生破例讓我去聽課。李瑄臨別時還告訴我，我是羅門弟子之外唯一一個被羅先生特許去聽課的學生。為此羅先生申請了上課的教室，每次上課，羅先生又要從家到范孫樓往返奔勞。我聽了非常感動，也深感羅先生是個重感情的人，我只是舉手之勞幫了點小忙，幾年之後先生依然記得。

博士畢業之後，我南去華僑大學文學院教書。二〇一一年，華僑大學文學院與香港大學饒宗頤學術館聯合主辦「饒宗頤與華學國際學術研討會」。學院希望能邀請與饒宗頤先生同是潮汕同鄉的羅先生參會，讓我聯繫邀請羅先生。邀請函發出不久，就收到先生的回覆。回信是用毛筆鄭重其事地寫在宣紙上的：「范軍先生：蒙貴校邀參加饒宗頤先生與華學國際學術研討會，謝謝。弟因年邁，身體衰弱，未能赴會，至為遺憾，祝會議成功。祝安！」

先生不能南來參會，我同樣深感至為遺憾。也因此未能滿足我借這個會議隨侍左右請教，陪先生遊覽八閩山水的心願。然而，先生的手澤我至今依然小心的收藏著，並將成為永久的留念。

四月三十日上午收到楊松年教授的微信：「羅老走了，你知道

嗎？痛心！」我才知道羅先生已在前一日過世。雖然此前曾聽說羅先生身體不好，但是收到信息後依然震悼不已！

　　先生的學術成就和人格風範，學界名家和羅門弟子已有很多文章記述。

　　作為一直私下仰慕先生的僅聽過一門課的學生，我謹以此篇記錄瑣屑小事的短文獻給敬愛的先生！

《羅宗強文集》書影

剛毅近仁
楊樹同教授週年祭專輯

主編：孫金君

編者按

　　楊樹同教授（1939-2020），原籍福建福州，一九四七年來臺，後畢業於臺大哲學系、哲學研究所。一九六七年，因成績優異，以研究生兼助教。取得碩士學位後即留任講師，期間由國科會保送至美國密西根州立大學進修近兩年（1974年9月-1976年7月）。一九八一年升等副教授，二〇〇〇年退休。楊教授學術專長在倫理學、後設倫理學、實際倫理學，有《檢證原則討論》、《罕普意義理論之研究》、《後設倫理學研究》等著作。樹同教授極富教學熱忱，備受學生愛戴，曾任教倫理學、哲學概論、理則學、實際倫理學、當代道德哲學、倫理學專題、應態邏輯、語言哲學、分析哲學等課程。為紀念樹同教授逝世週年，本刊特邀請孫金君女士組織紀念專輯。專輯共收文五篇，其一為樹同教授夫人魏德貞女士細細講述家庭往事，此後四篇的作者楊惠南教授、林義正教授、黃慶明教授、潘美月教授皆為樹同教授生前好友。其中潘美月教授一篇為口述，由蕭家怡博士執筆。在此謹向各位撰稿人及關心本專輯的時賢表示深深感謝。謹以一聯誌之曰：

　　　樹德務滋，道生本立；
　　　同人於野，物辨類明。

細水長流

——回憶外子楊樹同教授

魏德貞口述、陳煒舜整理

　　轉眼間，外子楊樹同教授辭世已一年了。他生前一再地說：「我死了不准有任何的宗教儀式，不要特別告訴任何人，包括兄弟姊妹在內。如果有一天他們知道了，妳想說的話才說，不想說就笑一笑罷了。我的生死跟任何人無關，只跟妳有關。妳把我燒了，骨灰沖到馬桶裡，一切就是這麼自然！」後來我和他商量，我說自己傾向於法鼓山的植存區，沒有任何宗教儀式，沒有任何墓碑，環境又好，我特別喜歡。於是他答應讓我帶他去看一看。我說我以後就埋這裡，你也在這裡，我們兩人可以作伴。女兒若想來看，就能一起看到。樹同說：「要完成心願還是挺難的！」我回答道：「錯就錯在你不應該結婚生子！」他笑一笑，指著腦袋和心說：「也好，不管好事壞事都留在這裡吧！」最後答應我了。他又補充道：「還有，別寫我的事情，我沒那麼偉大。人為什麼要寫自傳？就是怕人家忘了他，還要強迫別人崇拜他！」說這話時，他有些生氣的樣子，但在我看來卻覺得十分好笑。樹同的想法很灑脫，不過他給予家人、朋友的記憶，卻是帶不走，也無法抹煞的。因此考慮再三後，我還是決定把這些往事點滴記錄下來，以作紀念。

楊樹同教授辭世前的最後留影

　　我比樹同小十四歲。一九七三年，我和樹同正在交往，已決定好結婚的日子。樹同當時是臺灣大學哲學系的青年講師，主要任教理則學課程。那年六月，一個馮姓學生參加理則學期末考試，六題全錯，樹同給了零分。馮生一連來了四、五封信求情。記得第一封信的內容是訴說他事情多，沒空看書，請樹同高抬貴手讓他補考。樹同看到信件抬頭稱呼竟是「樹同兄」，儘管感到十分突兀，但仍然答應了。樹同說不及格也分很多種，如果只是一時失手，那就打個四十六分，讓考生有機會補考，而不會打零分。補考微積分時，馮生全部以文字作答，沒有數學演算，因此樹同不得不打了零分。馮生擔心無法順利畢業，於是四處具狀陳情。系方召集諸位教師核對成績，確定為零分，馮生竟威脅樹同必須讓他及格，還提到什麼「系務將整頓」的事。他更在

一個緊急座談會中以「愛國學生」自居，再度表示遭打壓和迫害。

樹同隨後被校長叫去問話，校長要他手下留情，至少打六十分。樹同堅持原則，且要校長把考卷送去國外再審。樹同知道，如果不送到國外，自己可能遭遇不公平對待。晚上，馮生帶著母親來宿舍找樹同，樹同不讓他們進屋。馮母說，王昇是馮生的乾爹（王昇是那時的特務頭子），老師你應該給及格等等。此時樹同心裡有數：風暴要來了！卻還是堅持己見不回應，最後兩母子不得不離去。第二天，樹同又接到馮生的信，文情並茂——這回抬頭是叫「老師」了。但樹同依然不回信也不回電，卻更堅信必須把考卷送到國外去審。結果國外送回來的分數是三個零分，一個十分。

零分事件以前，馮生已在陳鼓應和王曉波的課堂上爭吵，兩位老師罵他是職業學生，引起大風浪。馮生挑起「哲學系事件」，一些老師遭到解聘。這時，新上來的系主任把樹同的「哲學概論」等課程拿掉，換別人教。因此樹同在課後找他理論，還當面拍桌子，指著他說：「既然說不出異動的理由，有本事就解聘我吧！」說罷轉頭就回家了。到了家裡，他跟我說，有一天他大概會去臺大門口賣炒米粉。我心知肚明「賣炒米粉」是一種抗議，卻沒點破，只對他說：「好，我炒的比你好吃！」第二天清早八點，那位系主任來訪。進屋坐定後，他開始解釋拿掉課程的因由，說是上面指示要他這麼做，如果樹同自己退去是再好不過，但沒想到樹同居然拍桌要系主任解聘。報告呈上去後，樹同不但得以重新執教原來那些課程，還收到一張為期五年的聘書。這事被系裡助教傳開後，樹同大受學生崇拜。

「臺大哲學系事件」如何延燒、現在如何定論，各位很容易取得相關資料，我就不多說了。樹同把所有的文件，包括零分資料、馮生的來信等統統收集起來，跟我說：「如果失火，記得先拿這包，它比我的命還重要，我的清白就靠這些。」我回答道：「我幫你租個銀行

保險箱，咱們就可以安心過日子，好嗎?!」多年後，事件眾多受害者獲得平反，教育部按每人不同的受害程度發出賠償金。樹同是副教授，獲得六十萬的補償，那是該升任教授的薪水差額。當時另一位太太問我：樹同獲償多少？我全然不知，於是回去問。樹同抽菸思考了一下，約我晚上八點去臺大校園再告訴我——他不希望家裡岳母和女兒受到干擾，所以我們只要有事一定會去校園談，從宿舍出門到校園只需兩分鐘而已。到了校園，他對我說：六十萬全部捐出去了，他要的是清白。我反應快，抱著他親一下說：「聊別的吧！」他說我是用肝思考的人，能生理智。哈哈哈！過了大概半年，我問樹同：「賠償薪水的差額，跟清白有關嗎？」他竟然道：「六十萬的事，我就看妳能忍多久不提。」我聞言大笑。他說：「如果妳要，我明天就領給妳。」我回答說這就像左邊口袋的錢放到右邊，除了好玩，似乎也沒什麼意義。

　　事情過了之後，總要寫論文、提升等。樹同寫完後，把論文送到國科會。有天一位臺大政治系教授（也是朋友）致電家中找他。我看樹同面色沉重，心情不悅，沒說幾句就掛了電話，回頭找了好友——哲學系同事郭博文（曾做過清華大學人文社會學院院長）來談。原來那位政治系教授來電，是要樹同修改著作中的一小段內容。樹同和郭博文卻都認為，政治系教授雖是朋友，但友情歸友情，論文到他手裡就該保密，不通過就不通過罷，可以再寫再送審。所以樹同很失望，覺得堂堂大學教授不應該如此做。他堅持不修改，最後當然沒有通過。我當時聽了，也不敢多說話。樹同就是這樣擇善固執，但如此性格反而令他進一步大受學生喜愛。

　　我們的女兒在比利時在臺交通協會工作，機構共有五十多位員工。協會招聘時，說明要懂得日、英、法三國語言，她都行，就考進去了。她在那裡擔任秘書，十分喜歡這份工作。先前輔大英文系要她

留下來當助教，她死都不肯。他爸分析半天也沒用。女兒要結婚了，樹同說：「這事我不能作主。」雙方見面提親，親家母是臺灣人，親家公是東北出生的日本人，不會說國語，用英文和樹同對話。我的英文不好，就由親家母翻譯給我聽。親家母問我們要多少禮金？多少喜餅？結婚當天男方派車幾點來接？要不要看吉時？等等。猜猜樹同怎麼回答！他的答覆是：一、不收聘禮。二、不要接送。三、各自去飯店。四、沒有嫁妝，但會送禮物給新人。五、不要喜餅。六、雙方要依照喜帖上的時間準點。七、喜宴所收禮金，櫃檯不能分男方及女方，要一起收。八、喜宴所收禮金，女方部分要給新人。九、喜宴的費用，雙方以各自賓客的桌數來負擔。回想提親之前，樹同在家跟我「約法三章」，說與男方見面時我只能提重點，不准反駁。我回答道：

樹同送女兒出閣

「我們家女兒的事一律聽你的。」看到楊先生露出得意的笑容，我真恨不得一腳把他踹出門外。

婚事辦完後，有天女兒提了一盒喜餅回來，恰好樹同出去散步了。我一看，是有名的紅帽子喜餅，餅盒上面還印了女婿的名字，於是叫女兒趕快撕掉。不是說好不收喜餅

我和樹同的新婚照

嗎？她婆婆說，臺灣人一定要給喜餅，告訴人家女兒嫁了，所以給她準備了五十五盒，留了一盒拿回娘家。我剛吃了一片，沒想到樹同突然轉回家來，要上廁所。他看到喜餅，問是誰給的。我回答說是客人女兒結婚送的。他於是拿了一片嚐嚐，說：「滿好吃的。」順手拿起盒子看。我當時想，名字反正全撕掉了，他愛怎麼看就怎麼看。結果該死的是，他很快拿著盒子走過來，向我們指了指左下角──原來那裡也印有女婿和女兒的名字，因為很小，我們母女倆都沒看到。樹同嘆了口氣說：「要教會妳怎麼就這麼難！」然後問一盒多少錢。我回答說大盒一千二，小盒六百。親家母給的小盒，所以五十五盒總共是三萬三千元。他聽了很氣，我只好裝傻。他堅持要出這筆錢，猜猜他怎麼出的？女兒結婚週年，女婿跟他父母說要換車。小車是女婿的姊姊轉讓的，她在日航當空姐，要回日本，就把車給了弟弟。樹同知道後問女兒：「妳婆婆給了多少錢？」女兒說全額是五十二萬，婆家支付一半，也就是二十六萬。樹同道：「我再給三十萬，外加保險等共出三十五萬。」女兒驚訝地說：「媽，爸瘋了！」我回答說他高興就好。

喜餅錢就這麼加進去了。事後，我提醒樹同：「你一定忘了喜餅錢是三萬吧，你卻給了五萬。」他恍然大悟道：「妳為什麼不早說？」哼，我才不早說呢。出了口冤氣，為什麼要說？

　　樹同身為福州人，曾戲言東北人是他的最恨，也是他的最愛。我剛開始沒聽懂，回神之後，才明白原來如此：當年帶給他不少麻煩的馮姓學生是東北人，我則是在花蓮出生的東北人。樹同第一次請我吃飯，我就去了。他不僅分析事情有條理、說話有禮貌，還很有風度，到飯店幫我拉椅子，上菜了先幫我夾菜、盛湯，問我好不好吃、還想吃什麼等等；對服務生也很客氣，不會嫌東嫌西碎碎念。當下我心裡就有數了：男生的確應該有男生的樣子啊！因此和他儘管只吃過一餐飯、喝了一次咖啡，就決定嫁他了。我除了書唸得不好，別的心眼都很強。我當時在一所家專的夜間部唸書，樹同要約我看電影吃飯，我回答說不行，要上課。樹同小聲咕噥道：「那種學校不上也罷。」我說：「你說大聲一點?!」他馬上道：「不用去上，我來幫妳寫功課。」我問：「我唸的是廣告設計，你會寫？會畫？」他說：「會呀！」「真

我們和母親合影

的？」「當然真的！」於是我就去約會了。結果他哪有幫忙寫功課？隨便亂寫亂畫一下，敷衍了事。我「騎虎難下」，最後乾脆休學結婚去也，一了百了。

　　我們結婚的日子訂在九月十二日，原因有三個：第一，我滿二十歲。第二，樹同的親叔叔在東方號當船長，九月五日回臺，可以出席婚禮。第三，樹同正好考托福要去美國深造，臺大讓他留職留薪兩年。小別前想先成家立業。要結婚，本該讓雙方父母見面。我父母道：「這個楊老師好，嫁他沒錯！」又說北方人習俗不要聘金，只有一個條件，那就是給兩老送終。因為我沒有兄弟姐妹，女婿不僅是半子，更是全子了！樹同說他父親腳部生了許多雞眼，需要定期到醫院治療，加上又有尿道問題，所以火車票一定要買靠廁所邊的座位。我父母一聽就說：「這樣太麻煩，就不用見面了，一切讓年輕人決定。女方家裡除了要樹同養老送終，其它的都不用，怎麼簡單怎麼辦。」隨後我母親又補充道：「妳去讓老人家看看，妳也看看對方，行不行自己決定。」樹同馬上接話道：「他們行不行我不管，我的事我自己說了算。」第二天，樹同就帶我去買了新衣、新鞋，第三天坐上火車去左營。與未來公婆相處了五天，由我來煮午餐和晚餐。（我出了名很會炒菜，婚後家裡總是食客三千，薪水三分之二都是被樹同這麼吃光的。）在左營相處愉快後，樹同就開始安排結婚事宜。記得他手裡拿著棉被跟我說：「我沒錢買結婚用品，只好把單人棉被加了棉花、換了棉被套，改成雙人被，一共花了四百塊。妳看這樣可以嗎？」我「噢」了聲，似懂非懂地回去跟我母親說這事。母親說：「妳跟楊老師說，床、被子等等所有的結婚用品，娘家這邊都準備好了，叫楊老師安心結婚！」這也是日後樹同對我母親非常孝順的原因之一吧！所以樹同結婚一共只出了兩筆錢：第一，換棉被四百元，第二，法院公證結婚，公證費一百二十九元，來回計程車六十二元。後來大家聊天

時，就笑道：「老馬（樹同的外號），如果還有這種好事請告知一下，娶個年輕嬌妻的花費六百都不到，哈哈哈！」

　　我們的婚禮在臺北西門町請客，那裡的大利餐館共有四樓，專賣福州菜，也算有名。正逢經國先生提倡節約能源，吃梅花餐（四菜一湯，擺起來像梅花），公務人員喜宴不得超過十桌，所以就把最要好的朋友、同學塞到別層樓去。我們是公證的，樹同父母沒來，我父母上臺，只有新郎新娘入場坐定就上菜，吃到中途要敬酒。敬完後，突然聽到拍桌聲和吵鬧聲，不一會兒有人喊：「昏倒了，快來救命！」樹同衝過去時，有位客人說：「我是醫生，我來！」不一會兒人醒了，樹同叫車把他送回去。原來昏倒的是臺大哲學系的新系主任，他向陳鼓應和王曉波敬酒，兩人當場拒絕，並齊聲說：「你不配向我們敬酒。」新主任一怒之下舉起瓶子就喝，不一會這樣倒下了。事後，樹同向那位醫生致謝，聊過幾句才知道那位醫生跑錯了地方，難怪大家都不認識。我的同學負責幫忙收禮金，樹同趕緊請她把禮金退還給醫生，並請他上我們禮桌，日後他倆倒成了好朋友。我們婚宴上這樁事件，據說後來傳到經國先生那裡，不只口耳相傳，還有一堆喜宴的照片，有我入鏡的全是吃菜、夾菜、張口大的照片。樹同自忖：「到底是誰拍的？」我跟他說：「別想這些了，還不如想點東西寫寫，有稿費可以賺！凡事都解密，秘密兩個字就不稀奇了。」樹同問我有沒有後怕？我回答說不怕，因為我信奉天主，五歲就受洗了。樹同聞言「噢」了一聲。

　　國科會給樹同去美國兩年深造的經費是美金七七四五元，那時折合臺

一家三口合影

幣，官價是1:45，黑市為1:48。從美國留學回來的第五天，樹同到左營看望他父母，然後補度蜜月。我們整整兩年多沒見面，他去美國時女兒才三個月又十四天大。孩子認生，一到晚上要睡覺時，看到她爸爸躺在床上就叫他走開。爸爸不走，她就下床拉他的腿，要他下來。雖然樹同白天對她很好，但晚上她還是不肯讓老爸上床。樹同問我：「妳沒教她，我是她爸爸？」我說：「教了呀，每次都指著相片說：這是爸爸。」結果女兒就翻出我隨身攜帶的照片說：「這才是爸爸。」弄得樹同冒夜去給女兒買冰淇淋哄她。白天買、晚上買，終於換來女兒叫聲爸爸，也讓爸爸上床睡覺了。

　　說回零分事件，當時與馮生一起得零分的還有五人，後來他們之中兩個在中央研究院，兩個在東吳大學當教授，還有一個自己經商做大老闆。每次五人聚餐，都是大老闆請客。這五人在學生時代和樹同天天黏在一起，但就是不愛學習、不愛寫東西。但自從得零分後，卻大概是覺悟了。在東吳的兩位學生要樹同去兼課，樹同婉拒了，說自己已在一所工專兼課，學校規定校外兼課不能超過四小時。那時這所工專的校長是陳履安，他特別來到系裡邀請樹同去教微積分（可見陳一定是知道零分事件），給的鐘點費特別高。工專座落在五股的山上，路程遙遠，樹同又不會開車，因此面有難色。陳校長馬上說會派專車接送，樹同這才答應去教。樹同教過經國先生的三公子孝勇，孝勇指名要上他的哲學課，也就是邏輯、推理導論、微積分等等，偶爾還請樹同到他家裡聊哲學。四年後孝勇畢業了。有天樹同接到國防部某單位的邀請，要他去教邏輯，也是專車接送。因為是情報單位，所以鐘點費十分高。原以為教一學期就可以了，結果前後教了四年，又增加了一些別的課程。一問之下，原來是孝勇推薦他去教。樹同回來對我說：「我有點想不通：一開始是打了零分的風波，後來怎麼變這樣？」

　　樹同退休，東吳二位又邀他去兼課。他看了一下東吳的規章，對

兩位說：「你們倆都看清了規章嗎？就這樣要我去哦？」他說自己沒有博士學位，退休時又不是正教授，並不符合聘用條件。加上自己是專任教師退休，退休金足以支持生活無慮，何況私校不該借助有名國立大學的退休教授，所以最好給更適合的人來兼任。兩位學生中有一位當時便是系主任，勸樹同不要理那些規章，還說他的二位好友郭博文、林正弘都去了。樹同很感慨，有天他問我：「錢真的那麼好用嗎？」我回答說當然好用。他於是追問道：「那妳怎麼沒逼我去兼課！」我回答：「為了保證我長命百歲，還是自己賺比較快。」所以樹同逢人就說我是高智商的人。這句話不僅是讚美而已：每次我出洋相，比如像拉二胡、彈古琴拉的音調不準時，他又會拿這句話來笑我，讓我又想一腳把他踹出門外。

　　哲學系裡一堆人都早起早睡，搶著排八點的早課。而樹同從講師時代開始，就沒上過十點前的課。這是因為他喜歡晚上看書，直到天亮。有一次樹同半夜裡餓了，一人出去吃消夜，結果遇到野狗，嚇得半死，幸虧沒事。後來他再不敢自己出門吃消夜，沒辦法只好叫醒我陪他去。樹同怕狗，遠近皆知。我們有一回散步，一位女士兩手各拉著一隻大狗。樹同以為沒事，慢慢地要走過去。突然一隻狗撲上來，樹同立刻倒在地上。我二話不說就朝狗肚子踢去，順手拿了樹同的雨傘打那隻狗。等我住手時，那隻狗躺在那兒，臉已出血，回頭只見樹同在一旁靠牆坐在地上，臉色發青。我於是打電話報警。警察來時，狗主人嚇得還沒清醒，我真的生氣不已……最後樹同要我就此罷休，狗主人被警察斥責一番後，我們就各自散去。到家後，樹同說：「好手腳，就是快！一點都不緊張嗎？」我答道：「大家都受過軍訓，只是你忘了怎麼應對！」樹同笑道：「有個年輕太太真好，何況是標準的東北悍女子！」

樹同與外孫小寶合影

　　樹同也是「食黨」的創黨黨員。當初和吳匡教授吃飯的只有兩人，一是考古系的黃士強教授（大黃），一是樹同。大黃的第一個小孩是女兒，叫小瑩。小瑩滿月，大黃邀請同屆室友們吃酒，在家擺了兩桌。樹同很會做福州菜，而且很好吃，所以就由他一人掌廚。大黃太太是歷史系畢業的，前一天照樹同開列的菜單去買菜。那時我和樹同還不認識呢！稍後樹同把楊惠南（小楊教授）找來，加入食黨，黨員日益增加。一九八八年，我們搬到溫州街。食黨黨員輪流做東，輪到做東者有夫人的一起帶來，因此我就認識了吳老。吳老很喜歡我，大家就起閧要他認我做乾女兒。我後來因為有別的活動，食黨聚會就參加得少了，但樹同一直到辭世前夕都風雨不改地出席。

　　從一九七三年九月結婚，到二〇二〇年十月樹同辭世，我和樹同攜手走過了四十七年的歲月，這些日子既有風雨，也有豔陽，整體來說是快樂遠遠多於苦楚。樹同深愛著自己的事業、學生、朋友和家人，到了晚年更享受到含飴弄孫之樂。外孫小寶遺傳到外公的容貌和

哲學氣質，今年剛考上政大哲學系。他當初答允外公一定會考上臺大哲學系，結果只因為國文差一分就被擠了下去，心裡很遺憾。但他父母和我已高興的不得了，繼承外公的事業，當然能告慰外公在天之靈！而且政大畢竟是國立大學，又在臺北市，家門口有四種公車可直達政大校門，不管怎麼說，除了開心還是開心！

我的姑爺
——懷念楊樹同教授

楊惠南[*]

　　我的姑爺，楊樹同教授說：「我知道楊惠南這號人物，是在唸研究所的時候。那時，我和楊某某，都上張柯圳老師的課。」

　　但是，我知道姑爺，早了好多年。那是我大學一、二年級的時候。那時，我還是森林系的學生，尚未轉到哲學系來。我住的學生宿舍是第十宿舍，那是農學院的學生所住。而我的姑爺則住在文學院學生住的第九宿舍。這兩個宿舍，其實相去不到一百公尺，緊臨在當時的舟山路，也就是現在的基隆路旁。每到吃飯時間，我的姑爺就會拿著一個塗了白瓷的鐵碗，用筷子敲打出鏗鏗鏘鏘的聲音，從我住的第十宿舍的一頭，走到另一頭。（之所以來我住的第十宿舍，是因為廚房和餐廳都在第十宿舍。）如此來來回回，一直到餐廳開門為止。

　　和我的姑爺熟悉起來，是在一九七一年，我開始教書時。那時，我和姑爺同住在溫州街上的教職員宿舍，那個被我們稱之為「溫州街73號」的宿舍。這個宿舍原本是學生的第一宿舍，提供給法學院的學生居住。因此相當簡陋。沒有圍牆，冬天也沒有熱水可以洗澡。冬天沒熱水洗澡，剛當完一年預備軍官的我，已經習慣了軍中的克難生活，因此勉強可以接受。但沒有圍牆，附近一個軍眷區的一些小混混，常到我窗前抽菸、喝酒、大聲喧鬧，著實讓我無法忍受！

---

*　臺灣大學哲學系退休教授。

　　姑爺被推舉為宿舍福利的主任委員，他請了一位常來宿舍看他的好友——黃啟方教授（後來曾當過文學院長和學務長），寫了一封情文並茂的陳情書給校長。那時校長是剛就任的閻振興，他的黨政色彩太濃厚，因此，他是在許多教授和學生的反對下，當上臺大校長的。興許是為了討好教職員吧？也興許是新官上任三把火，閻校長親自來我們宿舍視察，並當場和他一起來的祕書下令：建圍牆、裝熱水器。

　　姑爺的急公好義和守規矩，往往不可分。他從不闖紅燈，有一次，我和他一起外出，來到馬路口，看到紅燈了，我還往前闖。結果被他叫了回來，還罵了我一頓。又有一次，我和他在校園裡散步。來到文學院門口，姑爺發現一輛汽車，想停在不該停車的地方。姑爺走過去，用嚴厲的口吻對司機說：「這裡不許停車，請你停到別的地方！」

　　他是苦過來的人，從小，父親牽涉到一樁匪諜案，被關進牢裡，媽媽要上班賺錢養家。小小年紀，才小學生呀！他就要照顧弟妹，常常把小妹背在背上，到市場買米、買菜，在家裡則掃地、煮飯、洗衣，做家事。這讓他練就了一身刻苦耐勞的本領，還和菜市場裡的阿桑們，學會了一口流利的臺語。有許多俚語，連我這道地的本省人都不會講，他卻會講。

　　溫州街73號宿舍，對姑爺來說，是個值得懷念的地方。因為在這裡，姑爺認識了小桃——魏德貞，也就是後來他那心愛的妻子。小桃就在宿舍的大門口對面，和媽媽一起，開了一家小吃店，可以說是全為我們宿舍的教職員而開。小桃長得美麗可愛，又活潑大方，宿舍的孤獨男人，像蒼蠅一樣，黏著她不放。連我這個同志，也常在宿舍門口，拿著一把吉他，邊彈邊唱地看她。有一回，還不知道我是同志的小桃，問我：「你在這裡又彈又唱的，是要追我嗎？」我笑笑回答：「妳說咧？」

　　由於我在姑爺和小桃結婚前就認識小桃，因此認她做妹妹。他們結婚後，我則叫她的丈夫、也就是楊樹同教授，姑爺。等他們有了女兒──之文，小桃媽媽也跟她說，要叫我楊舅舅。有一回，陳文秀教授的兒子龍安，指著我，問陳教授：「為什麼我叫他叔叔，之文卻叫他舅舅？」噯！這真是一個難回答的問題呀！難回答的還在後頭，直到姑爺去世前的幾個月，黃慶明教授還當著我的面，問姑爺：「為什麼他叫你姑爺？」害得姑爺解釋了一番：家裡的僕人，叫主人的女兒姑娘，姑娘出嫁後，丈夫被僕人稱為姑爺。姑爺的親友，有時也會學僕人，叫他姑爺。那是一種親暱的稱呼。

　　姑爺是個美食主義者，小桃還在我們宿舍前開店時，姑爺就教她做一道市面上很難吃到的美食──清炒蜊仔（lâ-á），也就是清炒蜆肉。後來，姑爺常笑著說：「這道菜，是我和小桃的定情菜。」多年後，我在一家餐廳又吃到了這道菜，那是姑爺特別吩咐餐廳廚師做的。但那味道就是和小桃炒的不一樣，總覺得缺少了什麼，卻又說不上來。也許缺少的，正是姑爺和小桃熱戀的滋味吧！

　　他們結婚後，搬到景美去住。有一回，他們夫婦請我到他家作客。（其實，那是常有的事。）我買了一隻肥嘟嘟的土雞，想帶去他家，請美食家姑爺料理。結果下計程車時，忘了把那隻雞帶下來。那一夜，我只好又去白吃白喝了！

　　二〇〇三年三月，臺北流行 SARS，一種傳染力和死亡率都很高的病。害怕被感染，因此我整修了一間荒廢多時的房間，做廚房，做餐廳，也做客廳。我自己下廚做菜。我燉了一大鍋紅燒豬肉，請姑爺和人類學系的黃士強教授一起來享用。燉燒時，姑爺到廚房來，拿起一瓶剩一半的醬油，對我說：「這個品牌的醬油不對，再去買一瓶別的品牌的醬油……」說著說著，他告訴我醬油品牌的名字，然後說：「紅燒肉，不要燒得太甜。要用這種品牌的醬油，燒出來的紅燒肉，

味道才好。」菜都做好了，當我們三人開始享受這道紅燒豬肉時，黃教授讚美說：「味道真好，味道真好！」

有一天，我在安和路的一家餐館吃飯，這家餐館有賣剁椒魚，我知道姑爺愛吃剁椒魚，因此隔天請他到這家餐館吃剁椒魚。結果，做法和口味不對，姑爺把店老闆叫來，當面不客氣地對他說：「這不是標準的剁椒魚。」說完，又繼續教老闆，剁椒魚要這樣、那樣做。

姑爺的夫人小桃，也好美食，可以說到了瘋狂的地步。有一天，他們夫婦要我搭小桃開的便車，去吃消夜。車子開了一個多鐘頭，繞了大半個臺北市。終於來到一條小巷子裡（記得是在三重埔），一家破破爛爛的自助餐店，吃了一些極為平常的菜餚。姑爺過世後兩個星期，小桃又邀我陪她去散心。她從早上八點多，開車開到中午近一點鐘，路上盡是小桃娓娓道來為姑爺在世時，他們開車到處遊玩、吃美食的情事：什麼姑爺最愛這攤滷雞腳啦、最愛這家店的清蒸龍蝦啦、最愛這家加油站的廁所啦等等的恩愛雜碎事。而我則默默聽著她說，心想：讓她宣洩一下，也許心情會好一點。車子終於停在福隆的魚市場前。吃了一餐豐盛的海鮮餐，然後又去買魚丸，說是女兒之文最喜歡這家的魚丸。回到臺北已是黃昏。她就是這麼瘋狂的美食者，和她先生，姑爺一樣！

我們幾個朋友，組織了「食黨」，那是二十多年前的事了吧！最早，姑爺、黃士強教授，還有師範大學英語系的吳匡教授，以及我，共四個人，一個星期總要聚餐一次。後來，常來我宿舍的文化大學哲學系主任黃慶明教授，也加入了。接著，陳文秀教授、林義正教授、賴永松學長、許進雄教授、洪明陽學弟、潘美月教授、陳修武教授，陸陸續續也加入了聚餐行列。新近加入的則是孫金君和郭至卿兩位小姐，童白小姐雖然沒有正式加入，卻是大家都歡迎的常客。

聚餐的人多了起來。我們就替它取了個「食黨」的名字。還煞有

介事地，擬了「黨章」。其中第二條說：「本黨宗旨以吃、喝、玩、樂等聯誼活動為宗旨。」因此，所有的「黨員」約法三章：不談政治、不談學問。最近，已故小說家七等生的兒子，加入了我們食黨的 Line 群族，卻喜歡談政治。有「黨員」向我反應，我規勸他幾次，並端出了黨章，結果他憤而退出群族，實在抱歉！我們的黨主席是黃士強教授，吳匡教授是黨的精神領袖，而姑爺則是黨秘書長。另外，主要黨員的夫人，則各有封號，如：李明女士（黃士強夫人）為黨花，魏德貞女士（姑爺夫人）為黨珠，薛芬芳女士（賴永松夫人）為黨玉。

　　我們每個星期二聚餐，餐後到我宿舍客廳泡茶聊天，我們戲稱為「中常會」。我們還有一條黨章（第八條），規定輪到做束的黨員，可以邀請非黨員來聚餐。這條黨章這樣寫著：「每星期二晚上之聚餐，若有非基本黨員，如瑪麗蓮夢露、珍那露露布麗姬妲、馬龍白藍度、馬克斯、歐巴馬等人，以黨友名義強行付費。當次輪值基本黨員，則順延至下次聚餐時再行付費。」食黨的黨員最多時，有十四位。前幾天，有人把這十四位黨員的合照（沒注意，也許缺了幾位），傳到食黨的 Line 群族，結果發現已經往生了六個。黃慶明教授看到這張照片之後，寫下幾句令人鼻酸的美詞：「紅塵劫，欲哭號，怎奈淚珠兒已枯槁！」我則貼了一幅眼淚直流的貼紙；但卻覺得這樣還不夠，因此又貼了杜甫〈贈衛八處士〉一詩中的兩句：「訪舊半為鬼，驚呼熱中腸！」

　　姑爺是美食家，也善於燴製料理。食黨聚餐時，只要輪到姑爺作束，大家都特別興奮，因為他會寫下食譜，讓廚師按照食譜去作。他寫下的食譜很多，其中有一張是：

菜單10　用餐日期：2011年9月6日

01.紅燒香菇子排

子排15塊（大厚片）

乾香菇數朵（請先泡在醬油裡2-3小時）

蔥蒜少許

02.乾燒雞翅

雞翅20支（雞翅前半段，後半段不要）

蔥蒜少許

03.蔥燒黃魚

黃魚一條

每棵蔥對半切成二段（加油燒至微焦）

04.黑麻油麵線（主食）（大）

05.皮蛋五花肉條（中）

皮蛋三、四顆（切成丁─請切小塊一點）

五花肉半斤（切成條狀，約小指頭大小，不要切成片）

蔥蒜少許

皮蛋和五花肉條先用油炒到微焦，再加入醬油和少許水炒熟

06.虱目魚肚湯（大）

虱目魚肚切塊（不要切片）＋蔥、薑，煮湯

07.韭菜炒蛋（中）

韭菜（多一點）切成丁（切碎一點）＋蛋燴炒（不要用煎的）

08.炒綠色時蔬（中）

09.豆豉牡蠣

牡蠣半斤＋豆豉少許＋蔥蒜切丁＋醬油熱炒

　　姑爺是個一板一眼，硬硬梆梆的人，不喜歡文學、美術，也對像宗教這種較為軟性的東西，不感興趣。他不能理解為何和尚要花那麼多時間唸經、唸佛？詩人為什麼要寫詩？有一次，他來到我家，看到印有古詩的抱枕，就唸了起來：「雲淡風輕近干天……。」我和慶明兄笑彎了腰，我們對他說：「是『近午天』，不是『近干天』！」他被指正了，也不會不好意思，只笑笑說：「你們就是笑我不懂詩嘛！」

　　然而，他對音樂卻情有獨鍾，他竟然會用 do re mi fa so……唱起柴可夫斯基的《悲愴交響曲》！

　　姑爺相當堅持他自己的理念，甚至以為終其一生，都必須不忘初衷。他對系裡的方東美教授臨死前皈依佛教，以及殷海光教授臨死前信仰基督教的事情，無法理解，罵他們「晚節不保」！他是徹底的無神論者和唯物主義者。他叮嚀小桃：死後不辦告別式，不設靈堂讓人禮拜，在佛教的法鼓山樹葬時，也不可請法師頌經。他對死亡的態度，比有道高僧還坦然。他生前就向健保局立下重病時不許急救的意願書。臨終前，醫生要替他裝氧氣機，卻被他拒絕了。他對醫生說：「雖然它可以延長我的生命，但我不要。」他心裡想必有「早死早解脫」的想法。一個護士小姐聽了，問小桃：「他是什麼職業？」小桃說：「哲學系教授。」護士說：「難怪他對死亡看得那麼開。」

　　唉！姑爺就是這麼一個令人敬佩的、令人懷念的人！

2021年10月14日

醉月湖畔一哲人

——懷念楊樹同老師

林義正[*]

　　記得四年前的清明節左右，桃姑媽寄了這張楊老師漫步於臺大醉月湖畔的照片給我。當天，我順手捻來一首新詩，發表在臉書（2017年4月7日）上：

* 　臺灣大學哲學系退休教授，曾任系主任、研究所所長。

醉月湖畔一哲人

五十七年前

志讀臺大哲學系

從此一路到底

見那醉月湖從無到有

如今遊步其旁

回味往日的教學內容

由邏輯到規範倫理

乃至實際倫理跨到後設倫理

不用說論自殺與論安樂死

自今印象深刻

才一轉眼

退休已十六年

歲月如斯

催促著這位哲人的步履

　　之後不久，在某星期二晚上，趁食黨餐後喝茶之際，打開網頁呈獻給楊老師看，他看了後，笑笑，沒有進一步表示。自認識楊老師以來，他的行事都非常低調，有一回在談及生死交關問題時，說自己要在健保卡上註記不用氣切、不急救，即使死了，不發喪，不公祭，也絕不開什麼追思會，因為這些都毫無意義。以前在讀過他的論文之後，推許獲益不少，但總記得他說，對從前寫的東西感到「羞愧」，要逐步「毀屍滅跡」。我說來不及了，網路上都有記錄，至少在「臺大哲學系事件」上，大名已「不朽」了！

　　臺大哲學系事件之後，整個系陷入冰凍期，繼任者遂意而行，假

外抑內，系內教師升等幾絕，《哲學論評》繼續停刊，教研士氣低落，宛如驚魂未定。記得有一年暑假，由林正弘、陳文秀兩位老師發起在系內研究室讀哲學著作，事先也由我將此讀書會之用書、時間、報告，並敦請系主任指導。此讀書會頗能引介哲學新知，參加者除系裡幾位老師外，也有大學部的同學。但不知怎麼的，聽說教育部十分關切，要學校查明真相。在那個時代裡，政府有鑑於大陸淪陷的經驗，對「讀書會」頗為忌諱，暗中告到教育部，上方遂下令調查此事，校方找楊老師問詳情，楊老師就直接跑去問系主任何以如此，主任先是否認，後來復說不得不提防。幸虧有楊老師出面說明，校方釋然，最終平安了結；如果當初沒有溝通好，真不知事後，系裡會再發生怎樣的動盪。

　　一九八〇年新主任上臺，恢復《哲學論評》，定期辦學術演講，鼓勵發表論文，敦促升等，舉辦同仁攜眷郊遊烤肉，系辦也兼設交流交誼座，自由喝咖啡。楊老師率先奉獻咖啡瓷組，下課了可來此聊天，交換心得，這樣系裡的氣氛改變了。系裡開會，主任知人善任，幾次郊遊活動均委託楊老師籌備，進行順利，無不盡歡。長久以來，他做事非常認真，又極細心，處事成竹在胸，應付裕如，對此，系內同事無不佩服。楊老師這種本事，自小就磨練出來了。他曾說過小學時住在左營海軍眷村，父母工作很忙，照顧弟妹的事都由他擔待，背著弟妹，勞動作飯。由於有過失學兩年半的經驗，一有上學機會就拚命用功，且樂於分享心得。他常說做人「做啥像啥」，譬如當預官時，一下部隊就與正科班出身輪背紅帶當值星官，這本是壓服預官的手法，沒想到楊老師卻一肩擔起，口令宏亮，進退有節，令長官刮目相看，自此折服。事雖隔四五十年，一談起往事，莫不洋溢著當年的豪情。

　　楊老師曾回憶當年在臺大教理則學時，期末考結束，有一位成績

沒過的女同學，哭哭啼啼到宿舍來要分數，他急忙著跑到屋外廣場，有話公開說。他說在屋內，萬一那位女同學有什麼舉動，就講不清楚，也承受不起。所以，在研究室接見同學，門一定打開，以防嫌疑。這夫子自道，顯出他臨事果決，機敏應對的一面，也提醒我們這些小老弟臨事謹慎的應對原則。

與楊老師認識四十幾年來，除了在學校的互動之外，最初我也偶爾受邀參加每星期二的食黨餐後聊天，後來就成固定「中常會」會員，得以聆聽師友們的隨興感言。記得李濤一九九四年起每週五主持「2100全民開講」，楊老師必看，隔週二見面，會談起內容。有時我沒有參加，中斷了脈絡，下次就接不上故事的前因後果。楊老師當時每日必購買各報紙閱讀，見到有用資料立刻剪起，作為理則學課中的應用實例，如此數十年不斷，從中我學習到不少。楊老師專攻分析哲學、倫理學、實際倫理學，乃至後設倫理學；在相關問題上，只要請教疑難，無不說明得清清楚楚。在日常生活上碰到複雜問題，他都能剖析見底，提出建議。我有得於他指導的地方實在太多，譬如說，那些地方有美食，如何點菜，如何作菜，點菜道數以人數加一為原則。週二的聚餐若輪到他作東點菜，大伙可就有得享受了，其他黨友不知怎麼點，就以他的菜單作典範，存起來作參考。有時廚師做得不夠道地，他會親自告知下次如何烹調，無庸置疑，他的確是位美食家！以前有幸曾私下受邀到府上品嚐現炒的牛肉，受贈精心調製的干貝醬，其為人慷慨，樂於分享如此。

楊老師自小隨在海軍服務的醫師父親來臺，從小無疑是受科學思想的薰陶，相信西醫，不信中醫，非常重視衛生，很少發現他生過病。他看到我常鼻塞，勸我要常洗手，才能避免感冒。我說我非感冒，而是鼻子過敏。有一次，他的腳踝扭傷，好久未癒，我說這很簡單，只要拔罐治療即可，拔一拔，塗藥洗，很快就會好，果然試過兩

次即癒，他覺得神奇。因我從小在民間，看過民俗醫療，只要有效就行，不純恃西醫，後來對人談起這件事時，總會說願為我作見證。我覺得楊老師根本上是個理性主義者，他所學所知都通透到生命裡去，不像有些人邏輯教一輩子，生活表現卻非常不理性。他對自己知道什麼，不知道什麼很清楚，對文學詩詞表示不能欣賞，凡是不合邏輯與經驗的語言，表示無啥意義。讀書很慢，但得很仔細，自我要求極高，所論必精簡，文章不輕易寫就，但一出手就令人刮目相看，像論〈婚外性行為之道德問題〉、〈自殺〉、〈安樂死〉三篇實際上是開國內實際倫理學的哲學研究先驅。

　　雖然，他個人對自己所寫的東西不甚滿意，寫的也不多，但我覺得這些是他一生奮鬥的精華，應該為他寫一篇學行略傳，讓學界知道他一生研究的成果。茲簡述如下：

　　楊樹同（1939-2020）教授，原籍：福建福州，一九四七年來臺，小學時生活困難，輟學兩年多，身受失學之苦，遂力爭上游，考入高雄中學乃至臺大哲學系（1960年9月-1964年6月）、哲學研究所（1965年9月-1970年1月）期間以成績優異，以研究生兼助教（1967年8月），取得碩士學位後，即留任講師（1970年8月-1981年7月）。任講師期間，由國科會保送至美國密西根州立大學進修近兩年（1974年9月-1976年7月），於一九八一年八月升等副教授，並於二〇〇〇年七月申請退休。楊老師教學極為熱誠，充分備課，備受學生愛戴。在系內曾授過必修課有倫理學、哲學概論、理則學；選修課有實際倫理學、當代道德哲學、倫理學專題、應態邏輯、語言哲學、分析哲學；他的學術專長在倫理學、後設倫理學、實際倫理學。

　　其學位論文有《檢證原則討論》（學士1964年6月）、《罕普意義理論之研究》（碩士1969年1月）；其升等專著是《後設倫理學研究》（臺北：時英出版社，1993年3月），內容共含六章：

第一章　導論

第二章　穆爾直觀主義的倫理學

第三章　形上倫理學批判

第四章　史蒂文生情緒主義評析

第五章　涂爾敏的論證理論及其在倫理學的應用

第六章　論道德推理

學術期刊論文計八篇：

1.〈婚外性行為之道德問題〉(《鵝湖月刊》，1980-12-01（66））

2.〈穆爾「善」概念之研究〉(《臺大哲學論評》4期，1981.1)

3.〈史蒂文生情緒主義評析〉(中研院美文所《美國文學與思想研討會論文集》1984)

4.〈論自殺〉(《國際中國哲學研討會論文集》，1985-11，頁465-478)

5.〈論道德推理〉(《臺大哲學論評》11期，1988，頁81-106)

6.〈倫理學中的理性〉(《臺大哲學論評》13期，1990，頁143-159)

7.〈倫理學中的理性〉，西方哲學：理性與真理研討會，臺北市（1989.05.26-05.28）

8.〈論安樂死〉(《應用哲學與文化治療學術研討會論文集》，1997.6，頁247-258)

另外，行政院國家科學委員會補助專題研究計畫成果報告有三篇：

1.卡納普意義理論之研究（1970）

2. 科學解釋之研究（1971）

3. 眞理判準之研究（1972）

　　二〇〇〇年八月，楊老師提早辦退休，到他二〇二〇年十月過世，這二十年當中，約莫前十年都在栽培孫子長大，後十年就盡情享受無拘無束的生活。當然，每個星期的中常會不能沒有他，有了他的開講，當晚必定全黨盡歡。記得近十年，楊老師曾告訴我他的行蹤，幾乎每天午後會到耕莘文教院對面的摩斯漢堡店喝咖啡，閱讀當代文學名著，譬如《巨流河》等等。他有時約我見面，談起他讀後的註記，這點出乎我的意料。根據他的哲學傾向，怎可能會去欣賞這樣的作品呢？從理性思辨到情意感受，從觀念突破到回憶過往，這或許就是晚年人性的自然回歸。我個人在不知不覺間也退休近十年了，去年十月楊老師過世，讓我瞬間又失了一位可供諮詢與討教的師長，不禁悵然。

　　今年元宵節午睡中夢見楊老師來訪，醒來，遂撰一短歌：

夢

晝寢熟

老馬來訪

笑咪咪

元宵迎面

醒來無踪

　　短歌登於當日臉書「漢語俳句（短歌）」的網站上，今錄之，以作為本文的結束。

2021年9月1日

追念樹同兄
——哲人日已遠，典型在夙昔

黃慶明[*]

　　去年好友樹同學長不幸罹癌逝世，令人痛心不已。我過去離世的老師、同學、朋友，甚至是學生當中，唯獨樹同兄的逝世最讓我難忘，至今，最令我難過的事：常常一想到有什麼問題時，就想如果能跟樹同兄討論那該多好！可惜，人已不在了！不勝惆悵之至。

　　他的專長是分析哲學。不論什麼問題，由於分析得清楚、論證又嚴謹，常常令我們這些學弟們十分折服。我們以前每週二晚都會聚，約有二十幾年了，餐後會在楊惠南兄家聊天。樹同兄通常是比較沉默寡言，可是，大家一有爭論時，他就會發揮分析這學的精神，舌戰群儒。我最喜歡聽他鞭辟入裡的高見了！怪不得林義正兄常說：

　　「老師！開講了！」

　　樹同兄是純粹的理性主義者，善於精細的分析，長於嚴謹的邏輯論證。如今，哲人雖已遠，可是他那為學嚴謹，為人一絲不苟等等模範事跡仍然長留人間，特別是長留在我們這些學弟心中。

　　民國約七十一年的下學期，我雖已在文大教書，但利用課餘跑到臺大哲學系旁聽樹同兄講分析哲學的課。可以說獲益良多。課後我常

* 文化大學哲學系、佛光大學哲學系前系主任。

請教一些哲學問題，更是得到很多啟發。我的專長雖也是分析哲學，可是，還有很多要跟他學習的，我好珍惜這段美好的經驗，更以作為他的學生為榮。

　　老師！學生黃慶明在呼叫您，您聽到了嗎！？

「食黨」同仁在臺北泰順街上鼎餐廳聚餐後合影

前排右起：郭肇藩、黃士強、潘美月；後排右起：楊樹同、楊惠南、林義正、
黃慶明、賴永松、孫金君、陳煒舜。攝於二○一九年六月十九日。

記憶中的楊樹同教授

潘美月*口述、蕭家怡**整理

　　我和楊樹同教授認識得很早，他執教於臺大哲學系，我是中文系的老師，兩系教師一直都有良好的互動。我和樹同教授年齡相仿，但是他比我低三屆，所以稱呼我為大姐。

　　樹同教授的為人很好，他在大節上非常剛毅，但日常生活中卻很開朗、幽默、豁達，很會說笑話。樹同教授和我一樣，也住溫州街，但他很少來我們家串門子，和他見面反而都是在外面聚餐、聊天。我從佛光大學退休後回到臺北，加入了「食黨」，是第一位女性黨員，和大家每週一聚。每次聚餐，都可以看到樹同教授跟楊惠南教授在鬥嘴，他們兩人的對話是餐桌上輕鬆氣氛的重要調劑。

　　二○○○年代，陳煒舜老師還在佛光任教時，我不時帶他參加食黨聚餐。二○一八至一九年間，煒舜從香港回臺，在中研院訪學，於是能夠重新參加聚會。尤其是二○一九年六月二十六日在泰順街上鼎餐廳聚會，大家剛好一併預祝楊樹同教授八十大壽、黃士強教授九十大壽，還有煒舜的生日。那天賴永松老師夫人 Lulu 特地準備了黑森林蛋糕和手工曲奇餅乾，大家盡興而歸。不久煒舜返回香港，我也由於健康原因而逐漸淡出黨聚。後來加上疫情嚴重，聚餐暫停，我和各位黨員更少相會。去年十月十八日，煒舜在 Line 告訴我樹同教授往

---

* 潘美月，臺大中文系退休教授、佛光大學文學系前系主任。
** 蕭家怡，佛光大學文學所博士。

生的消息，並附悼詩一首：

> 莫論吐茹柔與剛。笑言飲食自相當。
> 茅靡舉世伻充耳，酒冽盈尊姑入腸。
> 何物細推非理則，斯文不墜故旂常。
> 奔踶伏櫪皆千里，龍性焉須繫紫韁。

得悉後，我不禁遺憾未能見上他最後一面。這一次，《華人文化研究》要組織紀念專輯，我覺得很有意義，應該支持，因此勞煩蕭家怡博士將這番話轉錄成短文一篇，聊表緬懷之情。

2021年10月10日

克寬克柔
鄭良樹教授八秩冥誕專輯

主編：《華人文化研究》編委會、
　　　馬來西亞新紀元大學學院鄭良樹漢學研究中心

編者按

　　鄭良樹教授（1940-2016），字百年，馬來西亞華裔漢學家、文學家、書畫家。寬柔人，祖籍廣東省潮安，出生於馬來西亞新山。早年負笈國立臺灣大學中國文學系，師承王叔岷、屈萬里、孔德成諸老，獲國家文學博士學位，為首位獲得該學位之海外華裔。一九七一年起於馬來亞大學中文系任教，歷任講師、副教授、系主任等職。一九八八至二〇〇二年間執教於香港中文大學中文系，歷任副教授、教授。二〇〇三年起，於馬來西亞南方大學學院任教，擔任華人族群與文化研究所所長兼中文系講座教授。百年教授學術興趣廣泛，尤專精於漢學研究及南洋華人研究，暇時於散文、書畫多有創作，晚年更致力於漢學推廣工作。先後榮獲南方人文精神獎、林連玉精神獎。百年教授著述等身，廣為人知者有《商鞅及其學派》、《韓非子著述及思想》、《竹簡帛書論文集》、《戰國策研究》、《續偽書通考》、《古籍辨偽學》、《老子新校》、《馬來西亞華文教育發展史》、《柔佛州潮人拓殖與發展史稿》、《林連玉評傳》及《百年講莊子》、《百年講孟子》、《百年講司馬遷》、《百年講古籍》等。時值百年教授八秩冥誕，《華人文化研究》編委會在鄭師母李石華女士的協助下，與新成立之新紀元大學學院鄭良樹漢學研究中心取得聯繫，決定共同為百年教授組織一紀念專輯。邀稿之下，反響踴躍，收得紀念文章達十一篇之多，作者皆為百年教授之門生故舊，遍及大馬、臺灣、香港、大陸，可謂洋洋大觀。在此謹向鄭師母李石華女士、新紀元大學學院莫順宗校長、中文系黃薇詩主任、香港黃俊文先生的幫助表達由衷敬意，也藉此機會向各位撰稿者致以謝悃。

志道依仁、同窗共澤：

我所知道的鄭良樹教授

張光裕*口述、黃俊文**整理

　　大學一年級，我由香港被保送至臺大，對於學業多少有點自信。可是一個學期下來，發現自己完全佔不到優勢——因為臺灣的學風跟香港頗為不同，中文系同學讀書的狠勁，可不是說笑的，他們把全副心神都放在學問與研究當中。我唯有硬著頭皮，跟著大家下死功夫去讀書，才能慢慢站穩陣腳。那時已聽說臺大僑生之中，有一位學長從馬來西亞來到臺灣讀書，比我早兩年入學，表現優秀，同學間譽為僑生第一人：那當然就是鄭良樹了。良樹是第一位考入臺大中文系、第一位能夠直接升讀研究所、第一位取得博士學位的馬華僑生，他讀書的刻苦用功是重要因素。

　　後來，我們一起參與「儀禮復原研究小組」的工作，我有更多機會與良樹接觸。這個小組由東亞學會專款補助，由臺靜農老師任召集人，孔德成老師主持指導。研究的工作，除了要熟習《儀禮》的歷代注疏，還要運用考古學、民俗學、古器物學等各種知識，參互比較文獻上的材料，以及歷代學者研究之心得，詳慎考證。孔德成老師要求嚴格，我們各有負責的專項，努力用功惟恐不及。那時良樹負責宮室

*　張光裕，香港恒生大學中文系講座教授、香港中文大學中國語言及文學系退休教授。

**　黃俊文，香港教育局高級學校發展主任。

的部分，我負責儀節的部分，禮儀的周旋進退與宮室的結構經營有著密切的關係，因此我們經常一起探討研讀文獻，討論問題。面對這樣艱鉅的任務，良樹最後完成了兩個重要的分冊——《儀禮士喪禮墓葬研究》和《儀禮宮室考》。前者獨立成書，後者與曾永義的《儀禮車馬考》及《儀禮樂器考》合為一書。

參加儀禮小組，探尋先秦禮法的風貌，重現當中的細節，尤其是將先秦經典經學術探研，搬上銀幕，是全球創舉，意義重大。對我們來說，這更是親炙師長的良機。同時對於我們這些勤工儉學的留學生，參與工作得到的津貼是重要的收入來源。在物資匱乏的年代，大家都過著儉樸的生活。對良樹而言，因為他已成家立室，妻兒生活都要由他肩起，生活更不容易。我曾多次探訪他的家，一家四口居於斗室之中，家中除基本的家具外，就是良樹讀書研究的資料。良樹非常珍惜與家人相處的寶貴的時間，很少外出應酬飲酒。偶爾參與友儕的聚餐，儘管他有不錯的酒量，但都會恰如其分，適可而止。因為他是惦念著家人，惦念著他的研究工作。

就憑著責任感、克己自律，良樹治學的基礎穩固，屢屢得到師長的讚賞與認可。王叔岷老師、屈萬里老師等名家大師都對他另眼相看。那個年頭，升讀研究所可是千難萬難的事，學額少、競爭大還在其次，入學要求之高才是關鍵。就算校內成績卓越，要是沒有潛質、沒有恆心與毅力，也只能望洋興嘆。良樹卻從容地由學士一口氣讀到博士。不過，真正的難關還在於博士畢業。

用四年的時間完成博士學位，已不是一件容易的事。在一九八三年之前，博士學位候選人的口試，由教育部統籌辦理，並由教育部授予博士學位。要取得「國家博士」學位，就得有國家級學者的實力。這是我們一眾臺大中文系師兄弟的努力目標。良樹以堅毅不拔的意志，辛勤用功，只用了三年的時間就取得了博士學位，當中飽含著師

葉嘉瑩先生訪港時與鄭良樹教授、張光裕教授、吳宏一教授合影

長們對這位愛徒的鞭策、鼓勵和提攜。那時王叔岷老師在馬來西亞大學任教，得知將有席位出缺，就寫信給良樹，叮囑他快馬加鞭，在取得博士學位後趕快申請職位。那時良樹已是博班二年級，一般來說是剛完成了眾多的資格考試，接下來要用一年的時間完成博士論文，即使日夜兼程也是非常緊迫。王叔岷老師卻獨具慧眼，而良樹終不負厚望，順利取得博士學位，成為第一位取得臺大中文系博士的海外僑生。僑生第一人，當之無愧。

回到馬來西亞，良樹辛勤耕耘，把華文教育和研究在彼邦播種灌溉。一九七八年底我開展了一項環球學術研究的計畫，他邀我順道到訪馬來西亞，當時他已是中文系主任，駕車帶著我到麻六甲和新山等地四處遊覽。記得在他家裡，我品嚐了生平第一塊榴槤，而且吃得津津有味，他還笑說，你可以在馬來西亞「留連」了。回首在臺大讀書

的歲月，大家的生活都改善了，但良樹為研究而貢獻一生的心卻沒有變。後來我任職香港中文大學中文系，知悉有高級講師席位出缺，立刻寫信給良樹──因為他的學術成就已為學界所知，而他在馬來西亞大學帶領研究的經驗，也是香港學界所需要的。還記得那天我懷著期待的心情，駕車到啟德機場去接良樹一家。回程時，輪胎被壓得扁扁的，除了他帶來的行李、書籍，相信還有他那厚實的學風。

多年以來與良樹過從，由同學到同事，大家的默契日益增加；對於學界和社會的事情，大家的看法都相近。良樹是規行矩步的人，做事不為則已，一做必然窮極究竟。他在古籍研究方面固然卓爾成家，就是書法和國畫都能獨樹一幟。他對臺老師的書法極為拜服，在潛移默化下，他書寫的字體，除了學步的影子，也有他個人獨具的風格，我一眼就能認得出來。跟良樹在一起閒談時，常提起香港學生聰明的很多，肯下苦功的人少，感到非常惋惜。然而我們都相信，每一代的學人都能從自身的優點發揮，邁越前脩。良樹在古籍辨偽學立下的標桿，相信來者要加倍努力才能望其項背。

鄭大嫂最近告訴我，今年（2020）七月，馬來西亞新紀元大學學院成立了鄭良樹漢學研究中心，旨在發揚良樹畢生貢獻學術的典範和精神。聞訊備極欣慰，身為老同學，與有榮焉。

讓山川與蒼穹為你誦經
——紀念鄭良樹教授

何啟良[*]

一

　　鄭良樹教授與我不能說緣深，但是亦不能說緣淺。我年輕時曾經夢想進入馬來亞大學中文系就讀，奈何天資有限，考不進當時第一學府，只好不斷卑以自牧。然而，在學習過程裡卻有機緣與他有了過從。我第一次見到他是一九七四年，那時他應該剛從臺灣大學戴著文學博士的光環來到馬大中文系任職大約兩年，我當時還是一位大學先修班學生，在一間吉隆坡國民型英文中學擔任華文學會的主席，那年學會主辦全雪蘭莪州國民型中學華語辯論比賽，我通過教總副主席陸庭諭邀請到幾位學者做評判，鄭良樹就是其一。那時以電話與陸庭諭聯繫，在資料上我還把鄭良樹的名字錯寫成鄭良書。那天辯論賽完畢後邀請貴賓在一家餐館聚餐，他剛好坐在我旁邊，我向他表示歉意，他一笑置之。

* 何啟良，一九五四年出生於馬來西亞吉隆坡。馬來西亞國民大學畢業，後赴美國西密西根大學、俄亥俄州立大學深造，考獲政治學博士學位。曾任職於美國西維琴利亞大學、新加坡國立大學、新加坡東南亞研究所、新加坡南洋理工大學，二○一○年受聘為馬來西亞拉曼大學中華研究院創院院長，二○一三年任馬來西亞南方大學學院副校長（研究與發展），二○一六年北京大學訪問教授。現為臺灣文藻外語大學特聘教授。

　　鄭良樹並不是那種講話滔滔不絕的人，在眾人面前他甚至是寡言的。後來慢慢地觀察，言簡意賅應該是他說話的特色。他極為珍惜寶貴的時間，不會與人太囉嗦，也有用簡短字條轉達信息的習慣，把時間放在讀書、寫作和翰墨上，故才能成就他日後大量的著作。然而，他答應過的事必然兌現。他以自己的字畫送學生、贈友人，慷慨自若，是文化友人圈的佳話。我亦曾向他求字畫，他問尺幅要多大，我說不出一個所以然。過了幾個月，他通過友人送來一幅四尺全開的國畫，內容是高聳入雲的松林圖，從題字得知這是他與夫人遊廣東從化郊野的景色。題字有句：「松林一處，有數十株，龍鱗蟹爪，頂天聳丘，儼如天將，據守一方，生氣蓬勃，威懾四海。」松樹瘦削挺拔，枝幹遒勁，也有一兩棵傾斜歪倒的，布滿畫面。這幅畫的題材是他畫作裡少有的。他畫連綿的山川、靈氣的雲霧、開闊的蒼穹，遺形寫神，所謂文人畫也。我一直認為，這些感悟而來的自然景物，都是他在車馬喧囂的世俗塵世裡的精神棲息地。這一幅松林圖，松樹修長而瘦瘠，讓人聯想起他堅直的身段和清癯的氣質。

　　其實，他的身影很早就在我青澀的成長過程裡出現。他剛在馬大任教後，就很快投入了吉隆坡鄉團的文化工作，顯然他是想盡一點心力，培育尚未萌芽的華人文化事業。我得知他在雪蘭莪潮州八邑會館晚上授課，便偷偷潛入，隱坐在課室後面聽課。窮苦學子沒有錢交學費，只好如此。那晚是講《史記》，印象特別深刻，他講到秦軍活埋四十萬趙軍時，加重口氣說：「史書就是這樣寫的！」讓人非信不可的樣子。事隔四十五多年，我仍然記憶猶新。我後來沒有繼續「偷聽」，實在是因為沒有交學費心虛之故。此事我從來沒有向他提過。

　　他同時候參與了雪蘭莪潮州八邑會館學術文藝基金的設立，這個獎項開放給全體華人申請，並不僅限於潮州籍貫人士而已，以當時鄉團的保守態度而言，是全馬的首創。後來其他鄉團會館也效仿設立文

學出版基金之類的，也就不設「籍」限。鄭良樹是始作俑者。我的第一本散文集《這種眼神》（學報出版社，1976年），獲得雪蘭莪潮州八邑會館文藝基金資助出版，也是在這種情況之下受惠的。

　　土著主義開始囂張的七〇年代，他曾經受陸庭論之邀編輯《教師雜誌》，當時我也與陸老師有些許來往，熱心有餘，認識不足，就很自然與鄭良樹為雜誌之事聯繫上，他看我這麼熱忱，也讓我隨手幫忙。之後，我就負擔起跑印刷廠的工作。這段日子很短，印象裡好像是《教師雜誌》准證又出了問題，就停刊了。這份雜誌與林連玉《回憶片片錄》一書被禁有很深的關係（林的文章都曾經在此刊物刊登過），內政部特別「關照」。每年的准證都需要申請，實在累人。

　　一九七六年，鄭良樹出版散文集《說因緣》（上海書局），文章都曾經在《蕉風》發表過。那時他寫散文寫得很勤快，文字行雲流水。我當時常跑印刷廠，一天在廠裡看到剛印好的《說因緣》，我和熟悉的印刷工人索取了一本有瑕疵的回去，讀不捨手，思緒洶湧，很快就完成了一篇〈評介《說因緣》〉，寄去報刊發表。編者也快速刊登，但是當時新書還沒有辦發布會，這就引起了馬來西亞文壇某些有心人的猜疑，立即有文章批評，說我的評介文章乃鄭良樹親囑，又說作者曾獲鄭良樹主持的文藝出版基金，如今看來是一種私相授受的交易。我過後向他提起此事，他一哂置之的模樣，是我第一次遇到他時的那個表情。

二

　　以上所述，皆是我從未向人提及的成長細節。我無非想表達年輕時一個極為私隱的心思，即鄭良樹曾是我唯一想親炙的學者。我一向對公眾人物，無論是政治權貴或學術權威，未嘗攀附，珍重自愛以學

問志節自許，即使是後來我全心投入研究《沈慕羽日記》的主人翁，當他還在世時，我亦未嘗挹其清芬。鄭良樹在馬大任職，我在當時隔壁的馬來西亞國民大學（臨時校址）求學，常到馬大圖書館日夜捧讀《巴金文集》和尼采著作，在簡樸的文學院校園裡，偶爾會望到他匆匆的身影。

八十年代初我赴美國求學，秋去冬來，全心投入了一場脫胎換骨的心智歷程，幾乎與家鄉斷絕了音訊。一九八六年我曾回馬一趟收集博士論文資料，也曾到馬大找過他一次。他見到我時，臉色有點興奮，問：「讀書有什麼收穫？」他表露的是一種師長的欣慰。這種感覺我很熟悉，如同在我一生的教學生涯裡對學生品質和志向的觀察。一九八八年他去了香港中文大學任教，我於一九九〇年回到新加坡國立大學任職。間中會在學術研討會上邂逅寒暄，話也不多，有一次一直牽手在旁的師母李石華向我說，鄭老師在香港一直惦念著你們。我看看鄭老師，他靦腆地微笑。

二〇〇三年他從中大退休，回到故里柔佛巴魯邊城，到了南方學院，主持華人族群與文化研究所和出版社工作，繼續播撒文化種子。直到去世，他在南院春風化雨十三年之久。他最後的歲月，與我在該校任職有兩年重疊（2013-2015）。能夠與他重敘，自是慶幸。那時他身體健康已經大不如前，社交圈子縮小，與同事學生接觸也減少，我也只是與他交談數次而已。

他在南院的故事不少。他說：「學術，是一所大學的靈魂；就如精神是人的靈魂一樣。人無精神，人將淪為一具肉軀，只有生物性的運作而已。大學無學術，大學將淪為一座工廠，只知製造文憑而已。」他想把這個學術文化貧乏的學校打造成一間至少對學術研究有起碼尊重的學府，上課、寫作、出版，不時也發表言論，他能夠做到的都做了。他說最讓他為難的是經費問題，要不斷籌募出版費用，苦

不堪言。他說這番話的時候不像是埋怨，更多的是講述一個事實。

　　我剛上任的幾個月裡，他搖了幾個電話給我，除了「歡迎你來」之類的客套話之外，談到出版社。他說把出版社工作交給我。我是疑惑的，後來我才慢慢觀察到內部不同小山頭的角力。他一星期只來一個早上，交代事情之後就回去了。我幾次目睹他疾疾離開的背影，欲說忘言。

三

　　二〇一六年十一月，我在北京大學做短期的學術訪問，就在北京下第一場雪的那天早晨，我和內人正在未名湖畔欣賞著雪景時，收到朋友從遠方傳來的一則短訊，鄭良樹辭世了。頓時，薄薄一層的瑞雪遽然成為積厚覆蓋的哀霜，柳枝雪雨紛飛，許多回憶也就一一的浮現與飄落。

　　連續幾天，朋友陸續傳來訊息，看到鄭良樹生前的鄉團同僚為他安排葬禮的種種，心中波動。需要以這種大事鋪張的華團式追悼方式，去對待一個多年退居於寧靜的學人的逝去嗎？如是排場，是為了死者，還是生者？告別儀式的莊嚴肅穆何在？這是敬禮，還是褻瀆？疑思月餘，一日乘坐從北京到廈門的高鐵，在五千公里路途上，我寫下了以下百感交集的詩句：

悼念鄭良樹，在移動中的黃土高原

把你的骨灰撒落在游離的黃土上
讓山川與蒼穹為你誦經
讓商鞅詛咒那些鼠輩與小丑

為了熱鬧為了舞臺為了悼詞

打斷你沉默後與司馬遷的對話

這厚重母親的大地允許你安息

微笑的草根會吸取你永遠不願說的

淪落在他鄉的悲劇

　　我不能說是鄭良樹的知者，或許這都是自己「江湖寥落爾安歸」一廂情願的慨歎。

　　晚年鄭良樹還是寂寞的。他的著作如《韓非子知見書目》、《續偽書通考》、《古籍辨偽學》不會在馬來西亞華社找到知音。他較為涉及馬來西亞華文教育的建設概念（如「寬柔學村」、「三院合拼」），卻僥倖有眾多擁護者一起起哄，但是這些都只是他緘默思考時外界的喧鬧和噪音而已；最終他退居為伏案的學者，孜孜於研究撰述，藏身於柔佛巴魯私寓，應該也明白了「當路誰相假，知音世所稀」的道理。

　　他去世後，師母把所有的藏書和文獻捐贈給吉隆坡的新紀元大學學院。二○二○年中旬，該學院也成立了「鄭良樹漢學研究中心」，對一代學人表示了極大的尊崇。我為鄭老師感到安慰，也為新紀元大學學院慶倖。鄭良樹的畢生藏書終於有了一個可以依託的地方。喪禮可以喧囂，概念可以攛哄，最後鄴架之藏還是回歸到寧靜的書房。

2020年9月11日

我與鄭良樹老師締結
「師生緣」點滴

陳廣才*

　　時間如行雲流水。回憶從歲月裡悄然滑過，真真實實的存在。今日起筆寫鄭老師，四十四年師生情懷歷歷在目，恍如昨日。

　　鄭師良樹先生，字百年，祖籍廣東潮安，一九四〇年出生於馬來西亞柔佛州的新山，是一位學有專精而又多才多藝的潮州才子，既精於經、史、子、集，尤專精於文史哲典籍的校勘、考證與辨偽工作，又擅長中國書法、繪畫，文學創作等。一九六〇年他負笈臺灣大學中文系，先後考取學士、碩士、博士學位。一九七一年八月考取臺大第一屆文學博士學位後，即受聘為馬大中文系講師，一九七六年四月擢升為副教授。一九八八年八月他離開馬大遠赴香港中文大學中文系出任副教授，後升任教授。他著作等身，桃李滿天下，被譽為馬來西亞享譽國際的漢學界第一人。

　　一九七六年，我考獲馬來亞大學中文系，從此與鄭老師締結「師生之緣」。大學三年，我追隨老師學習《論語》、《孟子》、《左傳》、古籍導讀、文字學、訓詁學等。鄭老師教課認真而風趣，靈活有序。我

---

* 馬來西亞前交通部長兼馬華前署理總會長。歷任馬青中委及副總團長、總團長，馬華全國副組織秘書，馬華副總會長、署理總會長，衛生部長政治秘書，彭亨州納拉達區州議員，文化、藝術及旅遊部副部長，能源、通訊及多媒體部副部長，士拉央國會議員等職務。

仰慕老師，總是期待上他的課，學習過程不亦樂乎。互動交往的這一段日子，記載了我大學生涯里最美好的時光。

記得大三那年，鄭老師在大學辦「中國出土竹簡帛書對漢學研究的重要性」演講，我則在現場負責摘要記錄。講座會結束後，鄭老師囑咐我把演講內容加以整理以供發表之用。整理記錄的過程，我常串門請教，師生情誼自然日益加深。這段日子，老師正在借助出土竹簡帛書校注《老子》，後來完成了《老子新校》贏得學術界的廣泛肯定，享譽國際漢學界。「以身教者從，以言教者訟」在老師身上，我充分體會「治學求真」的精神。

老師一生堅守「差之毫釐，謬以千里」的道理，求真務實，這種誨人不倦的嚴謹治學態度對我的一生起了難以估量的作用和影響。正因為這樣，習與體成，我對經典著作版本問題產生了濃厚的興趣。後來我鑽研《紅樓夢》後四十回作為畢業論文，反覆研讀「紅學」的這些日子，我都秉持老師的教誨，認真關注版本考論。一次與老師談話，他強調胡適之的名言：「一分證據說一分話，九分證據不能說十分話。」從此以後，這句話銘刻心版。我畢業後不論寫作，從政，做研究，投身於社會活動或平日生活裡，我都不「信口開河」，也從來不許「沒有把握兌現的承諾」，幾十年過去，始終如一。老師的至理名言定格在我的人生裡，成為我價值觀的指引，做人處世的基本原則。

馬大午後的黃昏特別寧靜。夕陽劃過一座一座的教學樓，繪出光線西落的倒影，畫面唯美動人，顯得溫暖而從容。從樓下的操場望去，能想像鄭老師孤獨的身影，隻身栽在辦公室裡，埋首書堆。偶爾我會找老師談天論道。老師平易近人，有乃師王叔岷教授的學者風範。學生只要登門拜訪，他必指點期望，樂此不疲。這些年，老師循循善誘，不計其數的道理在我心中扎下深根，從此陪伴我的人生路。

有人說王叔岷教授是胡適之的再傳弟子，鄭老師是胡適之的再再

傳弟子，因為王叔岷教授是傅斯年的弟子，而傅斯年又是胡適之的弟子。如果這種「實事求是」、「學術求真」的治學精神，真的一脈相傳：胡適之─傅斯年─王叔岷─鄭良樹，那作為鄭老師弟子的我，該是這種「胡適之治學精神」的嫡傳「第四代」！

　　胡適之於一九六一年在臺灣重印《甲戌脂硯齋重評石頭記》，只印五百本。機緣巧合，鄭老師在臺灣購得一本，後來將它送給林水檺教授。林教授知道我喜歡《紅樓夢》，又將它轉贈給我。我將此事告訴鄭老師，他聽後表示高興，還慶幸「珍本找到了它最適當的主人！」

　　一九八八年鄭老師離開馬大中文系到香港中文大學中文系任教，我與鄭老師雖因此而兩地相隔，但仍保持密切的聯繫。後來我從政，每次造訪香港，總不忘登門探望。他在重聚的餐桌上總叮嚀我：「不論身在哪一個崗位，切切要關心華教的發展、保護華教、建設華教。」

　　記得有一次我到香港拜望老師，他帶我到香港中大食堂吃午餐。在食堂，我們巧遇馬大中文系創系教授鄭德坤教授與著名電機學教授兼散文家陳之藩。鄭老師為我們介紹時，特別指出我是出身馬大中文系的馬來西亞部長。交談間，提起當年我參與馬來西亞教育部「中國文學」課程制定委員會時，把陳之藩著名散文〈失根的蘭花〉列入「文選」的往事。陳教授聽了很高興。這是大馬教育界鮮為人知的一個小插曲！

　　還有一次，我造訪香港，邀請鄭老師與師母共進晚餐，鄭赤琰教授夫婦也是座上賓。鄭教授是旅港大馬的學者，當時出任中文大學政治系主任，我們志趣相投地大談政治。後來，我與他建立起深厚的情誼，肇始於此。

　　一九九〇年我們一批馬大中文系畢業生成立了馬大中文系畢業生協會（中協），我出任會長。我們舉辦各種各樣的文教講座會、國際學術研討會，鄭老師總是這些學術活動的常客，即使二〇〇三年鄭老

師從香港中大退休返馬，出任南方大學學院華人族群與文化研究所所長後也不例外。例如：一九九三年十一月二十日至二十一日中協、馬大中文系與星洲日報聯辦「國際漢學研討會」，鄭老師在會上發表論文：〈法家與中華文化〉；一九九五年十二月十六日至十七日中協、馬大中文系與堂聯聯辦「中華文化國際學術研討會」、〈傳統思想與社會變遷〉，鄭老師發表〈秦帝國文化與社會變遷〉；一九九七年一月四日至五日中協、堂聯與臺灣佛光大學聯辦「東南亞文化衝突與整合」國際學術研討會，鄭老師發表〈從華教史看華族文化生存底線之爭〉；二〇〇五年中協與馬大中文系聯辦「儒家與中國學術思想」國際學術研討會，鄭老師發表〈論錢賓四先生的子學〉等等。

「馬來西亞漢學研討會」是二〇〇四年由鄭老師倡議並成功舉辦的，此後這項會議即由國內各大專輪流承辦。來到第七屆，輪到馬大中文系主辦之時適逢鄭老師七十壽辰，因此我們把這次的會議稱為「第七屆馬來西亞漢學國際研討會暨慶祝鄭良樹教授七秩榮慶」。我們還特別邀請《鄭良樹評傳》的作者，也是中國浙江師範大學的教授毛策教授擔任研討會主題演講人，主講「先秦文獻的立體式研究：以鄭良樹『商鞅學派』研究為例」。

二〇〇三年一月六日中協與大將出版社在吉隆坡大將書行舉行「《鄭良樹評傳》推介禮」。《鄭良樹評傳》由毛策教授撰寫，記載了鄭教授少兒時代、求學，以及獲得卓越成就的歷程。一位馬來西亞的漢學學者，能得到中國著名學者為他立傳，這在大馬漢學界，鄭老師應是首開記錄的第一人。當年，我任職副財政部長，受邀主持推介儀式。這個推介禮對我意義甚大，身為老師的學生，能公開肯定老師的成就，是我的光榮，這也成了我與鄭老師「師生緣」中的一件盛事美談。在致詞時，我敘述鄭老師的「為人為學」，強調他對大馬華人文化與華教建設的那一番壯志與抱負。結束後，鄭老師緊緊握著我的

手：「廣才，你的謬讚盛譽，我愧不敢當啊！」鄭老師就是這樣一位謙虛推讓的學者，對他自己的學生也一樣客氣。當晚，老師語重心長叮嚀我把推介講稿整理以作發表，我欣然答應。日後卻因為公務繁忙，一再耽擱，此事也成了我一生的遺憾。

鄭老師除了在傳統國學方面深耕細作，開疆闢土，著作甚豐，成就卓越外，他在本土華人研究方面也全神投入，起著「承先啟後」的重要作用，尤其是在華教發展史方面。他的《馬來西亞華文教育發展史》、《林連玉評傳》、《馬來西亞華社文史論集》等巨著，成為了大馬華社的珍貴精神文獻資產。他還曾為大馬師訓學院華文組編撰教科書，對提升師訓華文組學員的華文水平貢獻甚大。

值得特別提出的是，一九七五年馬來西亞華人文化協會正式成立，出任第一任會長的是黃昆福醫生，而署理會長是鄭良樹老師。鄭老師走出校園，邁入社會去參與文化建設工作，這項壯舉，可被看成「但開風氣不為師」的實踐，具有為後來學者指點迷津，「開闢新路」的特殊意義。

鄭老師一向認為，民族文化的精髓在於民族思想體系中的價值觀，要提高一個民族的素質、要強化民族的競爭能力，一定要從學術著手，深化思想認知、進而體悟文化的價值取向。

可是，要開創民族的「精神文明」，需要有一批「有心人」去展開「教化」與「播種」的工作。鄭老師無疑就是這項「偉大工程」的倡議者與實踐者。作為老師的弟子，不論在文化部工作時期，還是後來在其他部門服務，我都傾全力支持華社舉辦的「開風氣」、「拓視野」的文化與學術活動！馬大中文系畢業生協會歷年來所舉辦的系列思想性講座會與學術研討會，就是朝這個方向略盡綿薄之力。

鄭老師晚年身體不好，有一次我與林水檺老師、何國忠、尤綽韜和陳秀鳳等人結伴南下到新山探望他。鄭老師與師母見到我們特別高

興。那一次晚餐還帶了紅酒與我們舉杯共飲。此景溫馨愉快，使我想起老師曾在課堂上提過當年他在臺大與臺靜農、孔德成、張敬等前輩學人一起喝酒的盛況。

　　這也是我多年來第一次與鄭老師舉杯共飲，沒想到這一次相聚竟成為我們師生的永訣。老師雖走了，但是他留下的教誨和一生的學問將永遠的流傳。此後我們若想再聆聽老師的叮嚀與教誨，只能翻閱他留下的系列著作了！

真正的離別[*]

何國忠[**]

　　「鄭老師的師輩是臺靜農、王叔岷、葉嘉瑩、葉慶炳等，他們是胡適、傅斯年之後的另一代，但也一樣文史哲兼長，功力深厚。鄭老師這一輩算是五四以來的第三代，但也都曾親炙於名師，大學或研究所時代受過良好的學術薰陶，直接繼承前輩博古通今的傳統。第三代的學者也一樣不只精於古籍校理與考訂，對作家生平考索，都常發人所未見，無論在學養還是在操作上，都可以說『前輩典型猶有存焉』。」

　　這是十七年前寫的一段文字，文章題目為〈鄭良樹老師的心事〉。鄭老師對馬來西亞漢學發展關懷備至，那一年他接受《亞洲週刊》訪談時提了此事，既有期望又有無奈。我讀後有感而發，於是撰文，希望其道不孤。如今重讀自己文章，想起鄭老師一生，其記掛之事淒黯如昔。

　　我停筆片刻，望向窗外青青草地，知曉道統本該一貫始終。「道統」，好久都沒觸及的理念。是的，那是鄭老師上課時在黑板上寫過的兩個字。

　　作為五四以來第三代漢學研究繼承者的鄭老師，絕對可以對得起他的師長。一九八八年十月，彷彿不是很久的事，林水檺老師和我在

＊　本文原載於《蕉風》第513期（2019年4月）。
＊＊　馬來西亞高等教育部第一副部長。

李氏基金會的贊助下到香港做研究，那時鄭老師在香港中文大學教書，我們寄宿他家，林老師只留三天。我則住兩個星期，希望可以在圖書館將碩士論文會用到的資料一網打盡。不料其中幾天香港颳颱風，八號風球，天氣冷得很，雨下個不停，我留在鄭老師家中沒有外出。早就知道鄭老師為學專注，用功治學，朝夕相處後，更印證此印象沒錯。除了吃飯，運動及處理日常小事外，鄭老師書不離手，筆不離身。鄭老師以身示範，告訴我們從事漢學研究一樣可以為自己的人生留下珍貴的文化遺產。

　　鄭老師除了在校勘工作奠定其學術地位外，更為其出生地做了不少本土研究工作，其中《馬來西亞教育發展史》四冊的完成，為後來者提供極為有意義的重要著作。另外，他從來沒有停止書法及繪畫的創作，永遠有事可忙，有未完成的工作，他將時間充分利用，一分一秒的筆耕最終成了後人一讀再讀的書稿。即使晚年身體狀況不佳，但鄭老師從不退縮，也不放鬆自己，他沒有放棄他念茲在茲的文化使命。

　　生命中常出現讓人始料不及之事，我本想以學術終老，沒想機緣巧合而在半路投身政治。我所做的人生大決定，都徵詢過鄭老師的意見，不知他年輕時是否有過「仕」或「不仕」的掙扎，但他卻能以正面的角度看待我走向複雜的官場。他寫文章挺其弟子，受人非議，其中得失他知之甚詳。他並沒有強烈的政治立場，一生篤信儒家思想，只知人生應該實在，走該走的路，做該做的事。

　　我從政以後，負責或參與最多的還是高教項目，也就沒有脫離學術界的感覺。每一次和鄭老師見面，談的都是漢學發展，話題最後繞不開馬大中文系點滴，那是他最魂牽夢掛的地方，他工作力最旺盛的時期都在這裡度過，馬大比臺大、中大更容易觸動其心弦，他在馬大比任何地方都久。鄭老師最後落腳於南方大學學院。南院升格恰好在我手中完成，也算「不辱師命」。我為了調劑鄭老師學術生涯的樂

趣，好幾次想安排他到吉隆坡小住數月，短暫擔任其他大學客座教授，順便養身。但他不依，原因是南院董事們待其厚重，鄭老師有堅持之處，他在柔佛巴魯終老之決心甚定，從沒動搖。

　　鄭老師和我既屬師生關係，見面常有諄諄善誘之言語。他知我經常南奔北往，少有閒暇時間，但仍叮囑儘量抽空將所思所想訴諸文字。當知我花時間學習書法，問了心儀哪一書家後即說出其顧慮：「名氣雖大，但是書路不行，沒有大氣，沒有靈意，不耐看，非常呆板。」這是他去世前在南院給我上的最後一堂課。彷彿也不是那麼久的事，我在倫敦，鄭老師要寫馬來西亞華文教育史，囑我到圖書館找一些舊報紙資料。那是一九九六年秋天，天轉涼了。我從 Euston 車站下車，一直步行到大英博物館資料室，總算完成工作，呈報予他，給他的信中說：「一切順利，只是沒想到氣溫突降。」

　　時間過得很快，一切如梭。第一次上鄭老師的課是在一九八四年，上的是「中國通史」，第一堂客他畫了一條龍；他正式擔任我的碩士論文指導老師是在一九八七年，那年他四十七歲，雄心依舊；一九八八年鄭老師離開他工作十七年的馬大，轉赴沙田，我送他到機場；二○○三年鄭老師由香港中大退休回馬大擔任客座教授，他仍愛打羽毛球，我負責找場地；二○○九年我安排飯局，請他從柔佛巴魯來吉隆坡和老朋友吃飯，那也是我平生唯一一次和他碰杯，終於有機會確認他所言不假，酒量很行，像極了他喜歡的陶淵明，酒多話多，萬慮皆忘。

　　一幕又一幕，不斷在腦海中飄揚。

　　鄭老師晚年被病折磨，讓人心痛。最後一次見他在二○一六年十一月初，和林水檺老師和黃家泉學長一起。「和我們的老師輩相比，我們的人世之壽也不差，應該可以了吧？」這是他對林老師說的話，重複了三次。然後他要求合照，鄭老師從不重視這些小節，我一個多

月以前來看他時他也提出留影，我的確一驚。

　　兩個星期後，柔佛巴魯書藝學會為我的兩本新書《珍惜》和《本心》主辦了一個導讀會。那兒電話線路不好，節目結束後我離開現場，看到未接電話不少，其中之一是師母來電，然後我又讀訊息，知道鄭老師已真正離我們而去。是的，真正離去。

　　當日我有事回吉隆坡，等到第二天才回返柔佛巴魯在鄭老師靈堂致祭，只是無法多留，因為接下來一天得飛臺北。那幾天都很不踏實，有些麻木又有些激動，報館邀寫悼念文章，卻不知從何說起。

　　一九八八年鄭老師離開馬大到香港，我因不捨而寫一篇文章，題目沒有修飾，就是〈離別〉，此文後來收集在我的《斑苔谷燈影》裡。聽到鄭老師去世後，才知當時離別只是小事爾爾，那時二十五歲，太年輕了，不解悠悠傷感，真正的離別其實是讓人無言以對的。

繼續上課

——懷念鄭良樹老師

樊善標[*]

一

　　二〇一〇年三月第七屆馬來西亞漢學國際研討會在吉隆坡舉行，這次會議有一個特別的主題，就是慶祝鄭良樹老師七秩華誕。我和馬來西亞的同行不算熟悉，但接到大會的邀請，即時就決定參加了。在那之前，聽說鄭老師患了柏金遜症，因為無法聯絡上，一直驚疑不定，這次終於可以和鄭老師見面，當然不能錯過。到了吉隆坡，才知道鄭老師不到會場，只拍了一段致辭的影片。馬來西亞南方大學院華人族群與文化研究所的安煥然所長參加了會議，鄭老師是研究所的創辦者，我向安教授探問，得知鄭老師幾乎每天都回所裡，還照樣打羽毛球，這才放下了心，把小禮物託安教授帶回去送給鄭老師。過了一段頗長的時間，鄭老師寄來一幅畫，題了「乘興而來興盡而返」，可見畫的是《世說新語》王子猷雪夜訪戴的故事，顯然是對我小禮物的回應。題字略覺抖顫，但信封上的硬筆字鋒稜如舊，想來病情控制得住，所以還有作畫的興致。不料四年後再接到鄭老師的消息，就是同門學弟告知老師離世的噩耗了。

---

[*]　香港中文大學中國語言及文學系教授。

二

　　一九八八年秋天，鄭良樹老師來香港中文大學中國語言及文學系任教，我正在讀碩士二年級。那一年鄭老師只在本科開課，我還沒有機會認識他。碩士畢業後，我留在系裡當了一年全職助教、三年語文導師，期間好幾位相熟的老師鼓勵我攻讀博士。我碩士時研究清代王筠的《說文》學，儘管順利畢業，其實頗為心虛。《說文》、《爾雅》等古代辭書，都是「六藝之鈐鍵」，古書根柢薄弱不可能真正讀懂，所以想在古文獻下些工夫。冒昧求見鄭老師，請他指導，他一口答允，但還要經過正式程序報考。鄭老師囑我一讀《國語》，看看可有興趣。此書與《左傳》合稱「春秋內外傳」，當時鄭老師正好在本科講授《左傳》，我就一邊旁聽，一邊通讀原書，兼蒐集材料。《國》、《左》是否本為一書，原是《春秋》學上的老問題，經過張以仁教授的辨析，我覺得再沒有什麼新的見解可以提出了。正在煩惱之際，鄭老師提出了建議。我還記得那次上他的辦公室，鄭老師拿出一張紙，上面寫了三道題目，讓我選擇。我選了「《國語》韋昭注研究」，他說本來就認為這題目適合我。次年，入學申請通過了，我正式拜在鄭老師門下。

　　那時候在系裡念博士的都是兼讀生，一年後我轉到香港城市大學工作，無法再旁聽鄭老師的課。但每次回去報告研究進度，總看見鄭老師辦公桌上有一疊正在寫作的文稿，有時拿出一篇論文抽印本或一本新出的專著送給我。相比之下，我雖如期在四年內畢業，寫作速度當然遠遠趕不上老師。畢業一年，幸運地回到母校工作，鄭老師說，很好，我們可以一起寫論文。由於系裡的人力安排，我需要承乏古典文學和現代文學科目，慢慢就放下了古籍研究，轉向文學，後來更以香港文學為主了。不過我想鄭老師是不會認為有問題的，他在系裡教

古代文獻，但也寫小說、散文，研究南洋華人歷史，從不拘於一隅。我只是一直遺憾未試過和他一同到外地參加研討會，順道遊山玩水。

　　鄭老師好像有一慣例，研究生畢業，都會贈一幅畫。我得到的是一張直幅，畫的是削壁摩天，幾隻飛鳥盤旋崖頂，上題「天空海闊任翱翔」。後來大概到了一九九八年，鄭老師有意在香港置業，我家離校園不遠，交通方便，老師和師母來視察附近的環境。鄭老師看到那張掛在客廳的畫，說稍為小了點，不久就給我畫了一張橫幅。加上後來的雪夜訪戴圖，我共藏有老師三張墨寶，可惜不曾大著膽子多討一幅字。

三

　　一九九九年底，我出版了一本創作集，從一邊翻開是散文，倒轉過來從另一邊翻開則是新詩。我向鄭老師送上了一本，他回贈了兩篇複印文章，附以一張便條：「善標賢棣：謝謝送來一本好玩的書；如此裝訂，恐怕前無古人！最近有一部海外華文文學史，將我的歷史小說列入，甚感意外；北京譚〔家健〕教授為文介紹，也始料不及；影印供賞玩。」

　　前此鄭老師已送過《讓香港人繼續做夢》、《春城無處不飛花——神州記遊之二》兩部散文集給我，我又陸續找到了《青雲傳奇》、《石叻風雲》兩部「南洋華族歷史小說」，散文集《愛山的民族——神州記遊之一》，以及小說集《香港大學》。這些還只是鄭老師香港時期出版的創作結集，未包括在馬來西亞出版的（《青》、《石》一九八七年在馬來西亞報上連載過），說鄭老師在學者之外，兼有作家身份，那是毋庸置疑的。可是直至鄭老師回到馬來西亞後，我才較為專注地讀完這些作品，心中所感已經無法直接告訴他了。

　　《愛山的民族》自序說，一九九○年馬來西亞准許國民自由前往中國大陸，鄭老師身在香港佔了地利，從那時起「舜天禹地的神州」就成為了老師和師母數數暢遊的地方，目蒐心印轉化為丹青筆墨，熱愛中華文化就是我最初認識鄭老師時所得到的印象。後來在《春城無處不飛花》的附錄裡，我驚奇地發現鄭老師一再沉痛地說南洋埋沒華族人材，又寫到幾個在血統上屬於華裔、但國族身份一言難盡的人，各自在日本、緬甸、泰國、越南或香港漂泊無止。更令我感觸的是《香港大學》裡的同名短篇。主角是馬國人，他和初中同學二十年後在香港重逢，社會地位判若雲泥，追源溯始就是當初沒有在英校接受教育，擁抱中華文化的結果卻是孤獨一人流落香港。這當然不是鄭老師的自我寫照，但令我明白鄭老師對中華文化之愛，實有苦澀的底蘊。

　　散文集《讓香港人繼續做夢》的書名，乍看以為是諷刺，其實鄭老師說的是，香港過去能夠讓人自由自在地做夢，九七之後還一樣嗎？「如果沒有夢，香港就不成為香港了」。鄭老師固然也批評香港人，例如寫書面語和說普通話的能力，又例如忙得無暇思考人生價值的生活方式，但對香港異於他所習慣的社會文化，鄭老師非常願意細心體會。他說「十年來融入香港社會的過程，最後『情陷香港』，到了『無法自拔』的境地」（《讓》代序），我一點都不懷疑。自然我也不認為現代人只可以「情陷」一個地方。

　　鄭老師在居港的中期說過：「我們並不是不愛神州，但是，作為海外華裔，我們保持一段距離，霧裡看花，畢竟沒有『切膚之痛』。」（《愛山的民族》自序）在二十多年後，這番清醒的話仍令我深思不已。鄭老師的課堂，在我而言，並沒有因為他離開香港，或告別人間，而停輟。

鄭良樹對馬華文學的高瞻遠矚

許文榮[*]

　　鄭良樹先生不只是在漢學研究上成果卓然、貢獻良多，他在馬來西亞華文教育與歷史文化的著作也備受矚目，無論如何，他對馬華文學的貢獻則較少被提及，此短文旨在提綱挈領地歸納先生在這方面的前瞻創舉與具體表現，以讓學界對先生的總體成就有較全面的認知。

　　個人認為，先生給馬華文學留下的最大瑰寶，是創作了兩部南洋華族歷史小說，即《青雲傳奇》與《石叻風雲》，[1]這是一項開先河式的創舉。馬來西亞德高望重的華教領導人沈慕羽先生在《青雲傳奇》的序中說：「大馬作家出版的讀物，推陳出新，充斥坊間，但以大馬華族為背景的歷史小說，則未曾見過。如今鄭良樹博士經過細心地考證，煞費精力……立下了良好的榜樣，相信見賢思齊的一定會接踵而起。我不禁為馬華文學開創新境界而歡呼。」[2]先生希望效仿中國歷史通俗小說，以提升讀者對馬華歷史的興趣，最終對本地歷史更加瞭解。小說推出後，在馬、新掀起了一段小熱潮，當時兩地最大的華文報，即大馬的《南洋商報》與新加坡的《聯合早報》搶先連載，後來再出版單行本。馬華著名作家陳政欣過後把這兩部小說該編成電影劇

---

[*]　馬來西亞拉曼大學教授。

[1]　鄭百年：《青雲傳奇》（吉隆坡：南洋商報，1987年）；鄭百年：《石叻風雲》（香港：香港中文大學海外研究社，1994年）。

[2]　沈慕羽：〈序〉，收入鄭百年：《青雲傳奇》，頁1-2。

本，投到臺灣參加電影劇本獎，無奈沒有被採納。[3]個人推測可能臺灣電影製作人對馬華歷史不瞭解或興趣不大。這兩部小說在八十年代末九十年代初出版之後，我們可以看到在九十年代的馬華文壇有不少具有歷史元素的小說的推出，尤其是關於馬共及砂共的歷史背景的，有些使用寫實的手法，也有用現代主義甚至後現代主義／魔幻寫實的手法來創作，這是否如沈慕羽所言因鄭良樹的歷史小說接踵而起呢？還是時代的使然？這尚需要進一步考察。無論如何，先生開風氣之先給馬華文學製造了一個歷史小說的有利條件與推力則是毋庸置疑的。

　　無論如何，個人仍然覺得先生這兩部歷史小說還可以發揮更大的效能，特別是促進華人與馬來人的文化交流與種族和諧的目標。在《青雲傳奇》中，敘述了華人如何幫助馬六甲皇室的後人反攻馬六甲，企圖把葡萄牙、荷蘭殖民者趕走，重新恢復馬六甲皇朝。在葡萄牙時代因反攻失敗，當時有三分之二的華族人口被大屠殺。在荷蘭時代，甲必丹李為經的大兒子，與遷都廖內的馬六甲皇室的公主，也因事機敗露而雙雙被殺。這兩宗案件在在的勾勒華人與馬來人的兄弟情誼，在殖民統治下的生命共同體關係。另外，南來華人在明朝滅亡之後，則選擇了馬六甲本土為他們的家園，可說是三百年前就已認同這塊土地為自己的家園，並與這塊土地的人民通婚、經商、建立會館、宗祠、廟宇、共同反殖民主義等，只可惜這樣的歷史沒有充分的被馬來領導精英所理解與認可，獨立後甚至還經常把華人視為外來者，令人遺憾。因此，個人認為，從事翻譯工作的馬華知識人，應該考慮把這兩部歷史小說翻譯為馬來文與英文，讓其他種族，特別是馬來人，能夠省悟華人與馬來人悠久的水乳關係，不負先生創作此二部小說的苦心。

　　鄭良樹先生對馬華文學另外一項高瞻性的貢獻，是在一九七四年

3　與陳政欣Messenger書面訪談，2020年10月13日，上午10點-11點。

擔任雪蘭莪潮州八邑會館的文教組主任時，發起「學術文藝出版基金」，以鼓勵大馬華人學術及文藝工作者著作及作品之出版，以及豐富華人文化及大馬文化遺產。[4]正如馬華資深作家／學者黎煜才（碧澄）接受本人採訪時所言，這是馬華文壇有史以來首個文藝出版基金，再者，這項出版基金雖然由潮州會館設立，卻開放給所有籍貫的作家申請，不受籍貫意識所囿限，具有廣大的胸懷，開創了一個良好的文化風氣。[5]這項文藝出版基金的創辦，也激發了其他大馬華人社團的效仿，也先後成立文學出版基金，最著名的有於一九七七年由雪蘭莪暨吉隆坡福建會館設立的「雙福出版基金」，一九九八年由南洋大學校友會教育與研究基金會設立的《南大基金會叢書》出版基金，以鼓勵作家更積極的出版著作。前馬來西亞作家協會會長曾沛強調說，當時的作家只憑對文藝的興趣而創作，大都沒有什麼經濟基礎，出版基金對他們的助益頗大，故先生這前瞻性的創舉可謂功德無量。[6]

　　再者，在一九七〇年代先生擔任馬來西亞文化協會語文文學組主任時，於一九七八年操辦了大馬有史以來第一次的「馬華文學國際學術研討會」。先生在邀請主講人方面費盡心思，因當時現實主義與現代主義兩大陣營因主義之爭在浪尖峰尖上，而先生作為純粹的學者，有意緩衝這種局面並居中調和，刻意兩派代表都邀請，因此主講人之中有左翼現實主義的代表杜紅，有現代主義的溫任平，也有中間派的張發（年紅），製造了一個不分主義的文學氛圍，可謂用心良苦。[7]一九九〇年代之後，馬華文學國際學術研討會一辦再辦，交出了不少亮

4　鄭良樹草擬《學術文藝出版基金申請細則》，未公開文件（鄭良樹師母提供）。

5　與黎煜才（碧澄）電話訪談，2020年10月22日，上午10點至中午12點。

6　與曾沛Messenger通話訪談，2020年10月20日，上午10點至11點半。

7　除了杜紅、溫任平、張發（年紅）之外，還邀請了其他七位學者，即總共十位學者參與其盛，會後不久有出版論文集，此書也是馬來西亞文化協會所出版的第一部書。與溫任平WhatsApp書面訪談，2020年11月3日，上午11點-中午12點。

麗的成績單,而這項把馬華文學學術化的努力,正是先生首開其先河,
如今已鮮為人所知。

　　先生在馬華文學的觀點,至今仍具有指導作用。他強調馬華文學
是馬華文化的高級表現,而馬華文學的成功雖然有賴於馬華作家前赴
後繼辛勤的創作耕耘,但是不可忽略的更根本資源是華文教育。如果
沒有華文教育,就無法孕育華文人才,也就無法產生優秀的華文作
家。因此,華文教育是馬華文學的根基,這根基若打得不穩,在這根
基之上的馬華文學/文化就不可能堅固。因此,從幼兒園到大專院校
中文系相對完整的華文教育是馬華文學的搖籃手,呵護與滋潤馬華文
學的成長與成熟。「是華教這隻母雞生了華文文學這顆蛋。沒有華
教,肯定就沒有華文文學;沒有華教,肯定就『作家比讀者多』,甚
至『只有作家沒有讀者』,或者『沒有作家沒有讀者』。」[8]先生的看
法極其正確,其要旨有二:馬華文學的倡導不能只從文學領域下手,
共同維護與發展華教也是推動文學者的要務與使命,此其一;其二,
作家們也必須在華文的掌握與造詣上更上一層,而非滿足於現有的語
文程度,這樣才能把文學作品寫得更精彩。

8　鄭良樹:《華教‧馬華文學‧中文系》,《亞洲週刊》,2001年1月22日-1月28日,頁
　43。

鄭良樹

——全能型與具林連玉精神的學者

姚麗芳[*]

一　全能型學者

　　吉隆坡大將書局在「看見馬來西亞」——以馬來西亞為定位的出版方針下，於二〇〇二年出版《鄭良樹評傳》。作者中國學者毛策教授不畏艱鉅搜羅資料，在厚達兩百多頁的書寫裡，非常翔實及完整地描述了鄭良樹的生平、求學、教學、研究、著書、社會參與、文化貢獻等，讓馬來西亞華社對「鄭良樹意義」有個深度閱讀的機會，讓我們慚愧之餘由衷敬佩與感激。毛教授說鄭教授涉及的領域是以校讎、辯偽、諸子學為主幹，旁涉華人華文及教育史，又以小說、散文、書畫而聞名於海外漢學界，是一位全能型的學者與文人。因此，他有四種身份：學者、作家、書畫家，以及華人文化與社會工作者。

　　然而，馬來西亞傳統中華文化土壤貧瘠，除了大專學院中文系外，或許大部分華人對鄭教授的主幹領域不堪了了，反而是涉及華人華文及教育史部分，讓華社與他較貼近。兩岸三地以外的馬來西亞華社，把辦好華文教育視為在此地安身立命的重要任務，心甘情願的為華文學校付出所謂的「第二所得稅」（華社的自我嘲諷。政府對華文教育偏差對待，因此華社除了付給國家稅務外，還得另掏腰包自動自

---

[*]　馬來西亞林連玉基金副主席。

二○一五年林連玉精神獎得主鄭良樹──安煥然博士代領

發資助華校）。基本上，華文教育運動歷史也幾乎等同於華人社會的
發展史。華社會把鄭教授對華教事業的貢獻，聚焦在他對馬大中文
系、華文中學及師訓學院華文課本的改良上，而最重要的是他對馬來
西亞華教歷史的研究上。他甚至還為這些歷史的研究與出版費煞心思
籌措經費，不惜把自己珍貴的書畫捐出來展覽義賣，也因此讓大馬華
社驚豔地見識到他的書畫，終於看到他精於學，勤於筆以外的閑於藝
事的才華。

　　鄭教授盡畢生之精力，窮經皓首，孜孜不倦地鑽究學術而不求回
報；而且秉性敦厚淳樸，有謙謙君子風範，始終心繫華社文教事業，
充分體現林連玉精神。

二　具林連玉精神的學者

　　鄭良樹在柔佛巴魯南方大學學院董事會推薦下，於二○一五年榮
獲第二十八屆林連玉精神獎，得獎理由為「馬來西亞飲譽國際漢學界

第一人，主治傳統漢學兼及本土華族歷史研究，皆有大成；四大卷《馬來西亞華文教育發展史》，堪為劃時代巨著，影響深遠。」

族魂林連玉

林連玉（1901-1985），前馬來西亞華校教師會總會（教總）主席、偉大的教育家、社會活動家。一九五四年正式出任教總主席，領導教總八年。在任期間，為馬來亞華文教育以至華裔公民權益的實際代言人。主張國家獨立，民族平等，非巫人要效忠馬來亞，巫人要抱著共存共榮的思想，共同建設國家。領導全國華人爭華教，爭公民權。一九六一年反對達立報告書強迫華文中學改制，結果被褫奪公民權並吊銷教師註冊證。一九八五年去世時，華社蓋棺定論，稱他為「族魂」。教總、董總、大會堂等十五華團也特設立「林連玉基金」，以紀念他對民族、國家的貢獻。且將他去世的日子訂立為華教節，同時也設立「林連玉精神獎」，表揚個人／團體對族群文化或母語教育的貢獻以及鼓勵他們參與這方面的建設工作。提名可考慮下列範疇：（Ａ）組織發展；（Ｂ）社會抗爭；（Ｃ）社區服務；（Ｄ）學術貢獻；（Ｅ）文化建設；（Ｆ）扶助弱勢群體。鄭教授受推薦範疇涵蓋學術研究與文化建設，經年累積的豐碩成果，確是實至名歸。

對林連玉精神，以下略舉幾位元老及學者的詮釋——

鄭良樹一九八五年敬悼文，說他會把林連玉列入大馬華族史「世家的第一篇」。潘永強稱他為華社公民社會的先行者。黃潤岳叫他一代宗師。曾慶豹紀念他與殷海光時說「匹夫而為百世師，一言而為天下法」，身體力行的教育思想家。任雨農讚頌他的精神，他的志節，化

《林連玉先生言論集》

作民族靈魂，在民族教育的陣容裡煥發光輝，照著子孫的前路。企業家陳凱希認為他的鬥爭藝術非常高明，智慧和手腕可以讓其他人士好好學習和參照。廖文輝認為他被褫奪公民權後仍堅守斯土，是種精神象徵的意義，是「存在就是力量」的典範實踐。

林連玉精神獎的地位因此崇高無比。它是當今馬來西亞華社特別重要的文化巨獎；它的遴選與頒贈，可說是當下華教運動為定義與詮釋林連玉精神最權威的機制。

三 《華教史》四巨冊

鄭教授榮獲林連玉精神獎的第三個理由，是他編纂的《馬來西亞華文教育發展史》四大巨冊堪稱劃時代。一九九五年中鄭教授提出撰寫計畫書，請林連玉基金協助出版及負責有關的編輯與出版經費。一九九七年至二〇〇三年，耗用了六年半時間，完成四巨冊。從提出計畫至完成，前後至少八年，而林連玉基金一直與鄭教授是緊密聯繫的。在鄭教授建議下，這套四大巨冊以教總名義出版，計畫乃歸林連玉基金；是一九九六年度蔣經國國際學術交流基金會補助計畫，林連玉基金贊助部分印刷費。

在總序裡，鄭教授聲稱自己一九五〇年代成長期，就常風聞華教動盪不安及受不公對待等事，因此頗感不平之外，亦思將此段歷史書於筆端，讓後人知所奮勉。一九七一年執教於馬來亞大學時，與林連

《馬來西亞華文教育發展史》（全4冊）

玉常見面暢談，蒙贈文稿及照片等，對華教所知漸多，而為華教撰史之心益堅。一九八八年轉至香港中文大學，路途遙遠，計畫暫告停頓。後來林連玉基金撥款支持，但鄭教授又不忍心領取其資助；直到獲得蔣經國國際學術交流基金會全力支持，計畫乃得以展開。他說，此書之作，意義在保存華族之教育以及與此相關之文獻，庶幾乎後人飲水思源，知華教之有今日，真是得來太不容易。

　　後記裡，鄭教授寫道：「嚴格來說，本書耗費筆者近三十年的心血，從搜集資料到全部脫稿，經歷過吉隆坡馬來亞大學、香港中文大學及柔佛巴魯南方學院等三個不同的學術環境。」如此長時間的耕耘，學術含金量之高，自不在話下。它敘述了從華校的開創到西元二○○○年為止的華文教育歷史，是目前最完整的一部華教史。

　　《鄭良樹評傳》記載，《亞洲週刊》於二○○一年六月曾以「篳路藍縷披荊斬棘的大馬華教」為題，高度評價是書「再現了二百多年來大馬華文教育的坎坷歷程，為近代中國人移民海外作見證」的史學意義。該週刊也指出：「大馬華教發展的特殊經驗，及其從小學到民

辦大專的教育體系，是大馬華人社會的寶藏，對海外華文教育有著重大的意義。本書作者的記錄和論述，讓人對海外華文教育留下深刻印象，並且受到深遠的啟發。」它也預言「這部綱目清晰，立論嚴謹，資料豐富的學術著作將歷久彌新於青史」。

四　迴響：高山流水的情誼──林連玉基金、創價學會、鄭良樹

二○○三年完成華教史四大卷後，鄭教授重提以他的字畫舉辦義展，為林連玉基金籌募出版經費。林連玉基金隨即與密切來往的創價學會合作，仰賴創價的高雅場地與辦展覽的嫻熟經驗，一連五天的展出取得豐碩的成果。鄭教授與創價學會相識後，二○○三年及二○○九年前後捐贈書畫作品，以籌募創價文化教育基金。之後，鄭教授與創價有諸多出版合作，除了《百年講莊子》、《百年講孟子》、《百年講司馬遷》等外，最引人注目的是鄭教授總策劃與總主編的《許雲樵全集》，從二○○四年開始策劃，至今年（2020）已出版了二十三冊，全集完成後，也將是空前的。

五　總結

鄭教授幾項空前的學術研究，後人不易超越；想擁有如此成就，或許首先得樹立起知識分子的歷史責任感與人文學者的傳承文化的使命感。

即之也溫

——鄭良樹老師印象記

黃俊文

　　近幾年香港的冬天都彷彿缺席了，大部分時間都是熱得讓人揮汗如雨，沒有多少個寒冷的日子。沒有寒冬，對於溫暖的感覺差不多忘記了。今年十月開始，泛起微涼的秋意，讓我重拾對溫暖的期盼。跟鄭良樹老師相處的日子不多，只有二十多年前讀研究院的一段日子跟老師有較多的接觸，其後老師移居馬來西亞，接觸的機會就更少了。然而，印象中的鄭老師總帶著溫暖的感覺。

　　或許與他在羽毛球場上矯健的身手有關。有一次我跟內子在新亞書院的羽毛球上胡亂揮拍，毫無技巧、章法可言地打球。忽然，發覺相鄰的球場上，二人正打得興高采烈，球來球往之間，二人移步換形、躍高躍後、運拍如風。再細看，就是鄭老師跟朋友在切磋球技。相形見絀下，我向鄭老師問好後，就急急地離開球場了。

　　或許與他來自熱帶的馬來西亞有關，夏天常常穿著短袖花襯衣、長西褲，給人陽光的氣息。冬天，鄭老師在香港中文大學馮景禧樓四樓的辦公室開著柔和的暖爐。尤記得讀大學三年級寫畢業論文時，最緊張繁忙的就是十一月至二月的冬天時節。那時與同學們圍坐在鄭老師辦公桌前，聆聽老師逐一點評我們的課業，不慍不火，跟暖爐一樣。

　　或許與他教導學生的方法有關。香港中文大學中文系要求本科學生在教授的指導下撰寫畢業論文，我有幸分配到鄭良樹老師名下。那

時我想，要研究文獻古籍先要從時代歷史背景入手，而且也要找到文獻典籍傳世的轉折點。於是我跟鄭老師說想研究《史記》，鄭老師只囑我去讀王叔岷先生的《史記斠證》。然後，我就開始從比對異文著手去研讀《史記》。在查找、分析資料時，常常涉及到辨偽學的材料，可是在香港這些資料不好找。鄭老師就送了一套《續偽書通考》給我。香港學生的資質、能力、識見固然一般的為多，在恆心、毅力、認真、細心等方面都是缺乏者居多。捫心自問，當年讀書也曾呈遞一些急就章給鄭老師批改。然而，面對這些課業，鄭老師依然認真地閱讀，細心地給予指導。鄭老師說話不多，意見大都一一批註在課業上。面對著學生，鄭老師皺眉、沉思的時間多，卻從未對我們厲言疾色地責罵過一句；有的只是指導、叮嚀、鼓勵，表達對事情的憂慮已是嚴重的告誡了。有謂「與人善言，暖於布帛」，其此之謂乎？

　　或許與老師對我寄望有關。升上研究院讀碩士，原本我想研究《禮記》。因為禮是儒家的核心之一，《禮記》中有很多先秦儒學展的重要材料。那年的暑假，我花了點時間在讀《禮記集說》，也開始搜集一些研究材料。本以為鄭老師會同意這個方向。怎料，我簡單交代過想法後，鄭老師就沉默了一會，再看我一眼後，就在抬頭拿起筆在一張便箋上寫：傅奕《道德經古本篇》研究。題目就這樣定下來，送了《老子論集》、《老子新校注》兩本書給我，又囑我讀朱謙之、高明、島邦男、波多野太郎、古隸等學者的論著。那時學界認為傅奕的《道德經古本篇》是最接近帛書甲乙本的版本，而《郭店楚簡》又剛剛整理好出版，有更多出土資料可以分析傅奕本的優劣得失，以及推斷《老子》的流傳過程。及後，又有北京大學所藏漢簡中有《老子》的材料。這實在是文獻研究的一大坦途。鄭老師高瞻遠矚，不單從我的能力著眼，還有往後的個人發展方向。後來，輾轉知道鄭老師當年在臺大讀書時，得名師的指導，曾在古禮儀方面下過苦功。相信鄭老

師對於治禮的艱苦是深有體會的。他那時的皺眉與沉思，對我來說又有更深的意義。

　　或許與老師對後學的關懷愛顧有關。限於個人的識見學力，碩士畢業後，未能跟隨鄭老師繼續研究文獻古籍。期後，我跟鄭老師還有書信、電郵的往來，每年聖誕節我寄賀卡給鄭老師，春節就會收到老師的信。我寄些孩子胡亂塗抹的畫給老師看看，怎知收到的竟是老師書畫作品。我的幼子患有罕見病，鄭老師有次低調回港時，特地囑師母聯絡我，把知道的一些資料交給我。

　　或許還有其他許許多多的原因，我無法一一窮究。而我卻知道要把鄭老師這些點點滴滴待人的真誠、溫暖傳揚下去。

古籍課堂拾憶

潘銘基[*]

　　古代文獻數量繁多，浩如煙海，能夠涵泳其中，神態自若，游刃有餘，自是極不平凡。我在大學一年級修讀鄭良樹教授任教「古籍導讀」科時，經常有這樣的感覺。記得那是中國文化研究所二樓的一個教室，中文系一年級的課堂大多在這裡上課。文學概論、實用語法、古籍導讀、文字學皆不例外。可能是自己的學術興趣所致，最嚮往的總是古籍導讀這科目。當是時，總是看不透老師們的年紀，但聽學長們、同學們皆以「鄭伯」或「鄭伯伯」稱呼鄭老師，一直以為就是慈祥長者的意思。後來，才發現「鄭伯」或「鄭伯伯」原來也有經學層面的解讀。

　　鄭老師在上課的時候，總是予人和藹可親的感覺；講課的時候，聲調徐疾有致，拿捏得宜，我尤其喜歡細聽課堂上的《左傳》故事。鄭老師是蜚聲國際的《左傳》學者，此乃人所皆知的。《左傳》的第一個故事是「鄭伯克段于鄢」。其中情節極盡戲劇性，豐富多姿，鄭老師娓娓道來，教人心曠神怡。到了潁考叔獻上妙計，使鄭莊公與母親武姜和好如初，二人在隧道裡重遇的一刻，雖然是古代的文本，仍然如在目前。如在目前的不單是《左傳》文本，我的腦海裡滿滿是鄭老師眉飛色舞淋漓盡致講授此文章的畫面。鄭老師是《左傳》專家，

* 香港中文大學中國語言及文學系教授、博士生導師、中國文化研究所劉殿爵中國古籍研究中心名譽研究員、世界華文旅遊文學聯會常務理事。

《左傳》第一個故事的主人翁就是「鄭伯」（鄭莊公，「伯」乃公侯伯子男五等爵的其中一等）。看來，稱鄭老師為「鄭伯」，原來還是饒富學術意義的。

　　能夠喚起青年學子學習古籍的興趣，乃是大學教育裡的重中之重，也是鄭老師講授時的特點。我還記得《左傳・僖公二十八年》魏犨跳躍數百次證明自己身體狀況上佳的故事，《左傳》原來的描刻本已極盡視聽之娛，但在鄭老師聲容並茂的演繹底下，更是繪形繪色，至今難忘。在諸經之中，《左傳》乃大經，篇幅長，要在一個學期全面講授並不容易。《左傳》是經書，不可能只說故事，經學意義才是關鍵。《左傳》與《春秋》之關係、杜預注的義例、《左傳》「君子曰」是否後人所加等，課堂裡皆詳加闡析，當時在座的我實在受益匪淺。

　　鄭老師是出生在馬來西亞，在臺灣求學，一九八八年來到敝校任教。鄭老師講的是國語，讓同學們印象深刻的除了是嚴謹的研究態度外，還有的一定是鄭老師的粵語。我在一年級修讀鄭老師任教的「古籍導讀」，在二年級的時候選修了老師任教的「左傳」，到了讀博的時候，又修讀了「古代文獻作品選讀」。在香港中文大學中文系，絕大部分同學說的都是粵語，而鄭老師所任教的「古籍導讀」，一方面是一年級中文系主修生的必修科，另一方面又是新生在過去未嘗接觸的古代典籍，實在有一定的難度。我記得到了二年級修讀「左傳」時，鄭老師曾經說，高年級的科目他會用國語教，可是一年級的科目因為體諒學生們初進大學，故以粵語講授。有一堂的「古籍導讀」課，鄭老師說了一個字，同學們聽不懂，老師於是在白板上書寫出來，然後說：「現在寫給你看。」這句話還沒有出口以前，大家非常期待，話說了以後，同學們大笑不停。為什麼呢？因為鄭老師說的是粵語，他說的是：「宜家寫俾你睇。（國語翻譯：現在寫給你看）」可是，鄭老師把「寫」（se2）讀作「死」（sei2），老師本意是寫給我們看，現在

卻變成死給我們看。此時此刻，課堂上充滿著快活的氣氛。多年後的今天，跟大學同學聚會，仍然會想起古籍課堂上鄭老師的點滴。

讀研究院以後，我研究的是賈誼《新書》及其互見文獻的關係。其中，《新書》的真偽一直是前人學者關注的重點；在我的碩士論文答辯委員會裡，鄭老師給我的意見最多，也最有啟發性。眾所周知，鄭老師在古代文獻多個範疇皆鑽研甚深，古籍辨偽學是其中的一環。張心澂在一九三九年出版了《偽書通考》，鄭老師的《續偽書通考》（1984）就是對《偽書通考》的補充與續編。在《續偽書通考》裡，不單有鄭老師增補《偽書通考》所失收的辨偽資料，更重視網羅二十世紀的偽書考辨成果。在論文答辯會上，我記得鄭老師問了我一道很重要的問題。我利用賈誼《新書》及其互見文獻以討論《新書》的真偽，鄭老師問，出自兩書的互見文獻，如何判斷孰為先後。當年我大概回應了一大堆似是而非的答案，現在看來，鄭老師的問題其實就是明代胡應麟在《四部正譌》裡八條辨偽律的第三條和第四條，即是「覈之竝世之言以觀其稱，覈之異世之言以觀其述」，說的就是考查同時代之典籍有否稱述此書，以及考查後代著述中有否轉述此書。當發現互見文獻以後，究竟哪一段是先，哪一段是後，有許多問題需要注意。鄭老師的提問，我一直銘記，現在當我處理互見文獻時，每次都會想起老師的教誨。碩士畢業以後，我在原校攻讀博士，有一天在走廊踫到鄭老師，老師把我叫到他的辦公室，然後送贈新作《諸子著作年代考》給我，讓我非常感動。這些如在目前的事情，原來已經發生在二十年前了，光陰荏苒，所言非虛。

鄭老師著作等身，執筆之際，再次翻閱手邊的《竹簡帛書論文集》、《續偽書通考》、《韓非之著述及思想》、《諸子著作年代考》，以及「古籍導讀」、「左傳」、「古代文獻作品選讀」等三個科目的筆記。有盡的是課堂上的點滴，無盡的是可以傳之後生的學問；忽然間，腦海裡又浮現鄭伯講授「鄭伯克段于鄢」的聲音。

書齋盡日心常遠，最憶吾師鄭百年

程中山[*]

　　十二月的大學，開始進入期末考試，校園顯得清靜悠閒，我也乘閒翻閱早幾個月從圖書館借來的一堆研究書籍，當讀到鄭良樹老師的《賦學論集》時，發現老師對賦類文學的探索原來如此精彩，一下子，鄭老師在我心中那個《左傳》、《戰國策》研究權威的形象竟增添了更多文學色彩，也使我想起大學上課的一些情景。甫出辦公室門口，碰見煒舜兄，我告訴他我正在看鄭老師的賦學研究，很想念老師，兄遂囑我寫一篇回憶老師的小文。

　　我在香港回歸祖國第二年考進中文系，中文系一年級課全為必修的基本課程，必修課多為小班教學，如詩選課分五班由五位不同老師任教，那時學生不能自由選讀那一班，全由學系分班，記得教我必修課的有王晉光老師（寫作訓練）、佘汝豐老師（詩選）、張光裕老師（文字學）、鄭良樹老師（古籍導讀）、徐芷儀老師（語法），諸師在我心目中都是充滿智慧的專家學者，令人仰慕不已。中文系古籍導讀安排在下學期上課，總共分成兩班，每班人數可不少，約六十人，分別由張光裕老師及鄭老師任教，兩班課室均在聯合書院，毗鄰相依。記得1月初上第一節課，我匆忙跑進課室，坐下來，抬頭一望怎麼會是張老師在準備上課，我馬上省悟自己進錯課室，於是急忙示意並衝出去。轉入隔壁的課室時，幸好鄭老師也剛到，未幾老師即用國語作

---

* 　香港中文大學中國語言及文學系。

自我介紹：「我是鄭良樹，我是一棵良好的樹，我也能說廣東話。」
於是老師說了幾句帶口音的粵語後，又隨即轉回用國語上課。老師的
國語也帶點方言味道，而且語速偏快、語調偏高，加上我們這些香港
學生上中小學及日常生活語境都是粵語，最初聽課是有點吃力，如孟
子、荀子等古人名字，要多聽幾次才習慣。

　　記得第一節課，鄭老師講授宋玉〈高唐賦〉，不僅笑談楚王神女
的荒唐事跡，更滔滔不絕談論此文的真假爭議，對於大一生來說，一
上課便談文獻辨偽，可謂大開學術眼界。當時不知道老師為何要先談
宋玉賦，現在翻看著手上的《賦學論集》，我才明白老師於一九九八
年出版此著作，並即時把書中最新研究成果在課上跟學生分享，以一
個獨特的切入點引導學生認識古籍，別具心思。除了宋玉賦外，老師
依時代先後介紹《尚書》、《老子》、《禮記》、《左傳》、《戰國策》及漢
唐以來史籍、類書等，或談文獻類別，或究成書年代及文獻流變等，
要言不煩，使我們受益不淺。

　　老師上課派發的講義都是手寫的，字體很瘦硬，很有個性，後來
才知道老師擅長書法，並學倪鴻寶風格。老師上課講解很動聽，很實
在，我由最初坐在最後一行聽課，到後來長期占坐第一行，當時課室
座位是斜形向上的新課室，坐第一行的座位使我更專注上課，至於會
否因為我個子高而遮擋後排同學的視線，已進入忘我境界的我已不管
了。老師看起來皮膚稍為黝黑，年紀好像不小，可能是系裏較年長的
老師，同學因此尊稱他為鄭伯伯。老師身體則不胖不瘦，走動很靈
活，而且喜歡穿棕色或深色的短袖襯衫，往往帶有南洋之風。老師上
課不帶公事包，只攜一兩本書或筆記，並經常在白板上寫下補充說
明，有時候我們被老師的板書深深吸引住，記得老師寫鐵字必寫成
鉃，夷字中的人反寫為入字，印象深刻。當時系裡板書可與老師並稱
的，有佘汝豐老師的草書、陳勝長老師的行書、吳宏一老師及陳雄根

老師的楷書等，都足令我們歡賞不已。

　　古籍導讀設有期中測驗，有一天老師說測驗卷已批改好了，同學下課後可去辦公室查看卷子及分數。記得我約了侯世愉、吳暘一起到馮景禧四樓最盡頭的老師辦公室看卷子，我們敲門進去，說明來意，老師便說測驗卷在門邊的 A4 箱內請自取，並逐一問我們的名字，隨即笑說我考得最高分，我當刻愣住了，不敢相信，當得知到成績後，我自是珍惜老師的鼓勵。那學期導修課，老師親自主持，我負責報告《儀禮》一書，用了幾張投映膠片為輔助，於《儀禮》之性質、漢代傳授源流、版本流傳等作認真介紹，老師點評頗為正面，下課時，老師特地走過來肯定我的努力，我當時很感動，覺得老師很愛護學生。

　　另外，有一次老師在大課上提及鄭樵的《通志》，下課後我就跟老師說，學生雖然姓程，但本家實為福建莆田鄭氏，我祖名叫鄭仰樵，就是仰慕遠祖的意思，老師聽後很認真對我說：「我祖上也是從福建過來的，請你把族譜找來大家對一對世系。」我說我家族譜可能在文革燒燬，現在找不到，老師當時與我苦笑相視。若干年之後當我找到族譜時，可惜老師已回南洋了，無法交流。又當我知道我在家族內是排「百」字輩時，而老師字百年，不知道「百年」是否也用族譜命字？我真的有興趣追尋下去。而當我每次用「鄭百山」別署時，也不由自主想起老師了。

　　上二年級時，老師開專業課《左傳》，二、三年級同學約一百多人同時修讀，老師縷析《左傳》所記多場諸侯戰爭的始末及春秋筆法，我們聽得津津有味，特別是第一節課分析〈鄭伯克段于鄢〉時，我們才知道同學時常暱稱老師為「鄭伯伯」就是典出於此，老師當時演繹鄭莊公所說「多行不義必自斃」時，聲情舉動彷彿就是鄭伯的化身，十分傳神，使人難以忘記。

　　後來，我考進研究院，碰見老師的機會多了，此時發現老師原來

是個大畫家，他還在校園組織「海外華人研究社」，與友人切磋書畫藝術、策劃展覽等，我們中文系裏會議室還掛著他的山水畫。余生也晚，老師在港書畫藝術活動我知之甚少，不過書齋中仍保存老師於一九九三年手寫「海外華人研究社」社名書法直幅，頗堪玩味。同時，我又讀到老師散文集《讓香港人繼續做夢》，覺得他不只是一位蕭穆的古籍專家，更像一位能畫能文、多才多藝的傳統文士，老師散文寫得很活潑，寫實之中帶有幾分諧趣，並以僑居者角度紀錄香港風貌，深刻動人，令人回味不已，現在重讀，更使人懷念老師筆下那個正處於黃金時代的香港。

鄭老師所題「海外華人研究社」

　　大約二○○二年四、五月，老師準備退休，有天在走廊遇到我，主動問我喜歡書畫嗎？我說很喜歡，他就拉我到辦公室，送了一包書畫給我，並謂這些都是當代人作品，臨走更叮囑我說若其他同學喜歡也請轉送一部分給他們，我按老師意保留若干幅，其餘的在一年間全部轉送同學了。幾天後，我在電梯口又碰見老師，我說那些書畫怎麼沒有老師的手筆，他笑說回頭給我一幅，幾分鐘後他就來到我530號研究室，出示一幅還未裱褙的山水畫，指著窗外的山對我說：「我畫的就是八仙嶺，送給你。」我連忙道謝不已！原來這是老師於一九九六年大作〈沙田八仙嶺〉寫意小圖，意境幽遠，我珍而藏之。幾年後我把它裝裱起來，並題一詩云：「小屋數間傍媚川，峰高嶺峭繞雲煙。書齋盡日心常遠，最憶吾師鄭百年。」這幅畫至今仍掛在辦公室，以示對老師的尊敬及懷念。老師送畫的那一刻，原來就是我最後一次見到他的時候。老師退休後，初期往樹仁學院任教，又旋即回南洋去了。約一兩年後，有一天陳寧師姐特地轉來老師的《百年書畫二選》，並謂老師吩咐要送我的，我很感動，原來老師還記得我。翻開一看，書中所載很多是老師在大學或遊黃山、張家界時寫意之作，山川靈秀，老師畫筆一描，旋即雲煙飄然了。書中還有自題詩如「老來結伴在江邊，不問人間不論仙。愛看清風弄滿月，松濤逐浪過餘年」及題識「未上黃山，不知天下山之奇；既上黃山，始知天下山何奇之有」，深深感受到老師空靈超脫的心境。鄭老師雖然在數年前去世了，但他的墨寶仍懸掛在校園很多角落，每次看到，都使我不禁想起他當年的聲影，揮之不去。

二○二三年十二月二十一日，
寫於中文大學馮景禧樓，時寒風凜冽。

慧眼仁心
黃德偉教授追思專輯

主編：張澤珣

編者按

　　黃德偉教授（1946-2022），前香港大學比較文學系系主任，前臺灣佛光大學文學系系主任及文學研究所所長，於二〇二二年七月二日在香港瑪麗醫院不治逝世，享年七十五。其喪禮擇於七月廿三日中午十二時假萬國殯儀館二樓壽山堂舉行。

　　德偉教授中學時代即在香港榮獲現代詩創作比賽獎項，十六歲負笈臺灣大學外文系，在學時期與張錯等同學創辦星座詩社，發行《星座詩刊》，並出版詩集《火鳳凰的預言》。畢業後前往美國西雅圖華盛頓大學深造，以論文《巴洛克作為中晚唐詩歌的時代風格》（*Baroque as a Period Style of Mid-Late T'ang Poetry*）獲得比較文學哲學博士。此後，返港任職於香港大學，主力創辦比較文學系，且於兩岸三地比較文學學科之建設有開創之功。曾於北京大學、復旦大學、北京師範大學、南開大學、四川大學、華東師範大學、蘇州大學等處擔任客座或兼任教授，並任英國倫敦大學大學學院英文系聯邦學者。

　　德偉教授著有《在1963-1974英語世界中的巴洛克研究：一個完整的調研與書目》（*Baroque Studies in English 1963-1974: A Survey and Bibliography*）、《盧梭在中國》等。於中英文叢書之編輯方面成績優異，編著有《跨文化語境下的中西比較文學》（*East-West Comparative Literature: Cross-cultural Discourse*）、《布萊希特與東亞劇場》（*Brecht and East Asian Theatre*）、《重寫文學史》（*Rewriting Literary History*）、《文學理論在今日》（*Literary Theory Today*）、《浮世戀曲——劇本及評論》、《閱讀張愛玲》、《山河叢刊：當代中國小說家作品選》（七冊）、《當代中國大陸作家叢刊：女作家卷》（五冊）等。

黃德偉教授與大陸比較文學
學科建設瑣憶

李明濱*口述、陳煒舜整理

　　黃德偉教授對於我們內地比較文學學科建設的開展和推進是很有貢獻的。我記得改革開放以後，德偉兄就多次來大陸訪問和交流，主要是來北京大學、北京師範大學和南開大學，參加會議、結交志同道合的朋友。一見面，他就向我們介紹學科建設的願景，顯示出學術眼光，視野很開闊，很有作為。現在回想，這對於開展比較文學學科研究是多麼的重要啊！而且，他關注的不止於傳統文化文學，還包括區域性的民俗文化。在這些方面，他都廣泛涉及，比如說他到天津時，還會造訪著名的民間工藝大師。

　　德偉兄具有那種貫通中外的學者氣度，他與天津南開大學的崔保衡教授（前輩學者朱維之先生的弟子、中文系副系主任）、北京師大中文系的陳敦教授（後來擔任中國比較文學研究會副會長）過從甚密。對於比較文學的學科建設，他們都一再地宣傳，我也在此時參與其事。後來，南開大學受命為比較文學編一本高校教材。這些都算得上德偉兄的始創之功。

　　教材脫稿後，要交送審稿組，我也是成員之一。但那個年代，審稿組成員只限由內地高校的學者擔任。德偉兄是港大的教授，無法正

---

* 　臺灣淡水人，北京大學俄羅斯語言文學系正教授、博士生導師（博士研究生指導老師）。

黃德偉教授與同仁合影於雲起樓
右起：黃德偉教授、潘美月教授、李明濱教授、陳煒舜教授。

式加入該組，但他仍然很認真地參加審稿和討論的工作。雖然他無法親自前來，而是採取書面意見的形式，不過這仍然可見他對此事的關心。如此情狀，是一九九一年在天津開會的時候，崔保衡向我轉達的。

這本比較文學教材名為《中外比較文學》，後來由南開大學出版社出版。教材由朱維之先生、崔保衡教授分別擔任正副主編，審稿小組成員也標示在書中，各個單位都有，如北大是我和中文系溫儒敏教授兩人。這是改革開放以後在大陸推行比較文學課程建設的第一本的教材，高校中文系很樂於採用，地位十分重要。德偉兄對於這本書的問世確實居功甚偉，他很關心、很關注這本教材，在編寫和出版的過程中都有很好的助推的作用。

此後的進展，德偉兄也十分措意。比如說他到北大來，得知樂黛雲教授主持的比較文學研究所有一個總體規劃，要編輯出版一個「中

國文學在國外叢書」，總共選定十個比較重要的國家，再邀約十位專家，每人寫一本，考察相關課題。第一批問世很快，共有四種交稿，包括中俄、中日，中法等方面，我負責那本題為《中國文學在俄蘇》。德偉兄每次跟我們聯絡，都會十分關注推動、推廣比較文學這門學科，一直有很多深遠的考慮，期盼付諸施行。

　　今天陡聞德偉兄不幸辭世，我感到非常的悲哀，也就不禁想起這些往事了。在此謹向德偉兄的家屬表示慰問，並請節哀。

黃德偉老師回憶拾零

楊松年

　　下午五點鐘左右，辦公桌上的電話響起：「老楊，是時候運動了。」是同事黃德偉老師電話來了，我趕忙換件運動衫褲，走向一樓的兵乓室。我喜歡的運動項目是羽球和兵乓。近來年紀大了，體力不夠和害怕跌倒，就專打兵乓球。每隔一週來佛光大學上課，課後常觀賞同學們打籃球，自己則定時在兵乓室訓練。我的兵乓技藝還可以，一些剛入行的同學們還常常希望我陪他們訓練，還說跟我打球後，進步不少。是的，在不少老師同學中，我的球藝還算可以，但是碰上黃

二〇一四年五月臺北，信仰中心會後合影

左起：黃君槫、張澤珣教授、楊松年教授、潘美月教授、陳煒舜教授。

老師，就差多了，特別是他的發球，古靈精怪，招架不來，然而還是樂在其中，特別是他的小孩，同事黃維樑、朱壽桐老師也常加入，更是其樂融融。

　　和黃德偉老師同事，他為人亦莊亦諧。辦事時嚴肅，平時生活則愛開玩笑。他精於西方文學，也創作新詩。對文學看法有他的見解，但不固執地堅持。我的一位研究生希望寫關於瓊瑤小說的論文，他身為系主任，一開始時不太能夠接受。但是經過我的解說，他最後接納，這令我印象非常深刻。我和研究生推動「世華文學叢書」的出版，邀請各地學者撰寫文學作品的評析，先後出版《跨國界詩想：世華新詩作品評析》、《離心的辯證：世華小說評析》、《多元的交響：世華散文評析》、《細緻的雕塑：世華微型小說評析》，他非常支援這項工作，並且為四部作品的書名給予英文的題名。

　　我離開佛光大學後，他繼續在那裡任教，不久他也回返香港了，沒想到短短數年，健壯的兵乓高手，性情開朗的他，竟然揮手告別我們，心裡深覺沉痛呵！

黃德偉教授與碩士畢業生合影

記黃德偉兄二三事

陸潤棠[*]

　　二〇〇七年夏天，我自香港中文大學退休。較早前德偉兄曾邀我到佛光大學演講，還詢問我願否前來任教，我說可以考慮。回港不久，我就收到他的催促，謂已將我的資料送到學校教評會，要我即時決定是否應聘。我便是這樣與他和佛大結緣二載，令我可以親身體會兒時在調景嶺對臺灣的想像。

二〇一三年澳門歡聚
後前左起：黃德偉教授、張澤珣教授、陳煒舜教授；前排左起：
陸潤棠教授、陸夫人，潘美月教授、師丈郭肇藩先生。

---

* 　現任香港珠海學院文學院院長，先後擔任香港中文大學英文系、文化研究系教授，
　臺灣佛光大學文學系教授，及香港恒生學院文學院院長。

　　我和德偉兄早在一九七〇年代中便已開始交往。他比我早兩年回港任教。我們當時算是留美的「新科」博士,與中大和港大幾位前輩或同輩一同創立了香港比較文學學會,提倡中西比較文學、開辦比較文學各類座談會、出版學術文集。那是前「文化研究」的階段,大家都出了力,為這一學科立下了「萬兒」,令單一學科的英文系受到不小挑戰和壓力,我們都覺得有點成就感。

　　當年德偉在港大英文系是個異類。以當時港大英文系「唯英是尚」的環境來看,一個由臺大外文系本科出身、取得美國博士學位的人,卻能立足港大英文系,那真是非常不簡單。箇中百般滋味,只有他自己知道。難怪他嘴邊常掛著一句話:「我不是港大英文系畢業生,但我是他們的老師。」這個過去式的「名句」確是不假,與他後來另一「將來式」名句——「儲錢供兒子讀哈佛」,今日都應驗了:令郎君樑如今在劍橋就讀博士班。德偉兄當年說的「哈佛」,和劍橋應該是同義詞。

　　在香港教學的時代,大家各忙各的,為自己生涯打拚,碰面時間多半在學術會議中。但記憶最鮮明的,是喝他和張澤珣老師的喜酒。德偉兄這宗喜事,也為我倆日後在佛光的茶餘飯後帶出一個「塞翁失馬、焉知非福」的後話。在這次傾談中,他少有地流露出自己因學術研究歷程中「失諸交臂」的微微抱憾,那也是我們在教研生涯中打拚的人都會有的陣痛,可謂感同身受。一般人大概只看到他表面上的剽悍,而我在這一次交談中,卻發現了他鐵漢柔情的另一面。

　　到了佛光後的日子,我們幾乎天天見面——當然除了各自「開溜」回香港的時間。我每天課後等下山的校車時,他的電話便準時打來,與我約定在山下礁溪某處相會吃晚飯,然後濯足湯圍溝,東拉西扯一回,買些日用品,然後便乘校車回宿舍。偶爾,我們會到學校地下室打乒乓球,他亦不忘提起自己當年在臺大打球的威水史。這些看似平

淡的規律，正如從雲起樓上遠眺龜山島的美景，現在只能追憶了。

　　另一次印象深刻的經驗，是某一個臺北冬夜，我倆看完曾永義教授改編的京劇表演，在冷颼颼的細雨下，踱步回中華路的旅館。他突然對我說：「真恨不得這時有碗熱騰騰雲吞麵吃呀！」我當然也有同感。這是兩個老年遊子的「旅夜書懷」吧。那一瞬間，亦令我有一絲「岐王宅裡尋常見，崔九堂前幾度聞，正是江南好風景，落花時節又逢君」的飄零感。

　　　　　　　　　　　　　　　　2022年7月19日，香港珠海學院

黃德偉先生在佛光大學的日子

周小儀[*]

　　一九九七年我到香港大學做研究員的時候，德偉老師是比較文學系系主任。我們經常在一起喝咖啡、吃飯，討論學術，相談甚歡。他退休以後轉入臺灣佛光大學任教，二〇〇四年他到北京的時候，問我是否願意到佛光大學做客座教授半年。當時我已從港大回北京四年有餘，也很想再出去看看，就欣然允諾。當時北京到臺灣還沒有直飛的航班，必須經香港轉機。正好德偉老師從臺灣回來過週末，他和我約好一起從香港飛臺北。我在前一天到達香港，他開車來機場接我，直接就把我拉到他家裡去住。他家在新界一處偏遠的地方，周邊景色一片田園風光，美不勝收。他家是一棟四層小樓，收拾得乾乾淨淨，整潔光亮，室內又有藝術品點綴，品味極高。讓我特別難忘的是，晚上他一定讓我睡主臥。我說睡客房，或者公子房都可以，怎麼能進主臥呢？但德偉老師固執己見，不由分說，我也只能客隨主便。我心裡非常不過意，就開著房門，他也開著房門，兩人聊天直到睡著。

　　第二天乘飛機前往臺北。佛光大學對大陸學者真是非常客氣和周到，專門安排司機到臺北桃園機場接我們。佛光大學在臺灣東部宜蘭縣，離臺北還有幾小時的車程。我們坐著佛光的校車，一路風景如畫，沿著彎曲的山路，來到半山腰上的大學。佛光大學的第一任校長是臺灣的著名學者龔鵬程教授。龔教授卸任校長之後，還到北京大學

---

*　北京大學外國語學院教授、博士研究生導師。

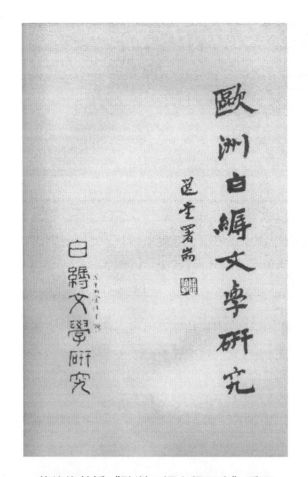

黃德偉教授《歐洲白襦文學研究》扉頁

分別由香港饒宗頤教授（左）與臺灣汪中教授（右）題籤。

教過書，成為我的同事和雙重校友。德偉老師向當時的系主任趙孝萱
教授推薦了我，也向龔校長推薦了我，讓我有幸來到這個絕美的地
方。佛光大學的校舍從山上散落到山腳，四周層巒疊嶂，空氣清澈無
比，真是佛家聖地。在這裡工作，靜謐、芬芳、淒美，非身臨其境無
法想像。教室就像花園裡的禪臺，窗戶捲起竹簾，看外面草木蔥蔥，
或陽光明媚，或細雨如絲。這人間仙境氣韻深遠，天地有大美不言。

黃德偉教授任職港大時在泉州老子像前留影

　　當時學校建築沒有全部完工，我們在已經蓋好的那個教室樓上課。德偉老師講古典文學批評，我講當代西方文論和消費文化。德偉老師講課特別受學生歡迎。他講亞里斯多德的《詩學》，一學期讀這一本書，非常深入細緻，是精讀型課程。他對西方古典文論的修養深厚如斯，難有人比肩。我把北大講的課程稍微進行調整，分別給本科生和研究生開設四門課。臺灣學生不僅非常好學，而且特別溫文爾雅，處處讓老師感受「師道尊嚴」。他們對老師發自內心的尊敬，讓人驚異。居然今天還見到古風尚存，這在世界上已經絕無僅有了。我和德偉老師在上課之餘，有時候還下山閒逛，和同學們一起聚餐。臺灣的珍珠奶茶，當地的簡餐小館，都有點周作人那種頹廢的美，味道也出奇地好。德偉老師會點菜，每次我都把這任務交給他。同學們一起來聚，歡聲笑語，我們都年輕了幾歲。

　　德偉老師家在澳門，他太太張澤珣教授也是畫家，在澳門大學任教。他每逢週末都要回去，來回奔波也是相當辛苦。但他非常念及家人，從不在臺灣過週末，這一點也讓人感動。有一次他從澳門回來，在臺北坐火車到宜蘭，我去車站接他，發現他走路一瘸一拐，就問他怎麼回事。他說他的痛風病又犯了。於是我們兩人就在附近的溫泉池泡腳解痛，一坐到天黑。宜蘭是溫泉之鄉，街道上有很多露天溫泉池。泡腳是市民經常的功課，邊泡邊聊，其樂融融。我住在山下一個叫做音樂泉的社區裡，樓下就有溫泉池。我經常邀請德偉老師過來，聊天泡湯。宜蘭是火山地震區，特色是遍布溫泉。很多在臺北工作的人，到週末或放假就過來遊歷。有些湯泉店幽靜神秘，專接待匿名情侶，溫泉變溫柔之鄉。

　　有次佛光大學樓棟裝修，德偉老師在研究室的房間不能再住，無處休息，問我能否在我處借住一段時間。我當然覺得非常榮幸，馬上答應。後來他就住在這裡。我的房間只有一張床和一個沙發，他非常客氣，一定要睡沙發。我說那哪裡可以，他是我的長輩，又是我的老師，過去在香港大學還是我的領導，何況我在香港時睡他的主臥。可是沒想到，我個子比較高，沙發比較短，第二天早晨起來腰酸背疼。堅持兩個星期之後，突然覺得想跟德偉老師開個玩笑。他給我打電話時就沒有接。他打了幾次就安靜了。我以為他回山上研究室去了。結果他打電話到我宿舍。座機鈴聲一響，我以為是大陸來的電話趕緊接。他在那邊樂不可支，非常得意，像小孩一樣，意思是說你躲不掉吧？我又把你逮住了！於是我只好過去又把他請來。後來研究室裝修好了，他就搬到山上去住了。現在想起來那段時間其實別有風趣。有一次趕上颱風，我從來沒有見過這種規模的風雨。那不是下雨，是天上往下潑水，就像水桶裡的水直接往下倒一樣。大雨滂沱，街道如澤國，完全不能出去。一天下來，我們沒有吃飯，飢腸轆轆。他非常鎮

靜，有經驗，說等一陣兒颱風眼來的時候，我們出去。果不其然，過了一陣，颱風驟然安靜，大雨也驟然停止。於是我們趕緊出去買了便當，回來把肚子問題解決，又開始山南海北什麼都聊。現在想起來真是一段美好時光！

德偉老師在臺灣學界很有威望。他的朋友也非常多，像文化大學的李紀祥老師、新加坡的楊松年老師、臺大的潘美月老師、香港中文大學的黃維樑老師，當時都在佛光任教，也是他的朋友，相處甚歡。但德偉老師是一個直性子人。他要是對誰有意見，就一定要說出來。那時從香港加盟佛光大學的陳煒舜老師，對他的評論就特別貼切。他說黃德偉老師為人正派，嫉惡如仇，但從不背後給人使絆子。有意見當面說，平時也很仗義。對教學規劃，行政安排，都有自己的想法，直言不諱。我離開佛光之後，他被任命為系主任，組建外文系，為佛光大學立下了汗馬功勞。我跟煒舜老師認識也十分偶然。我剛到宜蘭的時候，在街上走，哪裡都不熟悉，走著走著就迷路了。正好前面一個英俊儒雅的年輕人，拿著地圖看，我就問他，音樂泉在什麼地方？他說他也是剛來的。結果兩人一談，他在佛光大學教書，而且都是文學系的！後來我們在佛光大學經常見面，有時在食堂，有時和德偉老師一起下山吃飯，最為逍遙。

後來德偉老師也離開了佛光大學，又回到了澳門。以後我們見面的時間就少了。直到二〇一五年，他到天津去，路過北京，專門來看我。沒想到那是我們最後一次見面。他和澤珣老師一起，還有我們的共同好友，北京大學的林慶新教授，四個人在一個叫蘇浙匯的餐館裡聚會，聊聊近況，激情不再，感慨唏噓。那時候他身體已經大不如以前，因為痛風吃很多藥，對腎臟的影響特別大，腎功能喪失很快。後來我才知道這是他最後一次長途旅行。他的公子君榑在北大學習，極為優秀，對我頗有讚詞，所以他一定要過來看看我。這幾年因為疫情

不斷肆虐，就再無機會見面。

德偉老師的文學素養和藝術品味都讓人佩服。他的格調不俗，朋友也都是港澳臺和大陸的文人墨客，一個浸透中國古典遺風的文化圈。煒舜老師的紀念文裡有一張他年輕時的照片。他那麼瀟灑，氣定神閑，一身鬆散的西裝，骨子裡散發出一種尊貴氣息。他就是最後的文化貴族。他的幽默、戀物，他把生活當作藝術，人情就是詩學，內心深處隱含一種超凡脫俗。

波德賴爾曾讚美英國的紈袴子，說他們如同一輪沉靜的落日，沒有熱度，只有輝煌。可惜我的感悟和對他的欽佩他再也不知道了。不過，有這樣境界的人，也不在乎別人的評價。

雷霆手段，菩薩心腸
——懷念香港詩人、比較文學先驅黃德偉教授

趙孝萱*口述、陳煒舜整理

打開臉書，看到老同事陳煒舜教授發了這樣一段文字：

> ⋯⋯另一次，久病歸來的前主任趙孝萱老師開車帶我們三個「街坊」到羅東吃烤鴨。回校途中，孝萱說：「我們真像一家人呢，潘媽、陳弟，還有黃⋯⋯叔！」德偉老師隨即說：「嘿，我才不當劉備，哭哭啼啼太窩囊！」孝萱答道：「你不肯當黃叔，我就只好叫你黃大叔了！」大家聞言大笑。

這個場景我已記不太清楚，但當時佛光大學文學系同事間互動的那種令人懷念的溫馨，卻從這段文字中透發出來。當煒舜告訴我，黃德偉老師在香港瑪麗醫院於心臟手術後不幸逝世，我感到十分意外。

一九九九年六月，我從輔仁大學博士畢業，幾個月後拿到副教授證書。接著隨龔鵬程教授做博士後研究，當時他已受星雲大師委託籌建佛光大學，我也同時參與了最初的建校規劃。二〇〇〇年九月，佛光文學所招收第一屆研究生。二〇〇一年底我銜命代表學校接下臺北林語堂故居規劃案，因表現備受肯定，二〇〇二年中期，龔鵬程校長

---

* 臺灣輔仁大學中文所博士副教授，佛光大學文學系前系主任、林語堂故居首任執行長，元培學堂文化有限公司創始人董事長。現任何創時書法藝術基金會創時書院院長。

辭去兼任的文學所長一職，要我繼任。當時文學所的教學方針是中文
為主、西文為輔，但當下教俄國文學的李明濱老師是兼任、懂法文的
馬森老師要隔週上課，必須找一位專任教授。因此，他從香港物色了
一位退休教授──黃德偉老師。德偉老師是美國西雅圖華盛頓大學
（University of Washington, Seattle）比較文學博士、前香港大學比較
文學系系主任，對於中西文學都有深厚的研究。他是香港比較文學界
的先驅人物，中國大陸不少大學中比較文學系的學科建設，當年都曾
向德偉老師諮詢請教。更重要的是，他大學部就讀於臺灣大學外文
系，當時還曾創辦星座詩社、發行詩刊、出版詩集，既瞭解臺灣情
況，也符合我所的發展理念。只有一點：這位老師平時很爽直，但發
起脾氣來就十分火爆。

　　二〇〇二年九月。德偉老師正式到佛光文學所履新。他講話的粵
語口音有點重，但英文說得很好聽。他的確學識淵博，慷慨豪爽，可
說是快人快語。我清楚記得，他在所辦從助教明莉手上拿到第一份薪
資單時，就說：「啊，才臺幣八萬哦？我在香港拿的是港幣八萬！」
其實他在港大退休時，月薪已經港幣十幾萬了，說八萬只是為了營造
戲劇效果。有人聽不懂他的玩笑話，跟他說這份薪資在臺灣已經很不
錯了。他回答說：「我還要供我的兒子到牛津去讀書呢！」人家又
問：「令郎讀的哪個系？」他說：「嗯，目前剛要讀小學。」當時有人
聽到，不禁竊笑。但二十年後的今天，德偉老師的公子君榑正在劍橋
大學亞洲及中東研究所攻讀博士班。今昔相比，可見德偉老師不僅教
子有方，而且對孩子、對自己充滿信心。他就是這樣一個人。

　　一般來說，臺灣的新大學、新系所要過好一段時間才會獲得教育
部批准，有開設博士班的資格。但佛光文學所開辦第二年就設置博士
班，取錄了徐錦成、簡文志、楊宗翰三位博士生。這正是因為龔鵬程
校長禮賢下士，從世界各地請來好些大教授、老前輩、英雄豪傑，像

馬森、李明濱、楊松年、黃德偉、黃維樑、朱壽桐、曹順慶、周小儀等等教授都是。不過，這些老師每個人都是個性各有各的，學問和能力也是各有各的。我當時接任所長，覺得其實一個系所，如果有這麼多各各不同、頭角崢嶸的人物也是挺好的。所以，我把自己設定為替大家服務的公僕角色，居中調和、穿針引線。因為我對他們都很尊重，很能夠欣賞他們的好，因此我覺得自己所長任內，老師們應該都很開心吧。德偉老師跟我的互動也是不錯的。

　　由於德偉老師要求嚴格，不符期待往往會當面責備，所以不少學生都很害怕他。也許他的腦筋轉得很快，粵語口音又比較重，學生有時被罵了還霧煞煞的不知道自己問題在哪裡，感到既無厘頭又委屈，有時候會到我這裡來訴苦。這時，我就會勸他們說：「德偉老師其實是個心地善良的好人，只是菩薩心腸、雷霆手段而已。」德偉老師嘴巴的確不饒人，可是他心地其實很好，所以我會說他是很典型的「面惡心善」。我甚至覺得，像他這樣「惡」如雷霆還真不容易呢，因為一般人做不到這一點。他屬於特別直率的那種人，對學生也好、同事也好，喜歡就喜歡，不喜歡就不喜歡，完全不假惺惺、故作姿態。對於信奉的理念，德偉老師勇於自信，講話極其直率，與人爭論時不屈服、不妥協，不假辭色、毫不委婉，甚至不給人留面子。這也是德偉老師突出的人格特質，獨特鮮明，與楊松年老師的隨和完全不同，有如霄壤——當然，松年老師同樣有擇善固執的一面，只是不太顯山露水。而德偉老師呢，應該說是剛好與鄉愿相反的另一個極端，這也不是一般人能做到的。

　　因此，我最記得當年時常擔任德偉老師和學生之間的溝通角色。我常說，德偉老師為什麼那麼凶呢？他的真實意圖並非要把大家嚇壞，而是恨鐵不成鋼啊！後來，文學所開辦了大學部，大學部的學生就特別喜歡德偉老師，覺得他像個老頑童，愛一個人溜出去看電影，

會和學生分享甜食，大一文學英文課的第一名還能獲得獎品，所以大家跟他起了個可愛的外號叫「火爆浪子」。顯然，同學們終於感受到他的菩薩心腸了。

德偉老師的夫人張澤珣老師給人的感覺很溫暖。她是天津泥人張藝術世家的嫡系傳人，雕塑繪畫和信仰研究方面都很有造詣，香港中文大學宗教系博士畢業後就一直在澳門大學任教。我曾邀請她來佛光給講座，她還送過我一冊她陶藝的作品集。提起德偉老師，她就說：「哎呀！」意思是他的性格就那樣子，既表示理解又有點沒辦法的感覺，且嗔且愛。

二〇〇五年上半年，潘美月老師接任所長。開篇時所說到羅東吃烤鴨，就在這個時節。可惜的是當年暑假，我就離開了佛光大學，步入人生的新里程。而德偉老師此時與潘老師、煒舜老師等幾位同事建立了很深厚的友誼，後來他還繼潘老師之後擔任過兩年文學系系主任。這些故事很多都記錄在煒舜的懷念文章〈閫中肆外足千秋〉中，有興趣的朋友可以找來看看。

二〇〇九年，德偉老師從佛光再次退休，到澳門依妻而居。我那時在北京工作，途經澳門時和他們夫妻倆聚餐過。澤珣老師說：「這個德偉呀，雖然人生經歷那麼豐富、見過那麼多大世面，退休後卻最喜歡談他自己在佛光的往事。」我聽到後，真切地感受到他對佛光的厚愛與歸屬感。德偉老師近年的身體一直欠佳，這次在疫情中從澳門轉介到香港來動手術，本以為病情能夠好轉，誰想到天不假年。我唯有祝願雷霆手段、菩薩心腸的黃德偉老師在天堂一切安好！

閎中肆外足千秋

——敬悼亦師亦友的黃德偉教授

陳煒舜

　　二〇〇六年五月，佛光大學文學系主任潘美月老師舉行系務會議。席上，楊松年老師道：「德偉呀，學生們跟你取了個『火爆浪子』的外號，但仔細看來，你不火爆時還蠻可愛的嘛！」這時，黃德偉老師應聲把手中的筆揚至耳邊，腦袋順著筆的方向一歪，擺出一個「賣萌」的表情說：「嘿——」登時滿座粲然。回想起來，從二〇〇五年初到二〇〇六年暑假的一年半，應該是德偉老師在佛大最快樂的一段日子。

　　無可否認，德偉老師的火爆源於他的心高氣傲，而心高氣傲則源於他的出彩經歷。十六歲時，他便從香港負笈臺灣大學外文系。在學期間，幾乎年年榮獲全級第一名，打破了「僑生都靠加分」的固化印象。不僅如此，德偉老師在學期間還積極投入現代詩創作，著有詩集《火鳳凰的預言》，並與好友王潤華、陳鵬翔諸君創辦星座詩社。大學畢業後，前往美國西雅圖華盛頓大學（University of Washington, Seattle）直接攻讀博士學位。為什麼沒有依照「常規」先讀個文學碩士？原來校方認為，以他的水平與能力，足以略過這一環，不必浪費時間。德偉老師的博論題為《巴洛克作為中晚唐詩歌的時代風格》（*Baroque as a Period Style of Mid-Late T'ang Poetry*）。如內地學者徐志嘯先生曾以論文中有關李商隱〈錦瑟〉如何呈現巴洛克風格的論述

黃德偉教授主編_East-West Comparative Literature: Cross-Cultural_
Discourse

為例，將德偉老師的看法歸納為六個方面，以「具體細膩」相稱許。

　　取得博士學位後，德偉老師隨即任職於香港大學，後來更主力創
辦了比較文學系。德偉老師且與樂黛雲、賈植芳等前輩學者稔熟，對
於中國大陸比較文學學科的建設起了不可低估的作用。由於少年得
志，德偉老師從港大榮休時，退休金額度之高令很多人欣羨、咋舌。

古訓云「君子愛財，取之有道」，又云「何必言利，亦有仁義」，也許在這個躁進的社會，只有透過「利」字作當頭棒喝，才能讓那些功利者略為懂得「道」字之尊嚴。

德偉老師在港大的宿舍，可謂座客常滿、杯酒不空，來賓不僅有世界各地的著名學者，也有許鞍華、鄧麗君、馮寶寶等演藝名流。對於他所認定學問、人品上乘的人物，德偉老師是誠心誠意、毫無芥蒂地去欣賞、交往，青眼有加，慷慨豪爽。但是，他不僅有孟嘗君的一面、煖然似春，還有阮籍的一面、淒然似秋。記得他時常推崇康達維（D. Knechtges）、楊牧、葉維廉等學者的學問，也曾在研討會上對某些他認為火候未到而妄自託大者批評得很直接。然而似春也好、似秋也好，全都形諸辭色，從來不會皮裡陽秋。從這個角度觀之，德偉老師真有幾分哪吒的風格，愛憎分明、直來直去，縱然火爆，卻是個可欺以方的老頑童。

不過，我真正認識德偉老師，卻要到二○○四年秋。當時，龔鵬程校長在宜蘭礁溪新近開辦佛光大學，設立了文學系所，以「文啟風華，學蘊中西」為訓。這個系所就課程而言，中西文學的比例大概是二比一，通過認識西方文學來裨益中國文學的學習。因此，大學部的必修課程既有中文系的文學概論、中國文學史、中國文學批評，也有外文系的文學英文、西洋文學史、西方文學批評等。如此課程設計在傳統的眼光下似乎不倫不類，實際上卻回應了學科發展的需求。學生需要瞭解西方文學作品，卻不能因為不懂原文就爾裏足——難道沒有學過義大利文、德文，就毫無資格研習《神曲》、《浮士德》嗎？試問研習《聖經》者又有多少人真正懂得古希伯來文和古希臘文？此外，這方面的師資也有特定的要求：不僅要諳熟西方文學、中國文學，懂得原文，還要知道怎樣向臺灣學生授課。正因如此，甫從港大退休未幾的德偉老師便承擔起這份工作。與他共事的還有馬森、李明濱、楊

松年、黃維樑、潘美月諸位教授，這當然要歸功於龔校長的禮賢下
士。對於博士畢業不久的我而言，能與這些大名鼎鼎的學林耆宿成為
同事，是求職之時萬萬沒有想到的。

　　二〇〇四年秋，文學系有兩位新教師，我忝列其一，另一位是北
大外文系的周小儀教授。小儀老師專研英國唯美主義文學，應德偉老
師之邀客座一學期。當時雪山隧道尚未開通，佛大又高踞林美山上，
交通更為不便。住臺北的老師們無法通勤，教師宿舍香雲居全無空
房。不僅如此，雲起樓教研大樓也人滿為患，新來的十一位專任老師
都沒有獨立的研究室，只能共用一個臨時空間。維樑老師古道熱腸，
讓我與他共享研究室（在五樓），小儀老師則常駐德偉老師的研究室
（在三樓）。而住宿方面，我和小儀老師不約而同地在山下市區租房
（幸好校方提供房屋津貼），黃昏時分在街頭偶遇，便會共進晚餐。
有時，德偉老師也來一起聚餐，但跟我交談不多。我看他逗弄小儀老
師的樣子，隱然覺得他是個性情中人。

　　德偉老師和我雖然都有香港背景，以前卻素昧平生。但我發現，
他每每會神不知鬼不覺地出現。如有一場晚會由我主持，結束時，他
竟不知從哪裡蹦出來說：「主持得很好！」另一次在臺師大活動中心
舉辦研討會，我負責講評一篇論文，題目中有「曖昧」一詞。主席教
授說：「我們有請陳煒舜同學！」我開口時，語帶調侃地說：「我發現
我的身份也有些曖昧，有時是老師，有時是學生。」半小時後這一場
結束，不意德偉老師突然出現，笑著對我說：「你這個曖昧的人！」
當我報以客氣一笑時，他低喃道：「衰仔呀！」此時，我驀地感到跟
他的距離更為拉近了一些。

　　實際上，德偉老師跟我一樣沒有宿舍，晚上都在雲起樓的研究室
過夜。只是他會定期返港，在校時間不及我們那麼多，所以住宿差可
湊合。但是不久，雲起樓三樓的空間要重新規畫，德偉老師也險些成

了「無殼蝸牛」。所幸十二月初，新的教研大樓德香樓落成，十一位新同事和雲起樓三樓受影響的老師們全部遷入新研究室。如此一來，我的左鄰是潘美月老師、右里是黃德偉老師，大家成了新「街坊」。為了慶祝「入夥」，我們三人和維樑老師在一個週一的晚上相約到饗饗園（教職員餐廳）聚餐。

　　生命所的趙靜老師非常熱心，硬給我拖來一張單人床：「我看你經常工作得很晚，沒有下山的校車了怎麼辦？研究室有這張床，就方便多了！」由於這張床，我在新研究室過夜的頻率果然甚為可觀。那麼，如何解決盥洗問題呢？原來以前龔校長也喜歡在研究室過夜，因此營造雲起樓時便在三樓一個傷殘廁所中增加了一把花灑。此時，卸任的龔校長已前往北大講學，但在我看來，這把花灑卻成了他的「遺愛」。

　　有天晚上剛洗完澡，就在研究室外的走廊上碰見德偉老師。他罕有地穿著短衣短褲，手上的塑膠小盆中放著盥洗用具。看到我，他笑笑說：「你也在研究室過夜啊？時間還早，等下有空的話，過來我這邊聊聊！」這是我第一次與德偉老師單對單地詳談，聽他講荷馬史詩、希臘悲劇、但丁、莎翁、米爾頓、喬伊斯、乃至李商隱、溫庭筠、《紅樓夢》、張愛玲……真箇五光十色，令人目炫。他知道我對西洋文學頗有興趣，不無詼諧地說：

黃德偉教授詩集《火鳳凰的預言》

（香港：初文，2021年再版）

「有空多來坐坐，保證你有收穫！」那時，我只覺得他一抹笑顏睿智而溫煦，與從前側聞的大相逕庭，而十二月宜蘭的清冷夜色也似乎點染了幾絲晴光。

不久，我發現德偉老師除了對於中西比較文學卓有研究外，對於知識、文化也有獨見。如他提出「智識學」（knowledgistics）的概念，探討如何進行知識的傳播、輸送與管理；又提出「國際本土化」（glocalization）的想法，既扎根於本土文化，又強調環球視野。最有趣的是，他說學術入門者要懂得「二胡主義」：一是胡思亂想、二是胡說八道。如此看似危言聳聽，其實是在鼓勵年輕人大膽假設，並以初生之犢的勇氣，毫不愧恧地說出自己的想法。

在學生們眼中，他的形象更為可愛。有人回憶：「他說話時偶然帶點傲氣，但更多時候還是平易近人的。」也有人說：「一直很害怕的英文，但總能在他濃濃的口音中找到一點樂趣，他直來直往，會因為牛排店的醬料不地道發脾氣。」還有人說：「大家都聽說過這位老師的火爆浪子性格，但其實跟他相處以來，我未曾看到過他的火爆，也許我是把它看作一種真性情的表現。」大家對於德偉老師的共同印象，更是他開開心心的笑顏。於是他又多了一個外號：King David。

二〇〇五年元旦後的一個週六下午，我正準備從學校下山，接到德偉老師的電話：「我剛抵達礁溪市區，在等校車。你在學校嗎？要不要一起在食堂晚餐？」於是我改變主意，到雲來集食堂等候。德偉老師不久出現，滿臉笑容地說：「系上有什麼新聞嗎？」我回答：「有天校長問我：『你們系要換主任了，你有什麼想法？』我來了還不到一學期，系上各位同事都是前輩，我哪有什麼想法？」德偉老師聞言，斂色道：「嗯，我知道了。」話題又回到西洋文學上。

一週後的同一時間，我再次接到德偉老師的電話：「搞定了，可以安心回香港放寒假了！」「什麼……搞定了？」「我從校長那裡拿到

一個說法，確認潘美月老師接任系主任！」「哦？潘老師不是還在教資系嗎？」「沒錯，但她馬上要轉到文學系了。我向校長力爭：我跟潘老師非親非故，可是單憑她在臺大任教三十六年的資歷這一點，當系主任就綽綽有餘！她專精圖書文獻學，但古典文學的科目還不是一樣能教？你不是喜歡版本學、目錄學嗎？潘老師過來，你就更多機會向她請益了！」聽到這個消息，我感到十分鼓舞。

　　寒假回來，潘老師正式履新，系上同仁間的關係也變得更為緊密。我們還是盡量在每週一晚上聚餐，有時仍在校內，有時則前往礁溪或宜蘭市區。得知維樑老師喜得麟兒，潘老師提議德偉老師和我依照臺灣習俗，合購一塊金牌贈送祝賀。另一次，久病歸來的前主任趙孝萱老師開車帶我們三個「街坊」到羅東吃烤鴨。回校途中，孝萱說：「我們真像一家人呢，潘媽、陳弟，還有黃……叔！」德偉老師隨即說：「嘿，我才不當劉備，哭哭啼啼太窩囊！」孝萱答道：「你不肯當黃叔，我就只好叫你黃大叔了！」大家聞言大笑。

　　有一天，德偉老師對我說：「香雲居空出了好幾個單位，你要不要一起來抽籤碰碰運氣？」我婉謝道：「不用，我在山下住慣了。礁溪市區雖小，卻具體而微，什麼都有。颱風一來，山上隨時斷水、斷電、斷糧，我在山下一出門就有便利店。而且住所的水龍頭，一開便是溫泉水，連外出泡湯的費用都省下了。」未幾，德偉老師果然抽中一間宿舍。有天晚飯時，他說：「我對泡湯的興趣不大，但洗個溫泉澡還真的不錯。我每次回臺的飛機班次不定，如果太晚趕不上校車，就靠你收留過夜啦！」我笑道：「歡迎歡迎！」德偉老師多半是週六傍晚回礁溪，翌日返校負責在職碩班課程。

　　有了我家這個落腳點，他的時間彈性就更大了。抵達礁溪火車站後，不必趕校車，早到就拉我一起晚飯，晚到則在站外買兩條烤香腸，自己拿著一條，邊走邊吃，另一條帶到我家中，留給我當宵夜。

那幾年，我負責的課程較多，分散在週日、一、二、三（週四、五則去臺大旁聽孔德成老師的課），往往要上到傍晚六七點。有時一上校車，就看見德偉老師早已坐在裡面，滿臉笑容對我說：「累了吧？走，請你下山吃涮涮鍋去！」久而久之，潘老師笑道：「你們兩個啊，都成酒肉朋友了！」德偉老師調皮地回答道：「潘大姐，你可別撇清，你不也是『酒肉朋友』的一員？」

二〇〇六年元月寒假前夕，德偉老師先回港，我請他向家母捎個話。到我回港時，家母說：「前幾天有通電話，我一接，對方就稱呼我伯母。我倒嚇了一跳：聽他的聲音，年紀跟我差不多，怎會叫我伯母呢？回過神來才知道是德偉教授。」我後來把家母這番話告知德偉老師，兩人都忍俊不禁。論年紀，德偉老師的確與家母相仿。但是，也許一來他從未正式教過我，二來外文系的文化不似中文系那般講究

黃德偉教授在廣西民族大學講學（2017年1月）

輩分尊卑，所以我們不僅是忘年交，甚至還像兩兄弟了——更何況，他和我舅父還是同一天生日。

　　不過，無論是「兩兄弟」還是「酒肉朋友」，都不足以概括我和德偉老師的交情。他最像師長的時候，一是談論學問，二是看到我發表文藝創作的時候：「你的文筆很不錯，但這並不是當務之急，快去多寫些論文出來，升等副教授了再說！」記得他每講這番話時，亦喜亦嗔之餘總還稍帶戲謔的口吻。我因此知道，德偉老師講話並非簡單如旁人所說那般「炮仗頸」，而是頗能拿捏分寸的。（兩三年後，我果然升了等，但形勢比人強，客觀環境已不容許老師們一如既往地歡聚一堂。）而我的教研工作方面，德偉老師則予以高度支持鼓勵。如他知道我開設「唐五代詞」，就和我談起溫庭筠，一句「玉釵頭上風」講了一個多小時。聽說我的文學專題課要選講「歷代元首詩」，於是推薦我閱覽康達維關於宮廷文化的著述，還非常讚許我對不為人知的段祺瑞詩文加以研究……

　　潘老師雖然主持文學系，卻也一直在考慮接班的問題，時時趁著晚飯與德偉老師商量。系上的確有好幾位資深教授，但年紀都已六十上下，其餘皆是年輕而有待歷練的助理教授，最缺乏的是年富力強的正教授。本來大家都希望孝萱痊癒後能重擔大任，誰知她在二〇〇五年暑假便遞上辭呈，轉換跑道。此後一年中，又先後物色了好幾位，卻都不盡如人意。二〇〇六年七月底回港後，德偉老師開車帶我到他西貢家中一聚。途中，他告訴我一個消息：新任校長決定讓他接任系主任。德偉老師表示，他原本並無此意，何況行政事務一多，返港探望妻兒的機會就更少了；但新校長意願如此，為了系所的發展，也只好勉為其難了。

拙著《從荷馬到但丁》封面及目次

　　龔校長在位時，十分強調書院精神、人文素養，因此通識課程可謂琳瑯滿目。新任校長更為貼近官方教育政策，於是對課程架構進行大刀闊斧的改革。二〇〇八年秋，新架構頒發，「世界主要文明與文化學門」中有一科「從荷馬到但丁」，乃是參照麻省理工學院的通識課程而來。德偉老師當時在任，對這一科很有興趣，遂在會上認領教材撰寫工作。不料當天晚餐時，他對我說：「我現在精力不濟了，你來寫吧！」我聞言十分詫異，回答說自己能力不夠，還是另覓高明負責此事。誰知德偉老師竟有點動氣了：「我說你行你就行！這幾年在我這裡學的東西都忘了？這部教材除了我們兩人，誰寫得好？你不寫，枉我這麼辛苦爭取。」我只好硬著頭皮答應。德偉老師語氣緩和了下來：「沒事的，你如果資料不足就來找我。我的參考書、講義都

供你使用。你也可以隨時和我討論。」半年後，這部教材終於完成初稿，聚焦於西洋上古及中古文學中的長篇韻文（以史詩為主，輔以古希臘戲劇及《聖經》），二○○九年春由我首次授課──那也是德偉老師在佛大的最後一學期。

　　後來回想，以德偉老師的學歷，以及擔任港大比較文學系系主任的行政經驗，固能得到新任校長的垂青。但校長選擇德偉老師還有一個主因：那就是計畫讓他組建外文系，讓文學系變回中文系──如此的確符合臺灣學界與社會的期待視野。隨著時間推移，德偉老師逐漸瞭解到校長的想法，卻無法苟同。他認為，文學系的特色就在於中西合璧，與其另起爐灶成立外文系，不如進一步拓展文學系的規模。舉例而言，他於二○○七年便先後聘任了三位新同事，一是他的老朋友、臺師大英文系榮休教授陳鵬翔老師，二是剛從港中大文化研究系榮退的陸潤棠老師，三是佛大文學所新科博士簡文志。鵬翔老師是比較文學專家，潤棠老師對中西戲劇、流行音樂文化深有研究，文志的博論則以清詩話為主題，入職後主力負責大一國文教材的編纂。然而不久，校方轉而屬意他人來創辦外文系，這令德偉老師頗為意外。到二○○八年，馬森老師、楊松年老師先後離開，德偉老師也意興闌珊地卸下主任一職，由潘美月老師回任。一年後的暑假，德偉老師與潘老師、潤棠老師同時引退。德偉老師的夫人張澤珣教授在澳門大學任教，他從此定居澳門。

　　二○○九～二○一○學年是我在佛大的最後一年，「從荷馬到但丁」又連續講授了兩次。離去不久，佛大文學系便改為「中國文學與應用學系」，「從荷馬到但丁」一科轉由外文系同仁負責，此後聽說更取消了。而我當下身在香港中大中文系，自不可能再度執教此科。回想宜蘭歲月中與各位師友互動良好，撰寫這部教材時，不時向德偉、維樑、潤棠、明濱及鵬翔諸位老師請益。於是二○一三年，我將教材

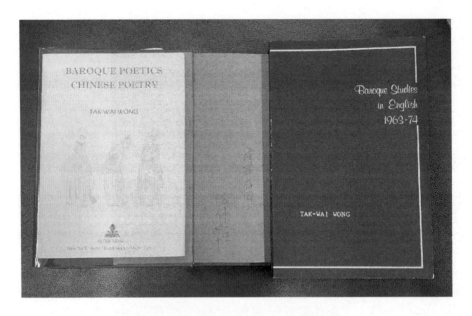

黃德偉教授贈與筆者的簽名版著作

正式付梓，聊為紀念。不少人詫異為什麼區區一本通識教材竟有四、五篇學林耆宿的序言，我回答說：「這本書的面世，絕非我一個人的功勞，而是要歸功於各位老師。正因如此，幾位老師才會都應邀撰寫序言。我們現在已不可能重新回到佛大，聚首一堂，而此書就是這段殊勝因緣的見證。」德偉老師在序中寫道：「這本書實在是西方文化／文明『中文通識教科書』之典範。其第一章〈四大古文明及其史詩〉、第二章中的〈荷馬史詩綜論〉以及時現文化灼見的『導讀』部分，尤顯通識教育的精神和內涵。此書透過闡釋『從荷馬到但丁』最有代表性、最能反映時代精神和生活現實的文學經典，展示西方文明化的一個過程及人類在智與美追求過程中認知到的有關生命的意義和普世價值。」澤珣老師傳來文檔時告訴我，雖然德偉老師當時抱恙大半年，又諸事縈心，但依然勉成此序——寫這篇序時，他是很開心的。

　　二〇一三年五月二十五日，潘老師伉儷來到澳門，與德偉老師夫

婦見面，我和潤棠老師夫婦也從香港趕去，大家睽違四年後終於相見歡。傍晚，潘老師和師丈往赴機場，潤棠老師夫婦則啟程返港。這時，德偉老師對我說：「你很久沒來澳門吧？明天如果沒事，乾脆在我家住一晚。」翌日，德偉老師夫婦親自開車，帶我四處蹓躂了一整天，大家盡興而返。（遺憾的是，直到一個多月後的七月三日，我才收到出版社寄來《從荷馬到但丁》的樣書。否則我就可以趁澳門之行分贈各位師長了。）當此之時，我還正在策畫各位師長的訪談錄，曾在佛大共事的潘老師、明濱老師、松年老師、金春峰老師……我都一一完成了文稿，下一個目標就鎖定在德偉老師身上。本以為這次澳門之行是個好契機，但良辰苦短，羌無進度。

　　從澳門回港不到兩週，就接到楊松年老師的新加坡越洋電話，告知他和身在北大的龔校長、未來系老同事謝正一教授剛剛創立了一個「世界華人民間信仰文化研究中心」，希望我也能鼎力支持。我問楊老師：「我並非宗教研究出身，只是對中國神話關注較多，如此可以湊合麼？」楊老師說：「當然歡迎！我們做研究並非冷冰冰的，而是要有溫度。你看中心成員這麼多故舊，來參加活動的同時又能重見老朋友、認識新朋友，何樂而不為？」於是我才放下心來。楊老師又問：「臺灣、香港、大陸、新加坡、馬來西亞諸處都有成員了，澳門方面你有什麼建議？」我應聲答道：「您不記得德偉老師的夫人張澤珣教授啦？她的博論研究北魏道教造像碑，和龔校長是舊識，人又極為爽朗。」楊老師欣然稱是。當年九月下旬，中心在馬來西亞檳城舉行第一次會議，澤珣老師和公子君樽合作撰寫了一篇論文，由君樽負責宣讀。當時君樽剛唸本科不久，外型俊朗，英姿勃發近乎乃父，溫厚儒雅又有乃母之風，國語、粵語、英語皆字正腔圓，加上學識之豐厚遠超同齡人，毫不怯場，令滿座驚豔。從此，澤珣老師母子成為團隊的中堅人物，也成為德偉老師在故舊群組中的「當然代表」。

　　然而，也許正因為跟澤珣老師母子不時在會議上碰面，兼以庶務日益繁雜，再次前往澳門探望德偉老師的機會也就少了。有一年，約好和潤棠老師連袂再赴澳門，卻臨時因故取消行程。此後從澤珣老師處得到的訊息，總是一則以喜、一則以懼。喜的是澤珣老師順利申請到龜茲彩塑研究項目的經費，君榑先後入讀北大外文系碩班、劍橋大學亞洲中東研究所博班……懼的則是德偉老師反覆無常的健康狀態。二〇二一年秋，新亞研究所打算邀請一位專精中國藝術史的學者作線上演講，我計畫推薦澤珣老師。本以為其事可成，殊不料澤珣老師告知德偉老師近來病情嚴重，她已停薪留職在醫院全天候照料。疫情嚴重，除了隔海念佛迴向，我也似乎別無他法。後來聽說情況好轉，才舒了口氣。

　　今年五月二十四日，我接到澤珣老師的電話，謂德偉老師需要做兩個心臟微創手術，但澳門方面的醫療水平未足，醫生建議轉介到香

右起：陸潤棠教授、黃德偉教授、筆者

攝於2013年2月

港開刀。我先後聯繫潤棠老師和鄧昭祺教授（德偉老師的港大舊同事），諮詢情況。六月，德偉老師終於入住香港瑪麗醫院，澤珣老師則在附近飯店暫住。由於疫情原因，德偉老師一抵埠便被送進病房，與外界隔離，家屬一週只能探視一次。德偉老師雖然清醒，卻無法言語，書寫也毫無腕力，不能成字。澤珣老師擔心他與醫護人員難以溝通，極為焦灼。此時我知道如果不聊盡綿力，日後必定會後悔。可是我又能做什麼呢？只能與澤珣老師用用晚餐、聊聊往事，並以鈍拙的言詞加以開解。六月十七日，手術前後進行了八小時，但醫院卻無立錐之地。我們唯有到置富商場、信德中心、乃至中環、尖沙嘴海邊徬徨。直到下午四時許，主診醫生才打來電話，說手術十分成功——縱使無法百分百擔保沒有風險。雖然澤珣老師對醫生的「無法擔保」依然心存焦慮，但我還是竭力從旁勸慰。此後十來天，我又探視過澤珣老師，得悉德偉老師恢復得還不錯，十分高興。

　　七月一日，我在暹芭颱風中備課直到深夜，翌日早上要為新亞研究所在網上主持「宋金詩導賞」的系列講座。到了很晚，我才發現清晨五點半有兩通未接來電，是澤珣老師打來！直覺深感不妙，馬上回電，才得悉德偉老師驟逝的噩耗。原來當時院方突然聯絡澤珣老師，謂德偉老師因為身體過於虛弱，心臟開始衰竭，請她盡快前來。但當時八號風球高掛，飯店方面說無法電召計程車。澤珣老師知道我有叫車軟件，於是想讓我幫忙，我的手機當時卻調了靜音……辛苦趕至醫院，德偉老師已經處於彌留階段——此時的他，才終於有家人相伴了。

　　瞭解詳情後，我的心中十分過意不去：如果手機沒有調靜音、如果以前能多去幾趟澳門，如果經常請教學問、如果早些完成訪談錄、如果……但是，這個世界上沒有如果、沒有早知道、更沒有後悔藥。轉念思之，德偉老師伉儷的悉心栽培下，君樺已能克紹箕裘，兼得父母所長，在學界作雛鳳之清啼。德偉老師自可安心含笑矣！此時此

刻，我的耳邊不由響起德偉老師經常哼唱的一首歌：

If you missed the train I'm on

You will know that I am gone

You can hear the whistle blow a hundred miles...

我彷彿看到他的靈魂閃爍著五色彩環，漸漸飛離這個他曾那麼熱愛留戀、卻又那麼「恨鐵不成鋼」的世界，一百里、五百里、一千里、五千里、一萬里……他將飛進《神曲・天堂篇》，在第九重水晶天的聖潔輝光中與所有受祝福的人次第並坐，如同一朵白玫瑰那般綻放。

　　輓聯曰：

　　從善如流，嫉惡如仇，慧眼仁心更無匹；
　　博文佩質，銜華佩實，閣中肆外足千秋。

2022年7月6日凌晨

學生眼中的「火爆浪子」與「老頑童」

——憶黃德偉老師

蕭家怡[*]

　　二〇〇五年我在佛光大學文學系（現改名為中文系）在職專班攻讀碩士學位，當時黃德偉老師教授我們英美文學專題及西方文學理論。有一回聽老師在上課時提起，我們才知道他經常港臺兩地往返。同學們很敬佩老師願意舟車勞頓地到臺灣教書，何況還是在地處偏鄉的佛光大學。也或許是交通不便，有時候老師們上山，需要學生協助接送，所以我們跟各位老師也有比較多相處的機會。

　　德偉老師很有才氣，講臺上的他，很有自己的獨特風格，幾張講義就可以講好幾週的課。除了教學很有風格，行事做風更是獨樹一幟，他是學生們眼中的「火爆浪子」跟「老頑童」。原因在於老師愛惡分明，對不喜歡的人與事物都是直球對決，從不擔心一旦表現出自己好惡會帶來怎樣的後果。當時的同班同學，大多是在職進修的各級老師，做事一向溫和而守規矩。可想而知，大家遇上行事作風往往不在「規矩」內的德偉老師，思緒常跟不上老師的拍子，上課總是特別的惶恐。除了濃濃的粵腔，還有外語的門檻，加上愛惡分明的性格及高強度的「頑皮性」，這就是我們心中的德偉老師。

---

[*]　佛光大學文學所博士。

黃德偉教授擔任佛光大學文學系系主任時帶領畢業生走向典禮會場。

　　陳建郎同學受業於德偉老師門下，他們兩個都是個性很鮮明的人。有時聽到建郎與德偉老師的對話，會覺得他們並非在談學問，而是互相調侃。有一回，我跟建郎閒聊，他說前些年到中國大陸出差，特地與德偉老師一家相約在廣東肇慶相見。師母說她總算是見到建郎同學本人，德偉老師退休後最常提起在佛光大學執教的生活，也不時提到建郎對他的照顧。建郎當時常接送老師或其香港同事到機場，師生在車途中有很多對話的時間。建郎說，德偉老師對他影響最深的是關於做學問的方法。德偉老師說：「做學問的方法很活，但自己應該對論文裡的每一個字負責。」

　　二〇二二年八月德偉老師的追思會，因為距離上的不便，由業師煒舜老師代為訂購花籃。日常瑣碎的事，一不小心就沖淡了德偉老師追思會的記憶。八月七日夜晚，我夢見自己去參加德偉老師的告別式，德偉老師帶著一如既往的頑童笑容加笑聲，叫我在他的遺體上簽

名。夢裡的我聽到老師的要求，惶恐不已。我問老師：「真的要我在您的遺體上簽名嗎？」（老師以前上課就是這樣逗著我們玩，這種惶恐反而有一種熟悉感。）他說我如果簽名的話，他會很開心的。我很難為情地簽下名後，他就坐起來哈哈大笑，夢裡還聽得見老師從丹田發出的爽朗笑聲。而追思會窗外，還有超大隻的鳥兒在跟大家玩。那真是一個奇妙而令我不無我尷尬的夢境。

　　煒舜老師說，這個夢境很有德偉老師的風格。夢醒之際，我也驚訝不已：德偉老師怎麼會突然跑到我的夢中？但這個夢境，的確很符合德偉老師的作風，有嚇人一跳式的華麗感。德偉老師在人生的最後一個旅程，仍不忘給學生一個很跳框式的玩笑，老頑童的爽朗笑聲迴盪在我耳邊，再度在我的腦袋裡蓋下一個誠惶誠恐的戳記。

懷念如何由強印象而生

陳建郎

　　話說二○○五年十一月十四日早上九時，剛入學文學所二月有餘。佛光人文社會學院邀請瑞典漢學家暨諾貝爾文學獎評審委員馬悅然教授（Professor N.G. D. Malmqvist）蒞校主講「烏托邦思想在中國」。馬悅然教授為二○○○年諾貝爾文學獎得主高行健先生的知音，會場一片得幸聽取國際大師演講的氛圍正愉悅。輾轉數回合，眼看雙向問答即將落幕，我心正納悶主講者似乎跳過某年輕學生尖銳但精彩的提問，問曰：「諾貝爾文學獎評選是否也有政治考量？」我特別注意這個兩難式的發問，果然沒聽到諾貝爾文學獎評審委員的直接回應，敢疑問？不敢不敬追問？怎曾想過公開場合反詰問為難德高望重長者呢？莫名的束縛緊緊框住真實意見表達的勇氣？全場皆然！

　　耳腮斜托，內心喧動並不平息，就在恍惚如夢境般的忖思中，前排一位梳著烏黑油頭的年長者，突然舉手要求發言，會議主席准許其發言，並介紹發言者是歷史系黃教授。眾人目光投注其側身，只見其以極其嫻熟的批評口吻，輕鬆且毫無畏懼的質問馬教授：「為何沒回答學生政治考量的好問題？」電光火石片刻，其所問正是我所想知欲解之事……瞠目結舌後，再睜眼即彷彿得見大丈夫，心想：「他怎麼敢問呢？」「他怎麼敢為難學校的貴賓？」這是來佛光就學最有強力印象的第一堂課，膽識高曠讓我著時睜開眼界，直來直往，灑脫有如負笈蓋世之資？或具千古之學？否則如何敢目空天下而發難？回答我已忘了內容，只深深刻印歷史系教授真是威猛赫奕啊！現身教學無須

教條啊！這位黃教授讓我認識到何謂獅子吼，非狂狷的廣東獅子吼！

　　研一下學期開學，烏黑油髮招牌出現在教室講臺上，我才知道黃德偉教授是執教佛光文學所而非歷史系。但此時風格再變，只是改成不帶課本只管自來水龍頭打開就一路即興表演，吹擂著自身對學問的看法，而且對學術研究方法諸多批評，偶爾歌頌中西比較文學的難處與優勢。多數同學很難對接頻率，對文學批評是一籌莫展居多，而建郎卻聽得很有興趣，欣賞黃老師批評的好自然，理路與臺灣儒家教育背景迥然迥異。

　　某日下午，德偉教授在課堂上宣稱臺灣百分之九十的碩博學位論文不及格，入門的參考書目都沒徹底研究，近親繁殖作研究，研究題目就會狹隘且問題叢生。尤其書目直接忽略外國學者對漢學的研究論文，這是絕對危險的舉措。當日驚駭以為是荒僻怪誕不稽之語，日後才漸漸體悟其所說研究方法的重要性。德偉老師從臺大外文系入學開始講故事，課後暢談國外求學趣事，鄉下小子的我似乎眼界漸開，理解一丁點兒中西比較文學的精神，那時經常山下簡便聚餐，無菸、無酒、無茶，相互調侃交煎地聊到晚上九點，聽講完亞里士多德《詩學》再送老師回山上宿舍。此階段自覺胸次漸闊，稍有中西方文化資糧的對比和入門理解，使得安身立命工作之餘，發現人生另有一片研究學問的樂趣可開掘。

　　某日下午德偉教授又有驚人之語：「我這幾年都不看書。」在職專班這群平常當老師的研究生，目瞪口呆多不知其所云何物？得意人又嘻皮笑臉自豪的帶出：「我只看論文。」研究所不該用大學的方式研讀，當下真沒聽懂，日後多番求教，才稍微理解期刊論文常是最新專題研究，作者數年或數十年的專業智慧，幾十分鐘就可收穫了，很值得。沒時間時，即使只看題目、摘要與結論，也可以很快地讀取精隨，比讀一本書收穫還大。

黃德偉教授任職港大時前往北京拜訪巴金

　　書本常是概括扼要而述，多缺乏正反合精闢的論證。但讀論文而不讀書挑戰著臺灣學生的學習窠臼。德偉老師很經典的學習自述，至今不曾或忘，不知不覺中也養成研讀及查閱論文的好習慣。這段很值得感恩的被教育過程，繼續開啟一扇扇窗，開拓自己視野和眼界，如同仍然一起笑談世界多顯學，吾願恆久憶持密意在心中。

　　研二下學期我還找不到指導教授，〈《文心雕龍》佛論辭源研究〉

即將觸礁。焦急萬分之時，系主任黃德偉教授分批約談研究擱淺的學生，他質疑我非中國文學背景，且是在職專班，不適合一口氣研究五十篇《文心雕龍》這種大部頭著作。而且相關題目已有學者研究過，除非研究結論大相逕庭，或者有把握提出很有力的反向學術證據。他說：「這是要下苦功，很辛苦的路……。」

該週日早上在系辦被德偉主任說了半小時，時間似乎凍結。正在思緒走投無路之時，黃主任搖頭轉口說：「沒人指導，就由我來指導你吧！但你研究牽涉到的佛學部分我不懂，必須再找一位佛學教授雙指導才行。」平常目視雲霄頗為自傲的黃教授，說起「我不懂」卻非常俐落爽口，他似乎在體現「知之為知之，不知為不知，是知也」。我提議找宗教系釋永東教授，一位教導我《中論》佛教邏輯學的優秀老師，德偉老師很調皮的表示：「我知道她，她可以，佛法我不懂，《文心雕龍》也不太懂，但我可以教你論文研究的方法，批評你研究的方法，方法對了，論文就對了。」

「研究的方法」頗具理趣，也開始了碩論被批判的懵懂歷程。情景想當然爾！研究資料還沒正式翻閱，黃指導教授瞄一眼，馬上就是當頭棒喝一響音：「你憑什麼寫這一個字，自己臆測還是有作過研究？自己認為的事，只是自以為是，那是作文不是論文。」趁他專心數落，桌上研究資料很快被自己縮手收回來。轉頭二響音：「要對你寫的每一個字負責，每個字都要有作過研究或交代出處。」當時有點愣住了，寫論文要嚴謹每一個字，那得是什麼情況？一字的舉足輕重，多年後喜上眉目。佛光林美山旁地對話情景歷歷在目，一字的囑咐至今不敢或忘。瞬間腦海湧出駢文無贅字，詩人少一字，禪宗無文字，切莫亂添字。

德偉老師那一抹得意的笑容很特殊，一種嬉戲調皮的獨特態度笑看人間。他知道自己在傳妙法，理解學生需要指導方法和啟發思路結

構，而非指示遣詞或指揮用字等。我認知那是一種對閉門弟子的悉心
指導與真情關愛，有如親人間傳授人生智慧的真心對話，直到彼此都
離校後，仍曾相約於第三地見面，其中也包括面識黃夫人與黃公子的
一面之緣。恩師一生已有解脫，門生豈能一字不說。

念師恩

——敬悼黃德偉教授

萬圓芝

　　那是多年前的事了。

　　彼時，我自社會重返大學校園，看著身邊比自己小了近十歲的同班同學、陌生的校園、明亮的教室，心中暗暗生怯，不知道而立之年的自己能否適應全新的生活。

　　開學數日後，一個秋日上午，西方文學史的課，身形消瘦的德偉老師穿著寬大西服外套走進教室，並未像其他老師那樣點名或說些開

佛光大學碩博士班以及在職專班同學們歡送即將榮休的黃德偉、潘美月、陸潤棠三位教授

攝於二〇〇九年六月十六日

場白,而是直接發下一份份厚厚的講義。拿到手的瞬間,我心中的怯
意瞬間升至最高點──全英文,沒有任何翻譯的史詩《貝奧武夫》。

　　「讀外國文學,就要從原文開始。」

　　這句話陪伴了我很長很長的一段時間,直至畢業多年,偶爾看到
有趣的翻譯小說,依舊會想找出原文作品來翻翻,這樣的念頭,或許
就是那一堂西方文學史種下的種子吧。

　　就這樣,我在德偉老師的課堂上,翻著厚厚的牛津英文字典,一
個字一個字查找、結結巴巴的讀著《貝奧武夫》,這成了我大學生涯
第一堂震撼教育。如今想起,除了感恩,更多的是懷念。

　　德偉老師的課內容涵蓋極為深廣,他說英雄旅程、說史詩人物;
說悲劇結構、說喜劇脈絡。在他那偶爾令人感到困擾、帶著鄉音的國
語裡,帶給我的,是我入學之前從未想像過的,浩瀚如汪洋的西方文
學史上,一葉又一葉劃下痕跡的扁舟。從荷馬的希臘悲劇,到但丁的
《神曲》;從荒誕的《十日譚》到悲情的《哈姆雷特》。在那間明亮的
教室裡,德偉老師說出一段又一段對於西方文學的見解,偶爾談談中
國文學中的隱晦之美,將自己對於文學、對於中西方文化的剖析盡情
釋放出來。

　　現在回想起來,德偉老師講課時鏗鏘有力的聲音,單手插著口袋
靠著課桌如數家珍般說起一本又一本名著的內蘊,激昂有力的聲音是
熱愛的火光,多麼幸運,我曾見過。

關於我對佛光大學的第一印象

——黃德偉老師

陳智詠

　　關於黃德偉老師，可以說便是我對佛光大學的第一印象。為了參加新生見面會，一早便搭火車到宜蘭礁溪，那時我懷著忐忑的心情，從臺灣西部前往東部的第一天，也是在那時接觸到系主任——黃德偉與其帶領的導師們，當年的我什麼也不懂，只覺得既然考到了學校就去唸，拚著股傻勁上山，卻聽著操一口港腔的系主任介紹著林美山的好山好水，確實讓我有些發懵！提問時間，有學生家長發問：「文學系將來能做什麼？」這是個大哉問，哪怕到畢業後，我依然茫然的問題！卻見德偉老師不慌不忙的舉了一個例子，引《山海經》「精衛填海」的故事，帶出為何精衛會有銜草石想填海的行為，因為「怨」啊！故事說完新生見面會也告一段落，當年的我對於這個說法感到不解，我想那位家長要的是出校門後的「工作出路」，但德偉老師卻沒有正面給予答覆。多年後再思考這段往事，或許德偉老師想說的是，身為文學人必須掌握有探知文字故事背後所附函的內容、情緒、心情⋯⋯等！那是在學時可以學習到的技巧。卻也不知我這樣的解讀是否有誤？不論如何，當下雖然依舊發懵著，卻也因此對佛光大學，對文學系產生了些許的期待！

葉舒憲教授與佛光大學師生歡宴（2009年6月12日）

前排左起：黃德偉教授、潘美月教授、葉舒憲教授、黃維樑教授、
翁玲玲教授；後排左起：簡文志教授、筆者、廖蘭欣同學、溫朝淵
同學、陳煒舜教授、陸潤棠教授。

　　文學系是以三分西方文學，加上七分的中國文學內容為開課基
調，必修課中無法避免的必須選擇「西方文學」，對當時一門興趣只
想鑽研中文的我而言，有些乏味，然而，由德偉老師所開的「西方文
學」卻是讓我耳目一新，口誦著似有韻律腔調的英文，解釋著字面含
意，同時還能映照東方文學與哲學，從而比較東西方文學的異同，直
到現在，翻著從前的上課筆記，依舊覺得受益匪淺！

　　德偉老師的個性方面，都是旁聽學長姐或同學們聊天時所聞，說
老師有些暴躁、跳脫的頑童性格……等等，事實真相如何？不得而
知！這是因為我個人在大學四年中幾乎從未與老師私下接觸；唯一在
課堂以外的場合，大概就只有上述的新生見面會了！但是，有些跡象

也可從德偉老師的課堂小故事中略窺，如：因醬料問題，向排餐餐館的店員拍桌，斥其不專業。這樣的生活小事件是由老師本人親口描述，當時引得聽課同學們哄堂大笑的情景還歷歷在目，聽過的學長姐與同學們至今仍然津津樂道！

不過，如果因此便認定德偉老師的脾氣暴躁，似乎也過於苛刻！從荷馬史詩說到《貝奧武夫》，從希臘羅馬講至歐洲各國……西方文學不僅僅只有歐美文化，所可探討的議題也不僅僅美、戰爭、旅遊、宗教神話等思想，愛情也是相當重要的議題，德偉老師有時也會提出相當引人深思的看法，例如「愛的反面不是恨」就讓我思考至今無解：不是恨，那會是什麼呢？

「Fall in love.」這是黃老師對從前教導過的一位學生的人生建言，在其畢業後事業生活都有所成就後，生活卻有些形單影隻，因家庭影響，對組建家庭也沒有期待感，於是德偉老師對這位學生提出了建議，作為下個階段的追求！

對於治學，德偉老師是相當嚴謹的。他對於單字的詮釋，有一套解讀的方法，由於上課的講義是以全英文做文底，一般會事先發給同學課後預習查找翻譯，有些同學來不及預習，也會帶著電子辭典到課堂上補查。但是德偉老師認為，電子辭典的翻譯內容並不全面，有相當多的文字組成是歷代的積累，從上古時代的希臘文、拉丁文，流傳到歐洲各國文化，積澱深厚，使用電子辭典無法給予相應的文字詮釋，於是鼓勵大家使用紙本且有較詳盡內容的英漢字典來查詢。而老師上課所論述的內容，也由此方法串連各個文化的意義，例如：「浪漫主義」（romanticism、romantic）與騎士精神的關係，到後來引申與愛情有關……等等。

德偉老師上課的內容嚴謹，上課的氛圍卻不會太過緊湊，課前的預習（這是老師相當注重的）、課上的補充與筆記……偶爾他還會關

心上課的同學。大一時，系上的學習成績第一名有獎勵，有同學向當時擔任系主任的德偉老師開玩笑，問第二名是否也可以要獎勵？德偉老師因而記在心頭，回香港時特地到玩具反斗城給第二名的同學買了一檯 UNO 發牌機。由此也能看出，德偉老師對同學們的用心與付出。課後，也能看到德偉老師與同學們的互動過程。像是老師喜歡吃甜食，會與同學互相分享零食，有時還會調侃到：「我有痛風，你們想害死我啊！」大學生也算小大人一枚了，那當小孩般語氣不似師長與學生，倒像是爺爺與孫子孫女間的交流。那樣的德偉老師，看起來是相當可愛的！

　　大學二年級起，系上小眾間給德偉老師取了個「跳跳」的綽號，逐漸流傳開來。我當時不明所以，問其緣由，才知道原來是老師在某堂課上講的故事中分析「蟋蟀」的性格——有些暴躁、又有些急進；可能同學認為這些與德偉老師的性格舉止有些相似，「跳跳」的稱謂自此產生！他是那樣有生命力與熱情的人，至今想起畫面依然清晰。但他這些年來卻常受病痛之苦，也不禁令人長嘆生命無常！

　　根據以上幾段往事，我仍然無法評論德偉老師其人的確切性格，至少卻能知道老師是個感性的人，遇到問題也能以幽默詼諧的方法去應對，有時是否有自嘲的效果，便不得而知了！近年來，從旁聽說德偉老師身體時好時壞的消息，也在陳煒舜老師臉書分享的照片中見到他消瘦許多的身影，但突然收到斯人已去的消息，依然相當的錯愕。翻著從前的筆記，思考著未想通的問題，突然為自己從前上課不夠專心而感到懊悔！那些未通的問題還能有解答的可能嗎？我腦海中似乎又迴響起德偉老師朗誦課文的韻律！

我與德偉

張澤珣[*]

八十年代是中國內地高等教育實現自我變革的一個新時期,隨之中國文學也經歷了八十年代中後期的文學實驗。德偉正是在這一時期被邀請到內地高校訪學交流,同時他也邀請內地學者、作家來港大訪問交流,並將中國小說系統的向海外介紹,出版《山河叢刊:當代中國小說家作品選》(七冊)、《當代中國大陸作家叢刊:女作家卷》(五冊)等。學術交流從復旦大學到北京大學;從華東師範大學到北京師範大學;每一次德偉到北京都會被南開大學中文系請來講學。他學識廣博待人誠懇,並有著天才般的思辨和幽默,使得很多學界朋友都喜歡和他交往,而那時我正在南開大學東方藝術系任教。

---

* 澳門大學教育學院副教授、博士研究生導師、廣東省民間文藝家協會副主席。中國天津「泥人張」彩塑藝術第五代嫡系傳人、黃德偉教授夫人。

德偉出生中國香港，他在中學時代参加《中國學生周報》即在香港榮獲現代詩創作比賽獎項，十六歲就讀臺灣大學外文系，在臺大時與張振翱（翱翱張錯）、王潤華等僑生創辦星座詩社，發行《星座詩刊》，他的第一部詩集《火鳳凰的預言》是他在大學期間出版的。臺大畢業後他獲得美國哈佛大學和西雅圖華盛頓大學博士錄取，最後他選擇拿全額講學金進入西雅圖華盛頓大學攻讀博士，那張哈佛大學的錄取通知書至今仍保留在他香港的書房內，成為德偉年輕求學的佳話。他最終以《巴洛克作為中晚唐詩歌的時代風格》（*Baroque as a Period Style of Mid-Late T'ang Poetry*）獲得哲學博士學位（比較文學）。

一九七二年香港大學迎來第一位華人校長黃麗松教授，港大開始往研究型大學轉型，這位牛津博士任香港大學校長長達十四年，帶領港大迎接種種挑戰。也正是這一時期一九七四年德偉受聘任教香港大學歐洲與文學系，泰特洛教授親自到美國面試他。聘請他來港大是為建立完善的比較文學學科，此時，比較文學系從歐洲與文學系獨立出來。一九八六年港大迎來第二位華人校長王賡武教授，這兩位華人校長的治學及聘請像德偉這樣年輕的國際學者的加入，奠定港大一流的學術地位。比較文學系從學科建設到學術研究，經歷前系主任泰特洛教授的學術管理，在德偉擔任比較文學系系主任時期得到空前的發展和國際學術地位。黃德偉是最早提出比較文學與跨文化研究的學者之一，且於兩岸三地比較文學學科之建設有開創之功。朋友向我介紹，八十年代在中國內地不少大學中比較文學系的學科建設，都曾向德偉老師請教，他於北京大學、復旦大學、北京師範大學、南開大學、四川大學、華東師範大學、蘇州大學等處擔任客座或兼任教授。在我和他結婚前，內地學者、作家或詩人來港基本都住在他西苑的家中。以後各方朋友來港也都會來家中小坐飲杯紅酒，那時兒子還小約一兩歲，小兒最開心這些教授朋友們在家中歡笑交談，他常常會站在父親身邊看著這些大朋友們交談的樣子。

黃德偉教授（中）與陳思和、賈植芳、謝天振等學界同仁

　　德偉是最早一位大學畢業就到美國拿全額獎學金直讀比較文學博士的中國人，他博士指導教授衛德明（Hellmut Wilhelm）是位德國人，且在北平長大，其父親衛禮賢（Richard Wilhelm）教授是十九世紀第一位將《易經》翻譯德文的漢學家。德偉治學嚴謹、東西貫通，無處不透露著其師衛德明教授的影響。記得他不只一次談及老師衛德明教授做學問的態度對他的影響，作為拿全額獎學金的研究助理，德偉的工作是要協助教授研究和整理書目，有一天教授問德偉朱子著述中的一段話，想聽聽他如何理解，德偉開始不以為然，但很快他就意識到，衛德明教授是怕他德國文化背景影響他閱讀中國經典。這看似一件小事，讓德偉記住一生，並影響了他做學問的態度。正如他談雨果文學翻譯在中國的接受，這牽涉到文化語境對原文的理解。他在港

大近三十年的教學、研究及學術管理，成就他高層次和高要求的人格
魅力。在德偉看來，做學問最重要的第一步是閱讀經典和建立書目，
他著的 *Baroque Studies in English 1963-1974*（《歐洲白縟文學研究》）
精彩無比，其中對書目的整理考證可看到他作研究的功力和嚴謹的學
術品質。他對我的要求也是從這開始，讓我受益一生。這本書是一九
七八年由 The New Academics Press 出版，深藍色封面由德偉自己設
計，扉頁載有饒宗頤題的中譯書名《歐洲白縟文學研究》（見頁4）。
一九九〇年我和德偉在香港中環富麗華酒店遇到饒宗頤教授，時隔這
麼久饒公仍讚 Baroque 譯作「白縟」之妙。

　　大約一九九六年香港城市大學鄭培凱教授辦一個小型的文化沙
龍，地點就在張隆溪教授府上，德偉應邀出席，還有德偉的老朋友北
京大學樂黛雲教授和湯一介教授夫婦，當時兩位教授在城大和科大訪
學，我懷抱小兒君榑也隨德偉出席，這次我認識湯一介教授，湯教授
也是我後來在香港中文大學攻讀碩博學位的推薦人。每一次與湯教授
相見都有如父親一樣的親切，他的離世我很痛心。二〇一六年我編著
的《塑畫道形──中國道教藝術研究論文選集》，德偉建議我在書中
寫上：「藉這本書的出版──緬懷我尊敬的大學者湯一介教授」。德偉
總是這樣感恩在我們生命中給予幫助的人，他重情、狹義、有擔當，
這也是我珍惜和敬重他的地方。

　　還記得一九九一年的夏天，他開著車到中環畢打街地鐵站給香港
詩人付天虹送一張支票，這是他支持香港詩壇的經費。在我的記憶
中，德偉和內地作家、詩人都是很好的朋友，有時是邀請他們來香港
訪問，有時是他們經香港去歐美訪學，他們總是德偉家中的賓客。一
九九五年德偉收到來自北京的電話，來電人是詩人顧城的父親顧工先
生，大意是顧城留下囑咐把他很好的一套攝影器材送給黃德偉教授，
不久顧先生託付來港的朋友送來這套攝影器材。

　　大約二○○一年末，德偉在清水灣的寓所收到臺灣佛光大學創校校長龔鵬程教授的電話，邀請他去佛大，文學系所設置歐美文學學科，德偉問我意見時，我滿口同意而且讚龔校長有慧眼。一個學系提升學術水平且良性發展請什麼人非常重要，德偉教授具備一流大學學科發展及學術管理經驗，是難得的人才。他是一位純粹的學者和天才，與他交往簡單而有品位。

　　記得兒子滿月酒的前兩天，德偉從他父親那裡拿到一本家譜，據家譜記載，上可追溯至北宋黃庭堅，在歷史中有多位先人獲得榜眼、探花，我只記得家譜中有一段家訓，開頭是這樣寫的「讀書乃誠身之本，而顯揚宗祖之要務也。……」在德偉的血液中流著古代文人逸品、神品的境界。德偉對家的愛和對家人的呵護，你沒有一定人生閱歷和高度是無法欣賞到他的。兒子不到一歲那年德偉去歐洲開會，他把家用的東西都安排好了，臨出門的早上，我抱著兒送他到門口，他扭身握著兒子小手說：「爸爸離開家幾天，你要照顧好媽媽！」兒子這麼小那能領悟其中的分量，但是這卻成為我家男人擔當愛家的傳統。二○○九年德偉回到香港、澳門，我的家又重回那昔日的歡樂和雅趣，正如君樗在紀念父親的文章中寫道：

　　　　我開始上大學時，父親已因身體緣故基本淡出江湖了。我的遺憾是從未見過父親在講堂上的風姿。可我莫大的幸運是他有更多的時間留在家裡。我們一家人終可齊整地繼續昔日那個特殊且無比珍貴的傳統，那就是在每次晚飯後，我們都會圍坐在飯桌前聊著天南海北各種話題，遊走在包羅萬象的學術哲思與生命感悟之間。可以說父親是我迄今為止見過將尖銳深刻與開明包容融匯得最好的學者。那無數個圍爐夜話煉造了我的世界觀，教導我如何在批判性地思考這個世界的同時，永懷謙虛地

接受新的可能，並始終保有作為獨立思想者的底線與尊嚴。現
那些曾討論過的話題或許已模糊不清，可那充斥在交談間無盡
的可能與幸福，卻始終激蕩在我的血液中，賜予我澎湃的生命
力。那個在餐桌前雙手抱胸，智慧卻幽默的身影，是父親留給
我最大的禮物。

現在德偉與我天上人間，我常舉杯對飲，他那對不笑也帶微笑的
小眼睛，透著真誠和童趣。那高談闊論充滿激情交流的飯桌上永遠等
待他的回歸。

椰浪蕉風

李錦宗先生五年祭專輯

主編：楊松年

編者按

　　李錦宗先生，一九四七年出生於馬來西亞吉打州西嶺，長年任職首相署，曾在國營電視臺華語新聞組擔任兼職新聞編輯。因為工作之便，他飽覽各家報紙，並帶回舊報紙開啟查找各類藝文訊息、剪報歸檔、謄抄記錄。長年以收集馬來西亞文學資料及整理馬華文學史料為志，而為馬來西亞重要的文學史家。曾任馬來西亞寫作人協會理事、馬來西亞作家協會理事、亞洲華文作家協會馬來西亞分會秘書等。二〇一七年六月逝世，馬華文藝界深為惋嘆。著有《馬華文學縱談》、《80年代的馬華文壇》、《隕落的文星》、《新馬文壇步步追蹤》、《馬華文壇‧作家與著作》等，及主編《馬華文學大系‧史料》、《已故作家韋暈小說集：流霞》、《征雁遺著：回首話當年》、《慧適紀念集：濤聲遠去，林木依舊》、《馬來西亞廣西詩文選》、《馬來西亞海南詩文選集》等。

從文學史的意義與範圍論及
李錦宗文學史工作的成果

楊松年

一　文學史的意義與範圍

　　文學史是一門記錄與論析文學發展現象與歷程的學科。在文學發展的歷程中，可以看到，推動與參與文學發展者，有不少的文學副刊雜誌的編者、文學社團負責人、文學創作者、文學評論者、文學集團的帶領著，甚至文學消費者（讀者），他們在不同的文學發展歷程中，起著不同的推動與影響作用。

　　在討論文學史教課的內容時，一些教師表示：要瞭解中國文學的發展，主要選擇詩經、楚辭、漢魏南北朝詩、唐詩、宋詞、元曲、雜劇，明清小說的代表作，細緻分析其作者作品，就可以讓學生瞭解中國文學發展的情況。

　　這樣的想法與主張，也影響不少過去和現在的文學史寫作者。寫作古代文學史者，依據時代先後，簡述各時代的社會文學背景後，舉述與分析各時代的代表作家和他們的作品，就算完成一部古代文學史的寫作。寫作中國現當代或新馬文學史的，也多採用同樣的模式，把文學發展歷程分成幾個時段，敘述社會文學背景後，然後舉出代表作家作品予以論析。

　　我是不同意這樣處理文學史寫作的模式的，因為基於這種模式寫

出來的文學史，只能稱為文學作家作品史，並不能反映文學發展歷程
比較全面的狀況。影響與推動文學發展的動力來自多個方面。

　　報章副刊與文學雜誌是推動文學發展的重要力量，《新青年》的
創設，引導五四文化運動的發生，助長白話文的成長，文學史多曾為
它的貢獻，重點論述。

　　其後雖然副刊雜誌陸續出現，但是由於作家增加，作品紛陳，在
文學舞臺上，竟退居幕後，不太出現。在二戰以前的新馬，文學作品
的發表園地主要是副刊和雜誌，推動當時文學的主導力量也是副刊和
雜誌。上世紀二十年代末、三十年代初南洋色彩文藝和革命文藝的提
倡，三十年代初期和中期馬來亞地方文藝的建設，三十年代中期和末
期抗戰文學的主張，都是由副刊和雜誌呼籲與宣導。回顧當年文學副
刊雜誌對文學的推動，大家都會為馬來亞檳城《南洋時報》在短短
三、四年內，新加坡《新國民日報》在二、三十年代創設的形形色色
眾多的副刊感到驚奇；為新加坡兩大報紙分別設立的《獅聲》和《晨
星》所產生的文藝成果感到驕傲；為馬來亞《光華日報》自二十年代
開始創設《光華雜誌》至今依然出版書感到驚異。書寫戰前新馬文學
史怎能不以副刊和雜誌為主要角色？戰後甚至到今日，副刊和雜誌仍
然扮演文壇的重要角色，然而在一些文學史書寫中，副刊依然退居舞
臺幕後，或完全失去記憶。

　　出版機構對文學發展的影響，也多在文學史書寫中被遺忘。戰前
新馬文學單行本的出版是一片真空。二戰以後，在重建新加坡華文文
學上，南洋報社，包括南洋商報、南洋印刷社、南方晚報，在文藝叢
書的出版，扮演極為出色的角色，扭轉戰前文學書籍出版缺席的局面。
從戰後到新加坡獨立前（1948-1965），共出版文學單行本九十一本。

特別是一九四八年至一九五六年，達八十五本。[1]九十一本中，小說最多四十本，其次散文三十五本。四十本小說中，中篇九本，短篇三十一本。散文多為遊記。要強調的是九十一本當中，作者有連士升（8本）、姚紫（5本）、絮絮（4本）、苗秀、吳紹葆（3本）。出版二部、一部的作者有風人、徐君濂、陶焰、周燦、徐民諜、山東佬、白蒂、伍岔、芝青、余惕吾、李金泉、劉用和、劉以鬯、曾鐵忱、施祖賢、楊守默、威北華、文懷朗、莫理光、王仲廣等。[2]這套叢書，可說開導與刺激了新馬出書的風氣、保存許多當時作家的中篇小說，和推動當時文藝的發展。在它帶動下，青年書局從一九五六年至一九六五年出版八十部作品，其中包括《新馬文藝叢書》（30本）、《南方文叢》（12本）、《新地文藝叢書》（6本）、《新馬戲劇叢書》（6本）。涵蓋當時重要的文學作品，包括戲劇作品。世界書局（47本）、星洲維明公司（20本）、新馬文化事業公司（17本）、上海書局（14本）、文藝出版社（11本）等，也做出寶貴貢獻。[3]馬來亞方面，這段時期的出版機構，前有康華出版社、馬來亞出版社、文化供應社；後有蕉風出版社、新綠出版社、檳城教育出版社等。[4]由於當時時局等關係，香港出版界特別關心新馬文藝的出版，在這時段，香港出版新馬文學書籍的情況如下：

1　楊松年：〈南洋報社文學叢書的出版〉，《新馬華文文學論集》（新加坡：南洋商報，1982年），頁254-265。
2　同前註。
3　楊松年：〈戰後到獨立前新加坡華文文學書籍的出版〉，同前註，頁23-123。
4　同前註，頁124-165。

年份	出版本數
1946	6
1947	1
1949	2
1950	8
1951	6
1952	3
1953	3
1954	6
1955	5
1956	5
1957	8
1958	7
1959	6
1960	7
1961	22
1962	33
1963	8
1964	4
1965	4
總計	144

前有赤道出版社、學文書店等，後有友聯出版社、熱帶出版社、藝美
圖書公司、世界書局、上海書局、宏智書局國際圖書公司、高原出版
社、群島出版社等熱心出版機構的推動，才能使二戰以後至新加坡獨
立前的文壇，顯得格外的熱鬧。[5]

5　同前註。

　　文壇流派對文學的影響也不可忽視。杜甫在唐代地位並不高。從
《唐人選唐詩》對待杜詩的態度可知一斑。但從宋代江西詩派高度推
崇杜詩，所尊崇一祖三宗，一祖就是杜甫，從這開始，杜甫就高踞中
國詩壇地位，直到現在。明代前後七子鄙視宋元詩，影響明代文壇極
大。有明一代詩選，乃取古唐和明詩，擯棄宋元詩。現當代文學，現
實主義及現代主義之影響新馬華文文學，我們清楚可見。

　　文學消費層面，讀者對文學走向的影響，也不可忽視。前後七子
主古唐詩，擯棄宋元詩對當時文壇的影響，前面已曾提及。清代能扭
轉明代詩風的，是讀者的效應。吳之振編輯《宋詩鈔》，清初宋犖
《漫堂說詩》云：

> 明自嘉、隆以後，稱詩家皆諱言宋，至舉以相訾謷。故宋人詩
> 集，庋閣不行。近二十年來，乃專尚宋詩。至吾友孟舉宋詩鈔
> 出，幾於家有其書矣。[6]

就是當時讀者對《宋詩鈔》「幾於家有其書」的熱烈反應，才使文壇
風氣為之一變，使宋詩詩風在清代具有重要的地位。五四時期，新馬
華人移民一般上文化水準低落，於是有著深厚舊文學造詣的主編張叔
耐，深知報紙要有效傳達訊息，非用白話文不可，乃轉而大力提倡白
話文，推進新文學運動，這也是文學消費影響文學走向的另一例。[7]

　　綜合以上所說的一切，都和文學發展緊密相關。它們絕不僅是文
學舞臺的背景，更是文學舞臺中的重要角色。書寫文學史，忽視這一
切，只從作者作品著眼，是為跛腳的文學史。

6　王夫之等：《清詩話》（上海：上海古籍出版社，1963年），頁416.
7　楊松年：《新馬華文現代文學史初編》（新加坡：BPL教育出版社，2000年），頁74。

二　李錦宗整理與書寫文學史工作的成果

由於以上的認識，我非常敬重新馬方修、馬崙、李錦宗等學者。他們花費長時間與精力，孜孜不倦多方面地搜集文壇資料，研究這些資料，為文學史整理與書寫工作建立堅實的基石。

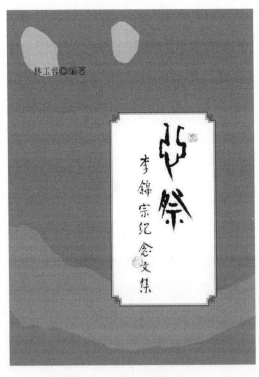

李錦宗深切瞭解文學史的論述不應只局限於各時代作者與作品，因此，他在搜集史料上與論述史料上，更加著重於影響文學發展的方方面面。以下將針對他在這些方方面面的努力與達到的成果，展開說明。

先從年度文學活動報告說起。新馬文學有一個其他地區沒有的優良傳統，就是年度文學報告的整理。在上個世紀三十年代初，新加坡和馬來亞一些有識之士，為了記錄當時文壇的活動情況，或反省一年來的文學活動，紛紛寫作年度文學文化活動的總結報告，為我們保存珍貴的當時文學活動材料。這些材料實有助於文學史的書寫工作。

景三《1931年的華僑文藝》，率先反省前一年的文藝活動，開始總

結前一年活動的先例。[8]一九三三年我們看到另一篇總結報告論文的出現：鄭隱之的《1933年馬來亞華僑的文化》，嗣後同性質的作品，就大量湧現。總結一九三四年文壇活動的有：林莽《1934年馬來亞文壇一瞥》、冰人《1934新加坡文藝界之一瞥》。一九三五年的有：海風《1935年馬來亞文藝界》、哥空《1935年馬來亞文壇》。直至一九三六年後，這類文壇活動報導文章更大量發表，如：馬達《1936年馬來亞文壇》，實《1936年馬來亞文藝界動態述略》，人生《1936年馬來亞文化動態》、李潤湖《1936年的馬來亞文壇》、亦克《1936年馬來亞文化界的動向》。一九三七年有：馬達《1937年馬華文藝界》、郁達夫《一年來馬華文化的進展》、文翔《一年來新加坡化展望》、蔡貞堅《1937年馬華文壇概況》、秋矇《1937年怡保文化界》，一九三八年有：陳南《1938年馬華文藝界一角》、《一年來的馬華文藝界》、鐵卞《一年來的馬華文藝》；一九三九年有：凌霄《1939年的馬華文化文壇》，疾流《1939年救運中馬華思想總檢討》、等等。這些年度文學總結報告，大多數刊載於各報紙的新年特刊。從這點可以確知，中有報紙編輯的策劃和運作。報紙編輯的考慮也許只是為了保存一年的文學活動資料，更多的是，滿足讀者希望瞭解一年文學活動的要求。但是這種年度文學報告，確實有助於文學史的書寫。

　　方修最瞭解這點。在他編輯新加坡《星洲日報》副刊時，每年年底就承襲過去的傳統，撰寫那一年的文學活動報告，這一年一年寫成的年度報告，也就成為他寫作戰後文學史的重要依據。

　　林玉蓉在《我的丈夫為馬華文學史料鞠躬盡瘁》中說：

8　載於1932年1月1日新加坡《民國日報》新年特刊。

錦宗會走上從事收集與撰寫馬華文學史料的工作，可說是受到
新加坡史料家方修的影響。早年他發覺，方修每年在《星洲日
報》元旦特刊編寫的新馬文壇總結文章，對於新加坡的文學資
料掌握得很好，有關馬來西亞方面的則有所欠缺。[9]

於是錦宗親自動手，撰寫上世紀八十年代每一年的文學活動總結報
告，收集在所著《80年代的馬華文壇》一書，[10]另有《促進交流‧推
動文藝‧鼓勵創作──1991年馬華文藝活動》、《1994年的馬華文
壇》、《1995年的馬華文壇》、《1996年的馬華文壇概況》為九十年代馬
漢文學活動的年度報告。在所編《馬華文學大系‧史料》，[11]也收有他
的《1970年的馬華文壇動態》、《1972年的馬華文壇》、《1975年的馬華
文壇》等文章。

　　和方修不同的是，方修在列出各項活動時，常有批評論述，李錦
宗則偏向資料的完整搜集，他解釋道：

　　　　這些總結文章都是根據每年所收集的資料，儘量以客觀的立場，
　　　　進行全面的記錄，力求完整齊全，希望這些史料都有參考和研
　　　　究的價值。[12]

他又說：

9　林玉蓉：〈我的丈夫為馬華文學史料鞠躬盡瘁〉，《學文》第19期（2021年4月）。

10　李錦宗：《80年代的馬華文壇》，柔佛柔佛巴魯：彩虹海邊有限公司，1996年。

11　李錦宗：《馬華文學大系‧史料（1965-1996）》，柔佛柔佛巴魯：彩虹出版有限公司、馬來西亞華文作家協會，2001年。

12　李錦宗：〈後記〉，《80年代的馬華文壇》（柔佛：彩虹出版有限公司，1996年），頁258。

由於受到版位、字數和時間上的限制，當年撰寫這些文章時，
都沒有對當時的文學現象和文藝思想等等方面作出詳盡的評述，
也沒有對各年度重要的作家、書刊和文藝活動等等方面進行宏
觀的評論，希望以後能夠在其他的有關文章彌補這個缺點。[13]

李錦宗謙虛了，「網羅放佚，使零章殘什，並有所歸」，[14]也是整理史
料的一種方式。全面收集史料，讓研究者得以從這基礎論析與撰寫文
學史，本身就是一項功德。重要的是，資料的收集應力求完整，而不
是憑據一己之見取擇刪汰，這是研究者應持的基本原則，也是李錦宗
令人敬重的地方。

　　李錦宗年度文藝活動搜集與整理的另一些方面，是整理某一年度
的文體作品，如《1972年的詩集》、《1971年的小說集》、《1971年的散
文集》、《1971年的馬華遊記著作》。另有《1981年的大馬華文小說
集》收入《愛我華裔文化》。[15]《2013年馬華散文集》、《2013年馬華詩
集》、《2013年馬華小說集》、《2013年華少年長篇小說》、《2013年馬華
合集》。[16]

　　李錦宗也整理多個年代的文學作品，如《近十年的馬華文學書
籍》、《2000年至2009年出版的馬華文學書籍》，同時他也關切其他文史
者在這方面的努力，並在他主編的大系，收錄他們的作品，如馬崙的
《馬華小說25年（1965-1989）》、田思《馬華詩壇20年回顧》、年紅《馬
來西亞兒童文學的發展》。姚拓《馬華戲劇70年來的回顧與展望》、陳
蝶《細雨狂飆含笑過：回顧與展望馬華散文70年》，等等。年度總結報

---

13 同前註。
14 永瑢等：《四庫全書總目提要》（北京：中華書局，1965年），卷186，頁1685。
15 青團運文化組主編：《愛我華裔文化》，吉隆坡：馬華青年團，1984年。
16 李錦宗：《馬漢文壇作家與著作》（怡保：怡保觀音堂法雨出版小組，2017年），頁
　　403-418。

告方面，也關注其他作者的成果，所編輯的《馬華文學大系‧史料》收有以下的作品：璞玉《一年來的馬漢文壇》，陳舊《1972年馬華文壇》，貝一《1976年文藝界概況》、《1977年文藝界概況》、《1979年文藝界概況》，周循梅《1978年馬華文壇紀要》、《1980年馬華文壇紀要》、《1981年馬華文壇紀要》、《1982年馬華文壇紀要》、《1983年馬華文壇紀要》。[17]

　　前文提及，報章副刊與文學雜誌是推動文學發展的重要力量，李錦宗也非常重視副刊與雜誌。在年度文學總結報告文章中，他分別就文藝刊物、文藝刊物、文藝副刊、文學活動（包括文藝創作比賽、文學出版基金、文學講座（包括座談會、研討會）、文學組織（包括出版社）等方面搜羅材料。一般上，除了全面搜集副刊和雜誌的資料外，對於比較重要和活躍的副刊和雜誌，更列出編輯負責人，說明刊物的性質，主要作者，以及文藝上的表現。且以《1980年的馬華文壇》為例說明。他先表示：文藝刊物大致可為兩種：定期出版的刊物和特刊或專輯。前者是他看重的，所以比較詳述其情況。所舉述的有《寫作人》季刊，說明出版者為馬來西亞寫作人（華文）協會，共有兩期第三與第四期在這一年度出版，記錄兩期不同的主編和編委，以及作者和作品，刊內如有特別專題或專輯。更多加說明，如第四期特組「短篇小說創作經驗談」，受訪作家有方北方、韋暈暈、原上草、溫梓川、雲裡風、馬漢。《蕉風》月刊。說明出版者，執行編輯，主要作者，是年該刊推出的專題：「79年諾貝爾文學獎得主艾利蒂斯專題」、「札卡里亞‧阿里專題」、「戲劇專題」，專號：「陳瑞獻集珍莊個展專號」，紀念號：「25周年紀念號」等。報告提及是年出版的雜誌還有《學報半月刊》、《人間詩刊》，記錄這些雜誌的模式基本相似。[18]

---

17 見李錦宗：《80年代的馬華文壇》。

18 同前註，頁4-6。

　　從報章副刊的載錄，更可以看到李錦宗在資料收集上盡心盡力的
表現。年度總結報告就記錄這年度的各個副刊：除了副刊名稱，所屬
報章，編者之外，更說明有關副刊出現的頻率，版位大小和變動，有
時還提及批評作品的水準等等，地區不僅西馬，東馬沙撈越、沙巴的
副刊也在記錄的範圍之內。再以《1980年的馬華文壇》為例，該報告
就記錄一九八○年的以下副刊：

　　　　《星洲日報》的《文藝春秋》，甄供編每星期出版三次。
　　　　《南洋商報》的《讀者文藝》，種夏田編，每星期出版3次，6
　　　　月底，由於加插廣告，版位縮小四分之一。
　　　　《星檳日報》闢有《文藝公園》。
　　　　《星檳日報》德《星藝》，每期大約半版，水準比以前較低。
　　　　《通報》的《文風》，每逢星期日出版1次，每次1版。
　　　　《光華日報》的《青色年代》，每逢星期三出版，每次半版。
　　　　《建國日報》的《金色年華》，每逢星期三出版，12月18日起
　　　　改由幸運（吳維涼）編。
　　　　《新生活報》的《年輕人》，每逢星期六出版。
　　　　《華商報》的《大千世界》，麥秀編。這個專欄版的專欄作者
　　　　為王老古、李憶莙、雅波、文戈、安安和麥秀。
　　　　《華商報》的《筆薈》，好像《大千世界》，通常是在星期二和
　　　　星期六出版。
　　　　沙撈越《大眾報》設有《拉讓文藝》。
　　　　《詩華日報》的《讀者文藝》，每逢星期三出版。
　　　　《馬來西亞日報》的《青年文藝》，每逢星期三出版，每次都有
　　　　半版。
　　　　《馬來西亞日報》的《讀者文藝》，每逢星期三出版，每次都有

半版。[19]

研究文學副刊，依據我們的經驗，有關刊物的發刊詞是極為重要的文獻，它反映了編者的文學觀，更常常揭示編者對所編輯刊物的要求，有時更有文學路向的見解。李錦宗在所編輯的《馬華文學大系‧史料（1965-1996）》，就多收集文學雜誌和副刊的發刊詞，如《海天詩頁》的發刊詞、《海天詩風》的創刊詞、《浪花》的發刊詞編者《開頭的幾句話》、《新潮》的發刊詞、《文新月刊》的發刊詞、《霹靂月刊》的發刊詞、《寫作人季刊》創刊的話、《拉讓江》文學季刊的發刊詞、《清流》雙月刊的發刊詞、《文道》月刊的發刊詞、《筆匯》的發刊詞、《拉讓江》文學季刊發刊詞、《國際時報‧熱風》的發刊詞、《馬來西亞日報‧文苑》的發刊詞、《詩華日報‧新月》的發刊詞、《美里日報‧筆匯》的發刊詞等等。[20]也容納學者論析副刊雜誌成果的文字，如馬崙的《蕉風揚起馬華文學旗幟》、馬漢的《44年回首來時路：談星雲的幾個時期與風格》、李流雲的《一年來的新激流》。[21]

李錦宗不僅關注文學出版社和報紙的文學出版，對文學和社會團體文學書籍出版和文學活動的支持，也費盡心思搜集相關訊息。茲抽取他在八十年代前三年文學書籍出版的記錄，以瞭解當時參與馬來西亞華文文學出版的情況。當時的出版機構，檳城有：檳城威省棕櫚出版社、檳城遠東文化（馬）有限公司、松柏出版社、海鷗書屋。吉隆坡有：吉隆坡泛亞圖書（馬）有限公司、榮義出版社、輝煌出版社、萬里出版社、文學家出版社、人和文化出版社、東南亞研究所、馬來亞大學中文系、馬來西亞寫作人協會、馬來西亞青年調節運動總會、

---

19 同前註，頁7。
20 見錦宗編《馬華文學大系‧史料（1965-1996）》。
21 同前註。

馬來西亞留臺校友會聯合總會、馬來西亞留臺國立師範大學校友會、
馬來西亞華人文化協會、八打靈再也鼓手文藝出版社、八打靈再也紫
煦出版社、八打靈再也遠東（馬）有限公司、蕉風出版社、五洲企業
有限公司、雪蘭莪中華大會堂文教委員會。霹靂州有：霹靂天狼星出
版社、安順濤聲六甲學人出版社、聖約翰姑務聯隊、出版社、怡保進
展出版有限公司、太平閃亮出版社。在、麻六甲有：學人出版社、聖
約翰姑務聯隊。柔佛州有：柔佛柔佛巴魯長青貿易公司、柔佛巴魯泰
來出版社、南馬文藝研究會、居鑾蔬果出版社、居鑾中華學校校友
會、柔佛州馬青分團。吉打州有：檳榔出版社、阿羅士打赤土書局。
沙撈越有：南大校友會古晉分會、沙撈越第一省華人社團總會、古晉
中華第一中學，等等。

　　可以說，參與馬來西亞文學出版的，包括出版社、文學團體、文
化團體、社會團體、政治團體、學術機構、學校、校友會、書局、商

行、甚至救傷隊。原來馬來西亞華人社會對待文學活動，也跟他們對
待民族教育一樣，全民團結，自力更生，隱隱然是一股民族運動。除
了馬來西亞各界積極展開華文文學出版活動外，新加坡教育出版社、
風雲出版社、上海書局、南海編譯所、群島出版社、新加坡南洋學
會；香港山邊社、臺北皇冠出版社、神州出版社、臺北時報文化出版
事業有限公司，等等，也對馬來西亞出版事業盡了不小努力。

　　李錦宗說：

> 舉辦文藝創作比賽和設立文學獎，在提高創作的水準和獎掖優
> 秀的寫作如方面起了很大的作用，有助於推廣文藝活動，促進
> 馬華・文學的發展。[22]

因此，他也非常重視馬來西亞文藝創作比賽的舉行、文學獎的頒發，
他多方面搜集相關的資料。創作比賽和文學獎方面，報告舉辦團體、
機構，舉辦目的、比賽專案、各項目得獎者。

　　再以他的上個世紀八十年代一九八〇年度的總結報告為例說，一
九八〇年：柔佛州馬青分團舉辦的全國馬華文藝創作比賽，沙巴李玉
粦文學基金舉辦的徵文比賽、麻六甲聖約翰姑務聯隊舉辦的第二屆全
國青年文藝創作比賽、檳城威省大山腳日新校友會學術股舉辦的北馬
散文創作比賽、麻六甲青年聯誼會舉辦的華文創作比賽、馬來西亞永
春聯合會青年團舉辦的全國文藝創作比賽、柔佛州居鑾中華學校校友
會舉辦的全國給我短篇小說創作比賽、檳城光華日報舉辦的七十周年
紀念小說創作比賽、沙撈越南洋大學以後古晉分會舉辦的書評比賽、
吉隆坡輝煌比賽舉辦的兒童詩歌創作比賽、沙撈越星座詩社舉辦的全

---

22 李錦宗：《80年代的馬華文壇》，頁7。

州徵詩與論文比賽，馬來西亞基督團契舉辦的基督徒寫作比賽，馬來西亞文化協會舉辦的第三屆文學獎、南馬文藝研究會舉辦的第四屆文學獎。從這裡也可以確知，贊助與舉辦文學創作比賽和文學獎的，和支持文學書籍的團體一樣，都是華人社會的組織，有文學團體、出版社、報章、文化團體、政治組織、學校、校友會、宗教團體、救傷隊、基金組織等，再一次體現華人社會為保存民族文化的熱烈表現。

以上所述，清楚顯示：書寫文學史，絕對不能忽視文學作家作品外，文學的經營。

我不滿意文學史流於作家作品史，並不是忽略作家在文學史的位置。我所不滿的，是文學史的寫作，只是強調作家作品的一面，把文學發展分為幾個時期，分析各個時期的代表作家與作品的處理，而忽略文學舞臺經營的其他方方面面。

李錦宗深切清楚這點，在盡力搜集文學活動資料之外，也盡力搜羅與撰寫作家的傳記。他的夫人林玉蓉在為他先生所寫的一篇文章，就寫出李錦宗為作家寫傳記的努力時指出：

> 除了搜集本地作家的著作和刊物及剪報之外，他也一點一滴的收集作家的個人資料，他盡可能做到親自訪問作家，以獲取第一手資料。為此，我們都會乘學校假期，開著老爺車，帶著孩子南下北上，一路拜訪文友，約他們見面，以瞭解他們的寫作經歷。我們拜會的作家，以年長的前輩為優先考量，通過他們的口述，我們錄取了許多關於他們的創作過程和人生經歷，使得我們掌握了許多鮮為人知的寶貴資料。[23]

---

23 載於一九三二年一月一日新加坡《民國日報》新年特刊。

在這樣的努力不懈下，他完成了《隕落的文星》一書，[24]內收馬來西亞著名作家十五人：山東佬、白鶴、林參天、依藤、林姍姍、葉苔痕、貂問湄、蕭遙天、巍萌、溫梓川、夏霖、張一倩、劉果因、冰人和韋暈。李錦宗說：

> 這些作家活躍於幾個年代以前的馬華文壇，雖然不是每一位都是舉足輕重的，或具有代表性的，不果，他們大多數在各個領域裡扮演了相當重要的角色，作出不少的貢獻。[25]

他更寫了魯白野、苗秀、李德昌、吳錫、李汝琳、梁園、歹馬漢、麥秀、雨川、薄絲、沈強、符氣南等人的傳記，另有《於沫我的筆名》、《於沫我的著作》、《於沫我年表簡編》收入於沫我遺著小說集《疑團》。[26]《征途‧雁過留聲：征雁的生平》、《文學道路上的足跡：征雁的著作》、《把生活搬上舞臺：征雁的戲劇》，收入他主編征雁遺著回憶錄《回首話當年》。[27]《悼念慧適》，收入他主編的慧適紀念集《濤聲遠去，林木依舊》。[28]《方北方著作等身》、《方北方的生平及文學歷程》、《晴川的生活及文學歷程》、《雨川的生活及文學歷程》、《雨川，一路走好》、悼念施遠》、《陳雪風的文藝刊物情結》、《推展文學，企業及新聞界三結合的雲裡風》、《馬華文壇多面俠吳天才》、編寫馬華作家史料的馬崙》，收入所著《馬華文壇作家與著作》[29]。為馬華文壇重要作家留下寶貴記錄。但他的雄心不止於此，在雪隆潮州八邑會

24 李錦宗：《隕落的文星》，柔佛柔佛巴魯：彩虹出版有限公司，1999年。

25 李錦宗：〈後記〉，同前註，頁285。

26 於沫我遺著：《疑團》，吉隆坡八打靈再也：人間出版社，1986年。

27 征雁遺著：《回首話當年》，雪蘭莪：首運促進有限公司，2010年。

28 李錦宗編：《濤聲遠去，林木依舊》，吉隆坡八打靈再也：胡姬小築，2010年。

29 李錦宗：《馬華文壇作家與著作》，吉隆坡：雪蘭莪觀音堂法雨出版小組，2017年。

館、馬來西亞客屬會館聯合會、雪隆萬寧會館、馬來西亞海南會館聯合會的資助下，他展開系列馬來西亞籍貫作家的整理與撰寫工作。

　　潮籍作家方面，南來作家十一位，土生作家一百二十二位，女作家四十八位，其他三十四位，共二百一十五位。客籍作家方面，南來作家十五位，土生作家一百一十五位，女作家二十六位，其他一百三十位，共二百八十六位。瓊籍作家方面，南來作家十七位，土生作家八十位，女主角十六位，其他七位。共一百二十位。合三個籍貫的作家達四百六十五位。

　　此外，他還寫了《吉打州的寫作人》、《2000年至2009年永別的作家》，所撰寫作家，數目應達六、七百位。他更跨越馬漢文學的範圍，寫了許多涉及馬來西亞馬來文壇、英文文壇、淡米爾文壇、世界文壇的論述文章，他的夫人林玉蓉在他逝世後，收入所編《多元文壇鉤沉》中。對李錦宗來說，這些工作實在是太沉重了。[30]

三　小結

　　李錦宗在搜集與整理南海文學史料是不遺餘力的，而更可敬的是他的胸懷。馬崙也是整理馬華文學史料極為勤奮的一位。從李錦宗所收集的資料，可以看到兩人雖然面對同樣的工作，不像文壇一些文人相輕的情況，馬崙在李錦宗逝世後不久，曾撰文特別讚許「李錦宗精神」，說道：

　　　　舉凡與李錦宗交往者，誰不讚許這位民間學人具有沉著求真、
　　　　謙讓無爭、虛懷若谷、無求表揚和篤定厚道的情操。筆者就相

---

30 林玉蓉編，李錦宗遺著：《錦書宗筆之多元文壇鉤沉》，雪蘭莪：首運促進有限公司、吉隆坡：雪隆潮州會館，2019年。

當敬重他是洞幽燭微、獨標一格的史苑奇葩。他掌握了二戰後
浩如煙海的文藝史料，除了馬新文藝史料，連本土馬來和英文
等語文作家史實，他亦觸類旁通呢！我們怎能漠視他的努力和
業績啊。[31]

李錦宗也非常重視馬崙的小說、散文的創作和史料的整理與撰寫。所
編《馬來西亞文學大系・史料》就收集馬崙的《馬華小說25年（1965-
1989）》、《蕉風揚起馬華文學旗幟》、《作者生平簡介》等篇。所著
《馬新文史綜述》中的篇章：〈馬崙的十部文史資料和評論集〉、〈夢
平登小說嶺後探史塱〉，論述馬崙文學史料的整理與小說創作。

　　這種文壇間相互尊重、相互討論的惺惺相惜之情，確實難得，它
為新馬文學史料整理界帶來陣陣清風。

---

31 馬崙：〈李錦宗史嶠宗匠：李錦宗新著錦書宗筆序〉，收入李錦宗：《錦書宗筆：馬
　新文史綜述》（吉隆坡：雪隆潮州會館，2018年），頁10。

耕耘在馬華文壇的「老黃牛」
——紀念李錦宗先生

朱文斌[*]、陳友齡[**]

　　二〇一七年六月十九日，被譽為馬華文學史料第一人的李錦宗因病逝世。時光荏苒，一晃快五年了，也到了進一步蓋棺論定的時候。我們都知道，就東南亞華文文學史料研究而言，一個無法繞開的重要人物就是李錦宗。他畢生搜集、整理與研究馬來西亞華文文學史料，馬不停蹄地出版相關著作，如《馬華文學縱談》（1994，雪隆潮州會館）、《80年代的馬華文壇》（1996，彩虹出版有限公司）、《殞落的文星》（1999，彩虹出版有限公司）、《新馬文壇步步追蹤》（2007，新加坡青年書局）、《馬華文壇作家與著作》（2017，怡保觀音堂法雨出版小組）等，可說篳路藍縷，開拓創新，為馬華文學發展和史料學建構作出了不可磨滅的貢獻。受前輩馬華文學史料名家方修影響和啟發，李錦宗從中學時代便開始搜集和整理馬華文學史料。他認為自己之所以熱衷於史料工作，主要緣於新馬兩國分家後，方修居住於新加坡，逐漸不太熟悉馬來西亞華文文壇情況，為了彌補這一缺憾，他毅然投身到馬華文學史料的搜集和整理工作當中，像一頭任勞任怨的「老黃牛」，在文學史料這塊田地裡持續耕耘了半個多世紀。令人欣慰的是，方修和李錦宗逝世後，先後都在馬來西亞新紀元大學學院圖書館裡找

*　文學博士，浙江傳媒學院院長，教授，博士生導師。
**　紹興文理學院中國當代文學專業在讀碩士研究生。

到了歸宿，他們珍貴的藏書和資料各佔一大片區域，「方修文庫」和「李錦宗馬華文學史料館」交相輝映，傳承了南洋大學血脈和華文文學傳統，將會不斷滋潤著一代又一代馬華學子和馬華文學研究者。

　　李錦宗曾擔任首相府華文秘書，還在國營電臺兼職新聞編輯，工作相當繁重，但他仍然堅持利用業餘時間不遺餘力地搜集馬華文學史料，同時還撰寫評論和編寫有關史料文字。一九八四年，他被選為馬來西亞寫作人華文協會理事。一九九六年，再度當選為馬來西亞華文作家協會理事，出任資料主任至二〇一六年。他曾任亞洲華文作家協會馬來西亞分會秘書，「德麟文叢」和「童玉錦文叢」、《世界中文小說選》、《方北方全集》以及《亞洲華文作家雜志》和《蕉風》的編委，馬來西亞潮州會館聯合會「傑出潮青文學獎」、「冰心文學獎」等文學獎和創作比賽評委會委員、馬來西亞中華大會堂總會文化委員會委員等職。終其一生，他都在孜孜不倦地搜集和整理馬華文學史料，成為馬華文學史料的拓荒者和集大成者，與方修一祥，彪炳青史。

　　二〇一五年五月三十日，筆者受邀出席馬來西亞新紀元大學學院「方修文庫」的揭幕禮。第二天，筆者與中山大學朱崇科教授一起登門拜訪李錦宗。他家屋裡屋外都是報刊資料和藏書，不亞於小型圖書館。進了院子門，牆根都是堆砌如牆的舊報刊，客廳和走廊則是堆積如山的新舊書籍。家中樓梯只夠一個人穿行，其他空間都為各種資料所佔據。他的家中甚至連接待訪客聊天談話的地方都沒有，我們當時坐在各種書刊當中聊天喝茶，也別有一番風味吧！此行我們談得最多的是如何保護和傳承這些文學史料，李錦宗幾次談到可以將這些文學史料搬運到中國大陸去，我們也很期待和歡迎，可是後來一想到複雜的海關檢查，我們就有點望而卻步了。李錦宗和古董收藏家不同的是，他收藏不是為了升值盈利，他收藏目的很明確，那就是為了保存史料，「保存史料不只為我個人研究用，還為他人研究用，為後人研

究用。資料作為社會財富是大家公有的。其實，我收集這麼多資料，將來歸根到柢還是為社會提供的。收集資料除了為保存史料，還為挽救史料，因為很多史料逐漸湮沒了，罕為人所知了。我編寫了一本《馬華文壇鉤沉》，鉤的就是一些差不多要湮沒的史料。」[1]

李錦宗癡迷於收藏各種馬華文學史料，他不僅想到的是「前人栽樹，後人乘涼」，更是為「隕落的文星」求一片「安息之地」。他認為「這些作家活躍於現代的馬華文壇，雖然不是每一位都是舉足輕重的，或具有代表性的，不過，他們大多數在各個領域扮演了各自的角色，多多少少作出了貢獻，發揮了作用。他們好像文學的星空裡的大大小小的星星。他們的隕落多多少少使當時的星空暗淡一些」，[2]如果不早一點去搶救和追蹤，這些文壇耆宿將會淪為已經褪去的記憶，年輕一輩將會失去直接認識這些文壇先行者的機會。因而，張永修在《感懷李錦宗》一文中寫道：「在我的編輯生涯裡，李錦宗在我手上寫過好幾個階段的專欄，包括《五彩》專欄版寫『文星隕落』（1992年至1993年）、《星雲》版寫『文壇鉤沉』（1993年至1994年）、《商餘》版寫『文海波瀾』（2006年至2007年）。這期間，遇到作家離世，李錦宗經常第一時間幫我整理出相關作家的生平簡介，或寫些回憶文章。常年梳理作家成果、老衰、疾苦、亡軼的資訊，大概讓李錦宗了悟人生。晚年李錦宗患癌，二〇一七年去世死後捐獻大體作為醫療用途，其藏書及資料成果捐贈大學圖書館，讓後人方便使用，遺愛人間，讓人感懷。」[3]

當然，李錦宗收藏文學史料還有更深層次原因乃是他想撰寫一部

1　陳望衡：〈翹首期盼馬華文學史，何時能問世？〉，《心祭‧李錦宗紀念文集》（怡保：怡保觀音堂法雨出版小組，2018年），頁118。

2　李錦宗：《隕落的文星》（新山：彩虹出版有限公司，1990年），頁454。

3　張永修：《感懷李錦宗》，馬來西亞《文藝春秋》，2021年8月24日。

體系完整的馬華文學史，以梳理與探索馬華文學發展的軌跡和規律。在二戰結束與馬來西亞獨立建國後，由於馬來西亞政府當局不信任華人，實施了高壓政策，華人地位不斷下降，在政治上淪為二等公民，華文也逐漸邊緣化。雖然華文創作一直不曾中斷，但華文文壇留心搜集與整理文學史料者更是寥寥無幾，更談不上撰寫體系、結構完整的「馬華文文學史」了。李錦宗敢於做一個「開天闢地」的拓荒者，受前輩方修先生啟發，從二十世紀七十年代開始，默默地在《馬來亞通報》、《中國報》、《亞洲華文作家雜志》、《南洋商報》等刊物發表整理馬華文壇的年度回顧文章，並為《鬥士月刊》、《星檳日報》、《新明日報》等期刊整理馬華文壇的新書出版與作家介紹，通過這些大量佔有第一手材料並嚴加考據的梳理工作，我們不難看出李錦宗的修史「野心」。

　　然而，撰寫文學史畢竟是一項浩大工程，依靠一己之力很難完成，再加上李錦宗作為一位民間學者，組建強大的學術團隊也是較為困難的。所以，李錦宗懷著修史的抱負，以滴水穿石的堅韌和默默付出的精神，孜孜不倦地率先致力於搜集馬華文學史料，撰述成書，集腋成裘，出版了《馬華文學縱談》、《80年代的馬華文壇》、《殞落的文星》、《新馬文壇步步追蹤》、《馬華文壇作家與著作》等系列著作，實際上就是為了有朝一日完成一部體系完整、經得起時間檢驗的高品質馬華文學史，因為他心目中的文學史不是一般流於資料堆砌的文學史，也不是文學現象論或作家作品論，他說：「我希望我寫的文學史有三個特色：第一，真正具有歷史感，不僅是文學發展的歷史感，更重要的是文學所反映的對象──生活的歷史感。第二，資料較為豐富、全面；第三，立論比較公允。」從中可以看出，李錦宗心目中理想的「馬華文學史」應該是史料全面、具有返回文學現場的歷史感且能公正立論的文學史，這樣的高標準直接導致建構「馬華文學史」的

高難度，也許這是李錦宗以一己之力至死也無法完成一部「馬華文學史」的直接原因吧！

　　雖然李錦宗最終也未能完成一部體系恢弘、資料詳實的「馬華文學史」，但他秉著高度責任感，在搜集與整理馬華文學史料中已經做了大量撰寫文學史的前期工作，正如伍燕翎在《心祭》文集序言中所說：「方修的《馬華新文學史稿》到《戰後馬華文學史初稿》，僅爬梳至一九六〇年代的馬華文學，似乎至今再難有人繼承方修的衣缽，一本更完整的馬華文學史恐怕不容易生產。李錦宗對此早有識見。始於一九七〇年，他每年從不間斷給報刊雜志梳理年度馬華文壇動態，包括文學書籍、文藝刊物和副刊等出版，文學活動、文學團體等等要事，鉅細靡遺，一一搜刮，記錄和展現了一時代的馬華文學風貌。」當然，除了這些工作之外，筆者認為最能體現李錦宗撰史前期工作的是他作方主要成員參與馬華作家協會關於《馬華文學大系》（共10卷本）[4]的編纂，並作為主編承擔了《馬華文學大系·史料（1965-1996）》（馬來西亞彩虹出版有限公司2004年版）的編寫工作。今天來看，送套《馬華文學大系（1965-1996）》無疑是繼方修個人編纂的《馬華新文學大系》（共10卷本）之後的又一壯舉和續篇，起到了承前啟後的作用，是馬華文壇最重要的收穫。

　　李錦宗的《馬華文學大系·史料（1965-1996）》按照斷代的時間線從一九六五年記錄至一九九六年的馬華文壇發展動態，其中包括文藝書籍、刊物和報紙副刊的出版，文學活動和各種組織的開展等。他從海量的馬華文學史料中選取這些史料編纂成冊，這需要極大的勇氣

4　此處「馬華文學大系」是指馬來西亞華文作家協會經過八年時間編纂的《馬華文學大系》系列叢書。叢書一共十卷本，內容涉及小說、散文、戲劇、詩歌、評論和史料等六大類文體，收錄自一九六五年至一九九六年三十二年間的文學作品，總字量超過五百萬字，收集了大馬四百位作家共一千二百篇作品。

和獨到的眼光，因為一九六五年至一九九六年的馬華文學史料還有很大一部分是「活」的材料，不同於那些已形成文字或圖片並被收錄的「死」材料，「活」的材料還未固化，如果沒有對於馬華文壇發展態勢的理解、判斷和預期，是很難造出有代表性的文學史料來的，更談不上通過史料來展現馬華文學的紛繁多姿和獨特精神。好在李錦宗做到了，他的《馬華文學大系・史料（1965-1996）》在一定程度為後人撰寫體系完備的「馬華文學史」做了比較好的鋪墊工作。

李錦宗去世之後，他的遺孀林玉蓉女士四處奔波和操勞，除了完成李錦宗遺願之外，還將他生前來不及整理的文稿在雪隆潮州八邑會館會長林家光支持下結集出版，令人稱道。林家光在《錦書宗筆——馬新文史綜述・序言》中寫道：「在速食文化的年代，大部分文字如過眼煙雲，讀後即棄。有收藏價值的文史，足以跨越年代，重現文壇榮景和一代文人的風華。希望愛好文藝的朋友，能從《錦書宗筆》的字裡行間，看到大馬文學史上的遺珠或被遺漏的剪影，從中得到啟發，那就不枉會館贊助出版的原意，以及作者李錦宗收集史料和執筆記錄的用心良苦。」[5]點出了出版這兩部遺著的意義所在。

這兩部遺著《錦書宗筆——馬新文史綜述》和《錦書宗筆之多元文壇鉤沉》分別於二〇一八年十二月和二〇一九年六月由雪隆潮州會館出版，對於九泉之下的李錦宗而言無疑是最大的慰藉。《錦書宗筆——馬新文史綜述》一書是林玉蓉從李錦宗生前留下的幾十本貼在練習簿上的舊剪報中整理出來的，「期望讓他過去所撰寫有關馬華文壇動態、對馬華文學作品的評論、作家生平事蹟等等的文章，不至於埋沒在資料堆裡，而得以被挖掘出來，為後代留下多一些史料，也拾

5　林家光：〈傳承文史瑰寶義不容辭〉，《錦有宗筆——馬新文史綜述》（吉隆坡：雪隆潮州會館，2018年），頁8。

馬華文壇累積一些遺產，供後人參考與研究」。[6]林玉蓉選取文章時，已經剔除了不少收錄在《隕落的文星》和《新馬文壇步步追蹤》兩本書中的文章，之所以書名副標題標為「馬新文史綜述」，是因為其中論述還涉及到一些新加坡的華文作家作品。

遺著《錦書宗筆之多元文壇鉤沉》也是從舊剪報中整理出來的，主要收錄的是李錦宗撰寫的關於馬來西亞馬來文壇、英文文壇、淡米爾文壇以及世界文壇動態的文章。林玉蓉在《錦書宗筆之多元文壇鉤沉・後記》中這樣寫道：「我們發現他從上個世紀七十到九十年代初……介紹當年三大民族文學界的發展與動向、作家近況、出書和得獎事件等等文章，他也把一些馬來詩歌和短篇小說翻譯成華文。此外，他也發表了不少有關世界文壇動態的文稿。雖然文章所介紹的事件已是過眼雲煙，但總覺得還是具有史料性的價值，尤其是一些曾經轟動一時的事件，例如英國作家拉斯迪因為寫了長篇小說《魔鬼的章節》，把回教國家鬧得滿城風雨因而受到了伊朗精神領袖柯梅尼懸賞追殺的事，都是值得鉤沉的，進而把它們匯集成書流傳下來，必然可讓後人對當年其他民族和世界文壇的情況略微瞭解。」[7]從這部遺著可見李錦宗作為文學史家的敏銳和論評視野的開闊，他沒有將自己的研究領域局限於馬華文壇，而是適時關注馬來西亞其他三大文壇和世界文壇動態和訊息，不斷地撰文予以推介，為馬華文壇打開另一扇窗戶，促進了整個馬來西亞文壇的健康發展。

克羅齊曾指出：「一個重新整理一部書的可靠文本，解釋已被遺忘的文字和風俗，研究一個藝術家的生活情況，完成一切工作，使藝術作品的品質與本來色調復活，他是不應該受到鄙視與嘲笑的。」[8]

6　林玉蓉：〈後記〉，同前註，頁316-317。

7　同前註，頁402-403。

8　〔義〕克羅齊著，朱光潛譯：《美學原理》（上海：上海人民出版社，2007年），頁172-173。

一直以來，史料的搜集與整理在文學研究領域是不被重視的，很多人認為這是沒有學問的「小兒科」，算不得學術成果，導致了大家都不願意從事這項艱苦寂寞的工作。但是，李錦宗頂住了壓力，不顧被人「鄙視與嘲笑」，在本就處於國家文學邊緣的馬華文壇，堅持搜集與整理文學史料，嚴謹辨識，搜集補充，詳實考據，分類梳理，花錢買累，終其一生徜徉在這一文學苦旅中，無關榮華，無關名利，只期望這些成果最終貢獻於社會與族群，為馬華文學的傳承與發展作出了巨大貢獻，也為未來體系完整的「馬華文學史」撰寫提供了堅實的基礎支撐。

奉獻的分量
——李錦宗與馬華文學

陳望衡[*]

一

　　我在敬讀《心祭——李錦宗紀念文集》。林玉蓉在編這本集子時專門打電話問過我，這個集子取什麼做書名好，我說「心祭」。

　　李錦宗雖然為國家公務員，但無官職，退休後乃一介平民，他去世，該享怎樣規格的祭祀？也許，追悼會會有較多的親友出席，但過後只能是「親戚或余哀，他人亦已歌」，因此只能是家祭了，附近的朋友也許去他的靈堂奉上一炷香，而他人只能是遙遙心祭了。

　　心祭，其實是很不錯的了，至少說明有人在想念你，這想念中會想到你的好：待人好，事業好以及其他種種的好。人生在世，羽化之後，尚有人念著你的好，不是還不錯嗎？

　　我與李錦宗是老朋友，與他太太林玉蓉女士也是。一九九五年，我首訪馬來西亞，就住在他們家裡，以後又去過三次，均在完成出國任務後，在他家小住。他們視我為親人兼客人，我視他們為親人兼主人。他們來過武漢兩次，我自感招待不周，總期盼他們再來，可是他們沒有再來，不過，我們似乎都不介意這來往之禮的對等，每次在一

---

[*]　中國武漢大學中文系教授。

起，我們總是談興甚濃，總是遊興不倦，總是自由快樂。而分別時，我們又總是依依不捨，總是語囑殷殷，總是期盼再會。

　　回顧二十多年的交往，我們談得最多的是馬華文學，這是李錦宗的至愛，也是林玉蓉的關切。我是文學愛好者，忝為中國作協會員，一度也做過省作協理事，雖然主要做美學研究，但鍾情於文藝。一九九三年訪問新加坡，交了很多作家、藝術家朋友，一九九五年後，又交了很多馬來西亞的文藝家朋友，與馬來西亞文學就這樣日漸熟絡起來，親熱起來。或應邀或有感，也寫了不少關於新加坡、馬來西亞的文藝評論，發表於新加坡、馬來西亞報刊。在新加坡還出版了一本文藝評論集《天地入沉吟》。近十年，我與馬來西亞、新加坡文藝界聯繫少了，但心一直繫掛著。讓我感到難受的是，好些新馬文藝界的朋友相繼離我而去，這其中，有潘受、方修、翠園、姚拓、陳雪風、何乃鍵、彼岸、李錦宗……每一位，我都心祭著，有些寫了紀念文字，有些還沒有寫，都應該寫，都有的寫。

　　最近，新加坡朋友陳劍來電話，有刊物將發一組懷念李錦宗的文章，讓我也寫一篇。我已經寫過三篇關於李錦宗的文章，兩篇寫於他生前。比較重要的事，三篇文章都寫了，但我認為，還可以寫，我想寫的是李錦宗在馬華文學中的地位，這是我的心祭。

二

　　李錦宗原來是做創作的，寫過小說、詩歌。他早在小學六年級，就向報館投稿了，中學時代對創作已經有濃厚興趣。應該講有文學的天分。然而在他創作勢頭正旺的時候，轉向了──由文學創作轉向文學批評。

　　其觸媒，是他看到了新加坡著名文學史家方修的理論批評文章。

方修年末發表在報紙上的《年度新加坡文學綜述》將這位二十幾歲的文學青年深深地吸引住了。整版的篇幅，一年來的創作，數十位的作家，數十篇作品，方修行氣如虹，縱筆如飛，議論自如，而無不恰愜。此種文風，此種氣勢強烈地感染了李錦宗。他想，這樣的文章，我能不能試試？於是，費數日之功，他將一年來馬來西亞作家的文學創作也類似性地做了一番評述。文章很快在報紙發表了，也是一整版。不啻在晴空放了一顆驚雷。一時間，在馬來西亞文學界引起了巨大反響。從此，李錦宗轉向了。每年都寫年度文壇回顧和概況，最長一篇竟達一萬五千字，兩大版面，洋洋灑灑，很是壯觀。這個時候，他頭腦中滿是作家名字、文學概念，原來佔據頭腦的可用來寫小說的美好的故事逐漸淡化乃至消失。書案上，增加了文學理論的書，諸如《別林斯基選集》、《車爾尼雪夫斯基選集》、《美學》、《文學基本原理》，等等。

　　文藝評論與文藝創作是文藝的兩翼，但諸多國家的情況是創作熱，評論冷，但是評論也不是沒有熱過。批評一熱，如果出現批評大家，則猶如立起一面旗幟，眾多的作家藝術家仰而望之，而不能不聽從指揮。久遠一點，中國孔子論詩，影響所及不只在當時而且延及至今乃到未來，古希臘柏拉圖論詩，提出「將詩人驅逐出理想國」，驚世駭俗，用語極端而立意極正，這一批評為古希臘文壇掃去陰霾，亮出一片潔淨的天空。初唐，文藝批評家陳子昂「崛起江漢，虎視函夏，卓立千古」，痛批齊、梁文學頹風，「天下翕然，資文一變。」十七世紀，法國的古典主義批評家布瓦羅提出文藝創作「三一律」，為文學立規矩，著名作家高乃依的作品《熙德》違反了三一律，受到嚴厲批評。近代俄國的革命民主主義批評家別林斯基對果戈理的評論深刻地揭示果戈理作品巨大的社會價值，讓讀者眼睛為之一亮。可以說，沒有別林斯基的評論，就沒有果戈理。現代中國三十年代，魯迅

的文學批評震撼文壇，有人驚駭，有人振奮。魯迅的文學批評是中國當時要建設的新民主義文化的方向。正是因為如此，他才被譽為新文化運動中的旗手。中國文化革命後，對文化革命反思的作品并噴式的產生，文學批評立馬跟上。當時的文藝刊物，最引人注意的不是文學作品，而是文學評論。那時文學評論所起的作用遠不只是文學上的，更重要的是政治思想上的。那時的文學評論是全民思想解放運動的先聲，是中國啟蒙主義新潮的澎湃。

文藝批評不容小看，但是也不能不指出，要做出優秀的文藝評論來，需要諸多條件，重要的是社會的、時代的條件，只有社會的、時代的矛盾積蓄到一定時候才有與之相應的文藝批評為之發聲。除此外，評論家自身的修養不容小視，沒有良好的修養，沒有卓越的眼光，沒有無視身家性命的勇敢精神，也是做不了優秀評論家的。

文藝創作主要靠天賦，而文藝批評主要靠修養。天賦主要來自先天，而修養主要來自後天，因此文藝評論家必須要刻苦地博覽並精審群書，刻苦地從事各種相關的實踐，這些均是需要大量付出的，不只是金錢，還有可貴的健康。小說家、詩人可以早熟，優異者七、八歲就能寫出好詩，如王勃、駱賓王、李賀；十幾歲就能做出優秀小說，如劉紹棠。但誰見到早熟的文藝評論家？沒有！

李錦宗雖然年輕時就發表過綜述類的文學評論，但真正有分量的文學評論還是在他的中年和晚年。李錦宗去世後，林玉蓉將他的《馬華文壇作家與著作》寄給我。我認真看過，並寫了一篇書評《字字皆是血　辛苦不尋常》，我認為，收入集中的評論思想深刻，文筆老練。這是成熟之作。

李錦宗文學批評的成就，我在那篇書評中基本上都談了，要強調或要補充的是兩點：

第一，準確公正。我在那篇評論中提到他對陳雪風的評論。他是

這樣說的：「這麼多年以來，儘管有人不一定認同他的立場和觀點，甚至公開跟他唱反調，但他總會針鋒相對，不屈不撓、持續地發表他對各種文學問題上意見，特別是有關馬華文學的。只要他認為是最好的和正確的，他都會堅持。這樣的精神，我們不得不欽佩，難怪他廣受注目，聞名於馬來西亞和新加坡文壇。」陳雪風，我很熟，他曾經來武漢大學哲學系做訪問學者，跟著我學習哲學和美學。我讀過好幾本他的書，算是比較地瞭解他的為人與文學觀點。我認為，李錦宗對於陳雪風的評論是準確的，到位的。

準確以公正為前提。公正，在這裡指的是行業的公正。評論家也是人，有個人的恩怨喜厭，這些因素體現在人際交往中，就會有親疏之別。但文藝評論家當他在行使他的行業功能時，不能不遵守職業公德，不能將個人的恩怨喜厭帶進評論中來。李錦宗就是這樣的。

第二、溫和厚道。溫和說明有情，厚道說明有德。情是人之本，德是人之品。李錦宗重感情，厚道，他的為文也一樣。他的這種品質帶進了文學評論。他評論老作家時，他說：「這些文壇耆宿，無論是已撒手人寰的，或是垂垂老去的，在這個對文壇冷漠的社會，一般人忽略了他們的存在，有意或無意地使他們彷彿處身於邊緣地帶，讓他們好像死水裡的泥沙，慢慢地沉澱到水底。在這個時候有關他們在新馬文壇有所表現的事蹟步步追蹤出來的文章收集在這部集子裡，希望能夠產生鉤沉的作用，讓一些人鉤起他們已經褪去的記憶，也讓一些年輕的一輩有機會直接認識文壇的先行者，使他們間接知道前人披荊斬棘和種樹的重要性，瞭解新馬文學的一些發展過程。」這些話充滿溫情，句句暖心。在評論青年作家時，他這樣說：「這些作家活躍於現代的馬華文壇，雖然不是每一位都是舉足輕重的，或具有代表性的，他們大多數在各個領域扮演了各自的角色，多多少少作出了貢獻，發揮了作用。」語氣同樣溫婉，但充滿著理解與肯定，同樣情深

意濃。如此評論，將理性的分析與情性的暈染結合在一起，形成一種
特有的李氏風格，悠悠中顯灼見，款款中寓深情。

　　由於工作的繁重，摧毀了他的健康，不然，李錦宗還會寫出更多
更好的文藝評論來的。天不假年，天妒英才！讓人扼腕浩歎！

三

　　文藝評論有兩種風格：一種重在論理，文章結構多橫向展開；一
種重在述史，文章結構多縱向生發。李錦宗的文藝評論主要為後一種。

　　李錦宗這部分文章，有人將它歸屬於史料。當然，這部分文章具
有史料的價值，但不完全屬於史料，因為這其中有李錦宗的觀點、評
價，已經不具客觀性而具主觀性。當然，雖然於李錦宗來說，不是史
料，而是論文。但對於別的文學史研究工作者來說，就是史料了。

　　作為重在述史的文藝評論，最為重要的應是史識。所謂史識，就
是對於文學所反映的歷史事件的認識。這涉及到作者的身份、作品內
容、作品寫作的時代、社會背景等等。

　　李錦宗所論及的馬華作家大致可以分為兩類：

　　一類為中國的作家，因為歷史的原因客居馬來西亞，他們在馬來
西亞從事的創作。他們在馬來西亞寫的作品既可以歸屬於中國文學，
也可以歸屬於馬華文學。李錦宗所寫的有關這方面的文藝評論，有：
《蕭乾二度來馬》、《謝冰瑩在馬來亞》、《聶紺弩在新馬》、《凌淑華的
新馬緣》、《凌淑華在南大》、《陳子遺在馬來半島》等。這些作家都是
在中華人民共和國成立前在馬來西亞客居，時代背景大抵為抗日戰爭、
中國內戰等。他們在馬來西亞的作品具有鮮明的時代內涵，反映了這
批進步作家頑強的抗日鬥志和在國難當頭之際思鄉、愛國的深厚感情。
李錦宗對於這批作家的介紹多側重於他們在馬來西亞的進步活動。

　　另一類為馬來西亞華人，他們也來自中國。與上批作家不同的是，他們的家已經安在了馬來西亞或準備安在馬來西亞，有些華人來馬來西亞已經好幾代了。這批作家的作品主要描寫華裔在馬來西亞艱難生存的情景，他們為開發馬來西亞做出了重要貢獻。作品最為動人之處多是對祖國、老家、親人的不盡思念，李錦宗的評論深刻地揭示出他們作品的亮色，而特別在意對於他們籍貫的考證。在李錦宗看來，華裔作家的籍貫是重要的。

　　林玉蓉的《最後一篇稿》，為李錦宗在病床上的口述。稿的主體部分為《雪隆潮籍作家》。李錦宗說，雪隆潮籍作家大約可以分為五類：第一類，南來作家，如方修、張荃。第二類，雪隆地區土生土長者，如葉健一、重山和許書芹。第三類，為了求學或工作而曾經短期在雪隆區居住者，如林惠洲、王濤。第四類，在雪隆地區完成大學教育後留下來工作並落地生根者，他們包括陳應德、許友彬、孫彥莊、張惠思、劉樹佳、葉寧等，還有大批從其他州到雪隆區謀生而定居下來者，例如鍾松發、吳維涼等（列出三十位，名字略）。第五類是長期或短期居留在雪隆地區後來因工作學業或其他原因而移居國外或其他地區的作家，如楊白楊、王濤等（13位，名字略）。在這個口述中，李錦宗還指出詹緣瑞等所著《雪濱潮鄉──雪隆潮州人研究》一書中，存在著將人物籍貫與身份弄錯的失誤。

　　所有這些均反映了李錦宗的史識：重視海外華人他鄉生活的狀況與特色，重視人物的居地、身份、遷徙與流動，重視這種生活流動的時代與社會內涵，重視中華民族自然血緣和文化血緣在海外的承傳與發展。

　　李錦宗這些突出述史的論文，聯綴起來就是史論了。李錦宗大量的時間也許還不是放在史論上，而是放在史料的搜集與整理上，他的兩層住房堆滿了的報紙、雜誌、書籍都是馬華文學史料。馬華作家的

文章大多發表在報紙上，故李錦宗家中堆放的馬華文學史料，報紙占的面積最大。雖然報紙上的文章或詩歌多係「豆腐塊」，但價值絕不下於某些文學書籍。因為諸多作家的處女作就是報紙上的「豆腐塊」，而從史論的維度研究作家，不能忽略他們的處女作，它太重要了，因為它是嬰兒的第一聲啼哭，正是這一聲啼哭，宣布新生命的開始。同樣，作家的處女作宣布作為作家的開始。

李錦宗史料的搜集與整理有四個突出特點：

第一，注重步步追蹤，重視作家創作的開始、延續、變化與發展。李錦宗有一本書，就名為《新馬文壇步步追蹤》。在此書的封底，有他這樣一段話：「一步一腳印，沒有腳印的前進是虛浮的，我們珍惜本土文學的每一步腳印，我們不以這些腳印的未夠『壯觀』為恥。若是沒有這些腳印，我們才羞恥。」

是的，腳印，是重要的，它是生存的印章，生活的印章。串串腳印串成生活的軌跡、生活的長河、生活的景觀、生活的悲歡、生活的美醜……

李錦宗只要定下一個研究對象，就一定要查到他的第一篇作品（文章和書），篇（書）名是什麼，哪裡發表，哪裡出版。馬來西亞拉曼大學中文系助理教授李樹枝在他的文章《勤奮嚴謹的馬華文學史料耕耘者——讀李錦宗的《80年代的馬華文壇》與《馬華文學作家與著作》中特別注意李錦宗書中這方面的記載：「元亞籽是一個陌生的名字，其實他是砂拉越詩人謝永就的另外一個筆名。他在上個世紀七十年代初期出版第一部詩集《悲喜集》，距離今天已經四十一年了。他的第二部詩集《站卡》是在八十年代中期面世。」都是細節，在他人可以忽略不計，而在李錦宗，非常重要。

第二，注重田野調查。做文學史料的搜集與整理，不能只注重文獻資料。這是因為一者文獻資料不都可靠，二者文獻資料不完善，三

者文獻資料缺乏。為了核准資料、完善資料，李錦宗注重田野調查，他利用業餘時間，帶著妻兒去尋訪某些作家，從對他們的訪問中，獲取第一手材料。有些老作家，在他調查後不久就辭世了。如果不是李錦宗及時去採訪，這些寶貴材料就無法獲得了。

　　第三，不忽略去世的作家。李錦宗著有《殞落的文星》一書，對於去世的諸位作家的籍貫、生平事蹟一一說來，此書具有重要的史料價值，文筆也優美，是一本很有價值的書，不只是史料，還是優秀的人物傳紀。

　　第四，重視作家籍貫。李錦宗著有《馬華文壇各籍貫作家》一書，專門考證馬華作家的籍貫。如此重視籍貫，隱含他一個重要的史識：根意識。根扎於土，土決定著根能不能發芽，發什麼樣的芽，成什麼樣的樹，開什麼樣的花。對於人來說，籍貫很重要，人的生存發展與籍貫有著極為內在的聯繫。歷史不就是尋根嗎？尋根必尋到籍貫上去。歷史學與地理學簡直就是一個學科，從來就是你中有我，我中有你。李錦宗對於作家籍貫的重視，足以證明他的馬華文學史料學做得地道，做得專業。

　　他在新馬史料搜集與整理上的最重要的成果是《馬華文學大系‧史料（1965-1996）》，此書出版於二〇〇四年，學界視為方修《馬華文學史稿》的續編，而在我看來，兩書並不存在承續關係，李錦宗的《馬華文學大系‧史料（1965-1996）》應是馬來西亞文學史料研究的

開山。馬來西亞漢文化中心主席拿督吳恆燦稱譽李錦宗為「馬華文壇史料第一人」，這個評價是公允的。

四

李錦宗本職工作是馬來西亞首相府的公務員，就本職工作來說，他是合格的、優秀的。退休時首相誇獎他工作做得好，問他可有要求，而他只是要求首相為他簽個名。

做馬華文學評論、馬華文學史研究在他完全業餘之事。

他的這份業餘之事，有個特點：「三無」──資質，無職務，無報酬。

李錦宗不是教授，也不是博士，在有些人看來，做這樣的研究是無資質，然而他做得很專業，比有教授職稱、博士學位的人做得要出色。

李錦宗沒有職務，這意味著他沒有一個機構，沒有機構就意味著他沒有上級，也沒有下級，完全是散兵游勇。能夠幫助他的人只是家人：妻子和兒子。

李錦宗的這份業餘之事，沒有報酬。不僅沒有報酬，還需要付出。科研是需要付出的，不僅是人力的付出，還有經濟的付出。經濟的付出沒有來源，就要將自己不多的工資拿來付出了。實質上侵奪了他的本職工作的勞動成果。

這「三無」的業餘之事，是遊樂，是體育鍛鍊？均不是！他的這份業餘之事是工作。遊樂、體育鍛鍊均是有回報的，或快樂或健康。但工作則不是。工作就是認真地做好某件有意義的事，它不一定有快樂的享受，也不一定有健康的獲得。那麼，工作與興趣相關嗎？有些工作與興趣相關，有些工作與興趣不相關。即算是與興趣相關的工

作，當這工作持續下去，一月、一年、數十年，原初的興趣早已蕩然無存。因此工作與興趣無必然聯繫。

工作的要素有三個要素：意義、做、認真。

意義是首要的，但意義必須要體現在做，而且認真地做，否則就不是工作。

工作是神聖的！

工作如鐵一般的冷峻，也如鐵一般的堅硬。從本質上，他傷人，讓人痛苦，讓人異化，僅就此而言，它醜陋。當然，工作者可以將冷峻化成溫暖，將堅硬化成柔情，將痛苦化成快樂，將醜陋化成美麗。即便如此，工作冷峻、堅硬、傷人的性質並沒有改變，它一直存在著。它的某種意義上的轉化只是局部的、有條件的，相對的。

李錦宗從青年起，長達半個世紀堅持做這份業餘的工作，不管這其中有多少他個人的興趣、樂趣，也不管這興趣、樂趣在多大程度上沖淡或者化解了他工作中的諸多痛苦，損失，你不能不承認，從總體上來看，這「三無」的工作，幾十年一直在不斷損傷他並不強健的身體，額外地耗費他僅夠養家的工資，野蠻地侵佔他本來不多的休閒時間，冷酷地減損他極為可貴的親情和天倫之樂。

最讓人悲傷的是，科研成果因為沒有經費資助而未能出版。曾經有一家機構擬資助李錦宗而在得知李錦宗沒有教授、博士頭銜後予以拒絕。二〇〇三年我在《星洲日報》發文〈翹首企盼馬華文學史，何時能問世？——再訪馬來西亞文學史家李錦宗〉。在我的心中，這部《馬華文學史》才是最重要的，其實，李錦宗何嘗不是這樣認為呢？他一生所求不就是寫一部完整的《馬華文學史》嗎？然而此願望，他沒有實現。他逝世後，我讀到《心祭——李錦宗紀念文集》，才知道此書沒有出版的原因。李錦宗病中接受採訪說到此書，他說：「原本一生的的心願是出一本像樣的《馬華文學史》，也曾草擬工作大綱和

落實計畫書，提呈給相關文教團體，但最後無法談成，一拖至今。」
真是「出師未捷身先死，長使英雄淚滿襟」。李錦宗病中還談到一本
名為《馬華文壇各籍貫作家》的書，「希望能夠近期問世」，言之慘
然！可是在他逝世前此書沒有問世。

　　……

　　這樣的話，我也不想多說了！讓人心痛！

　　再說他的這份業餘的「三無」工作。如果說，本職工作更多的是
責任，那麼，他業餘這份工作只能是無私奉獻了！

　　那麼，李錦宗的奉獻，奉獻給了誰？

　　第一，奉獻給了馬華文學。馬華文學作家並不少，創作也豐富，
其中也不乏精彩之作，甚至有重大價值之作，但因為文學評論不夠
強，創作成果得不到合適的評價，於是，該推崇的沒有得到應有的推
崇，該提高的沒有得到應有的提高，該批評的沒有得到應有的批評，
致使良莠不分，魚目混珠，龍蛇不辨。這種狀況如果得不到糾正，直
接受害者首先是作家，其次是讀者，再其次是整個社會，最終導致馬
華文學墮落、衰敗。

　　馬華文學史研究也許離現實遠一些，社會效應沒有文學創作那樣
顯著，但它是重要的。沒有文學史的串併歸納，總結導向，因果分
析，未來展示，這文學創作就是一盤散沙，雜亂無章，沒有方向，不
堪入目。從某種意義上來說，文學是浪花，文學史是河道，只有在河
道中才能見出浪花的美麗。不重史的民族，是沒有前途的民族；不重
史的文學，是沒有前途的文學。

　　李錦宗以其綿薄之力為馬華文學史奠基，基本上開出了一條河道
來，馬華文學作家、讀者是受益者，應該感謝李錦宗。

　　第二，奉獻給了馬來西亞國家。馬華文學全稱即馬來西亞華文文
學，馬來西亞是國家，是馬華文學國籍的歸屬處；華文是載體，是工

具。馬來西亞是多民族的國家，不同民族運用不同的屬於自己民族的文字進行文學創作是很自然的事。這文字的不同，只是工具的不同，載體的不同，但它們都姓「馬」，因此，理所當然是馬來西亞國家的文學。

文學屬於文化，文學建設屬於文化建設，文學強則文化強，文學弱則文化弱。雖然馬華文學在馬來西亞的文學中只是一部分，部分雖然小，但影響整體。因此，加強馬華文學建設是國家文化建設的一個重要部分。李錦宗在馬華文學上的貢獻歸根結柢是對馬來西亞國家的貢獻。只是因為這不是他的本職工作，而是業餘的「三無」工作，固而稱之為奉獻。

第三，奉獻給中華文學。中華文學有兩個部分：一個是國土上的文學創作，另一個是國土外的文學創作。前者是主體部分，後者是非主體部分。馬華文學屬於補充部分，雖然只是中華文學的非主體部分，但因為它運用的載體是華文，其中表達的主要是華人的生活、思想情感，而且作者主要是華人，因此它完全屬於中華文學的組成部分。

第四，奉獻給中華民族。馬華文學不是中國的國家文學，但它是中華民族的民族文學。

中華民族既是人類學的概念，也是文化學的概念。作為人類學的概念，它是一個族群，以漢民族為中心團結融合了諸多民族，其形成與發展是歷史性的，具有開放性的。作為文化學的概念，中華民族具有自己獨特的文化。中華民族與外民族的區別可以有兩種標準，一種是族群性的，一種是文化性的。馬華文學作為中華文學的一部分，既歸屬於作為國家的馬來西亞，也歸屬於作為民族的中華民族。正是這個意義上，筆者認為，李錦宗在馬華文學研究上的成就也奉獻給了中華民族。

李錦宗祖籍廣東潮汕，雖然生活、工作在馬來西亞，英語很好，

但他自幼受到良好的中華文化的教育與薰陶。他身在大馬，心念華夏。他是馬來西亞忠誠的公民，做過馬來西亞三任首相的英文翻譯員，工作出色，為他的國家馬來西亞做出了傑出的貢獻。他也是中華民族的子民，他沒有忘記血管裡流淌的是炎黃的血，他深愛中華，為華文文學在馬來西亞的發展，為中國與馬來西亞的文化交流嘔心瀝血，貢獻卓著。

　　李錦宗一生的心血主要在馬華文學史料的搜集與整理，可以告慰錦宗的是，他的一生心血得到了社會的公認，他搜集與整理的成果全部移交給新紀元大學圖書館，新紀元大學圖書館增設「李錦宗書庫」妥善收藏，並供人們借閱，深信在李錦宗精神的感召下，有更多的人來關心馬華文學，研究馬華文學，搜集並整理馬華文學史料，研究並撰寫新的《馬華文學史》。衷心希望李錦宗的事業有人繼承，並發揚光大。

2021年11月21日於中國武漢大學

華文學的匠人精神
——論李錦宗與馬華文學史料

高嘉謙*

一　史料輯錄與匠人精神

馬華新文學發展至今已有百年歷史。歷來寫作人無數，興廢起落的文學團體、出版單位不一而足，而刊印的文集、雜誌、報刊數量也足以構成圖書館的專館典藏。相應而起的文學評論與研究，經過多年也已在學院體制內佔有教學與研究的一席之地。綜觀投身此馬華文學產業，史料蒐集和編述的工作向來最是寂寞，其中成績最受矚目的當屬方修、馬崙和李錦宗等人。三人之中，方修撰有《馬華新文學史稿》（1962-1965）等專書，影響馬華文壇甚鉅，因而有文學史家之譽。馬崙、李錦宗長年孤守於史料文獻的記錄與編纂，孜孜不倦進而出版多本著眼馬華文學史料輯錄和編寫的實用書籍，這些著述在文學史譜系內多具有或點或面的觀照，兼有導讀與工具書意義，對於馬華文學之貢獻也不遑多讓。

如果將治馬華文學史料視為一門手藝，並非將其認作式微的傳統工藝，或獨門技藝。在工業化和資本主義狂飆年代，文學已是小眾事業或志業。而在筆耕，這種帶有文字勞動隱喻特質之外，埋首輯錄、擷取種種關於文學生產的資料與文獻，這種想為文學記憶留下記錄，

---

* 臺灣大學中國文學系副教授。

供他人研究與參考而做好史料輯錄工作的念頭與欲望，體現著一種以史料編述工作為傲的匠人生活。因而把馬崙、李錦宗視為馬華文學的匠人（the craftsman），我們追問的是一種帶有匠人精神的工作態度。

李錦宗長年任職首相署，公務員平淡單調生活裡，曾在國營電視臺華語新聞組擔任兼職新聞編輯。因為工作之便，他可以飽覽各家報紙，並帶回舊報紙開啟查找各類藝文訊息、剪報歸檔、謄抄記錄的瑣細工作。若不是有一己養成的文學愛好與關懷，李錦宗長年以整理馬華文學史料為志，在報紙、雜誌、書籍堆裡檢索、梳理、剪裁馬華文學的資訊，點滴化為可成編輯、論述的史料，恰恰又像是一個掌握純熟技藝的匠人，以數十年投入的精神和毅力，在沒有電腦資料庫、數據庫，沒有外接硬碟、雲端儲存的年代裡，他以手工藝的型態，完成了早期的馬華文學史料整理和書寫。如果匠人的其中之一精神是有其引以為傲的技藝，我們可以相信，那對於史料資訊保持的警覺、敏感和熱情，儘管已成報紙堆的居家環境，仍不假手以人的整理剪報精神，大概也是李錦宗引以為傲的一門技藝吧。

他沒有研究助理（除了妻子林玉蓉），長年對整理史料的專注與熱情，讓他為購書與檢索資料不辭辛苦走訪遠地拜訪作者，或鑽入圖書館複核資料。儘管他從來不是學院裡為寫論文謀生的專業研究者，但作為馬華文學史料的匠人，他從故紙堆裡檢取對梳理文學史或文學場域有意義的資料，用以編纂作家生平事蹟、整理文學、出版活動的時序脈絡，鋪展點點滴滴構成馬華文學建制與產業相關資訊。這種勞動者精神，長年如一，如同遺孀林玉蓉所言，到了晚年才假手於她協助打字。李錦宗的執著與熱情，體現了馬華文學史料的匠人精神，其實並不過譽。賴特·米爾斯（C. Wright Mills）在界定匠人特性時，如此描述：「有匠藝精神的勞動者專注於工作本身；從工作得到的滿

足本身就是一種報償；」[1]從這個角度而言，李錦宗在每本著作後記總是不厭其煩的重申「為馬華文學留下一些史料」，這種信念，既是對馬華史料編輯、整理和論述的貢獻，也在其身故後將一生的豐富藏書捐贈新紀元大學學院陳六使圖書館，以及臺灣大學圖書館、元智大學圖書館、文訊雜誌社的文資中心。這是馬華文學閱讀和研究的具體推廣發揚，若視此為對李錦宗的一種「報償」，背後的價值就是把史料工作做好而做好工作的欲望和精神。

二　為文學存史的初心

李錦宗的馬華史料整編和寫作分成好幾種類型。早在一九八〇年代，他為《馬來西亞華人史》（1984）寫作的〈戰後馬華文學的發展〉採文學史論述，但基本已見他最擅長的年表紀事方式，詳列和描述各年代各文類的出版、副刊和期刊的文學園地生態、文藝活動等，視其為文學發展脈動，進而勾勒文學思潮的崛起。整體而觀，這套勾勒與描述馬華文學發展面貌的方法，是從方修文學史寫作延續而來，著重於年代分期，由出版與文藝生態來判讀文學脈動的起伏，論述與言說的基礎建立在史料鋪陳。他是有志於延續方修早期為新馬文壇做年度總結的寫作，故從一九六〇年末就開始收集馬華文學的相關史料，編寫他比方修掌握更詳細的馬來西亞文壇總結。[2]這些寫作成果，可見於《馬華文學縱談》（1994）、《80年代的馬華文壇》（1996）都是採取相似路徑，讓史料呈現，以此勾勒文學活動、文藝雜誌和副刊狀況。最

1　理查，桑內特（Richard Sennett）著，廖婉如譯：《匠人》（臺北：馬可孛羅，2021年），頁33-34。

2　林玉蓉：〈為何撰寫馬華文學史：紀念李錦宗〉，《當今大馬》2021年9月23日。https://www.malaysiakini.com/columns/592491（檢索日期：2022年2月1日）。

後參與編著《馬華文學大系・史料（1965-1996）》（2004），成為繼方修、苗秀後，另成脈絡。

這是李錦宗的文學史眼界，著眼文學界的動態報導。李錦宗長期的文獻與史料整理與編輯工作，瑣細又乏味，但卻經年堅持。這樣的毅力，多少源自於馬華文學發展的現實環境，以及他對文學活動的認識與想像。馬華文學終究是一個文藝活動與文學園地為建制的系統，由此構成的馬華文學歷史論述，強調文學生產現象與文藝活動報導，更甚於個別作品和文本的評述，消費與迴響或文藝思潮的辯證討論。由此推論，這樣的文學史觀投映的是引介與認識馬華文學動態，以此作為文學史寫作基礎的鋪陳。

除此，建立作家小傳的史料編纂方式，應是仿照阿英編選《中國新文學大系：史料・索引》（1935-36）的做法。而落實於馬華文學，最初可見於趙戎編選的《新馬華文文學大系。史料（1945-65）》（1972）。爾後馬崙幾本關於新馬文壇人物小傳的著作著力最深。李錦宗著有《馬華文壇作家與著作》（2017），顯然是有意繼承馬崙等史料專家的處理方式，為馬華作家群立下小傳。然而，他以籍貫來分類作家，編輯潮籍作家著作書目，依據的是大馬華社方言群的運作傳統，卻也看到方言群會館介入文學出版的贊助以後，漸進帶來的改變。馬華作家標示籍貫的身份歸屬，自然離不開遠離國家資源之外，長期自成系統的大語境脈絡。早在一九八四年李錦宗撰述〈馬來西亞潮籍寫作人一覽〉一文，[3]大概是馬華文壇最早萌發籍貫意識的作家史料整理。此後，祖籍潮陽的李錦宗參與編選《馬來西亞廣西詩文選》（2012）、《馬來西亞海南詩文選集》（2013）二書。他熟稔馬華文學史料，自然是編輯方言群作家選集的不二人選。除此，潮州公會聯合會也推出

3　此文發表於《馬潮聯會金禧紀念特刊》（1984），後發展為〈馬華文壇的潮籍作家〉，收入李錦宗：《馬華文學縱談》（吉隆坡：雪隆潮州會館，1994），頁109-170。

辛金順主編的三冊《馬來西亞潮籍文學作品選集》（2015），馬華籍貫文學一時蔚為風潮。但以籍貫分類寫作人，更像是地方志的概念，形構方言文化認同，彰顯地域性文化，表現馬華寫作人的文化屬性，抑或僅是一個遙追祖籍概念的籠統歸類？東南亞華人百餘年來移居遷徙，社會運作皆是方言籍貫系統或隱或顯的作用。李錦宗的籍貫作家小傳裡，分成南來、土生，既是華人移民史脈絡，也是馬華文學百年來的發展樣態，兼具離散、扎根、傳播、播撒的特質。籍貫寫作，因而多了一層方言群華人散居與繁衍的向度。在馬來西亞華人／華文文學認同下的籍貫差異代表著什麼意義？在籍貫差異不直接反映方言差異（世代交替下不乏弱化或無力掌握方言母語者，或跨方言者）的現實裡，這是締造另一種「文學南方」寫作的可能與思辨，或一窺作家應籍貫所積累的文化、象徵資本，抑或僅是聊備一格的地緣性「史料」？李錦宗蒐集與歸類的籍貫作家小傳，是一次重申寫作人的文化根源、馬華場域位置，或進一步對華人鄉土資源的再確認？這將留待後繼者的文學史研究再啟爐灶。

　　倒是更能讓李錦宗的史料眼光和閱讀趣味發揮作用的，當屬那些散見於報刊的專欄文字和應約寫作，最後結集成冊的《殞落的文星》（1999）、《新馬文壇步步追蹤》（2007）。這類敘寫文人掌故，作家事蹟的寫作，多少帶有補文學史之闕的寫作動機。其中敘寫的對象，大致屬於過去甚少被熱烈討論的南來作家，包含曾聖提、陳子遺、曾夢筆、李詞傭等人，還有聶紺弩、蕭乾、許杰、杰克、凌叔華等短期寓居新馬的作家。另外，歸僑作家韓萌、左翼作家金枝芒，木刻家戴隱郎等人，這些林林總總散落在馬華文學史料裡的人名事蹟，在在反映了李錦宗敏感的文學史眼光。作為素材，他早在一九八〇年代中期就開始了這些個案的寫作，隱然窺見了背後值得探究的流動和離散文學軌跡，只可惜無力或無心發展為更有學術研究價值的長文，終究只是

以報刊專欄短文呈現。而李錦宗最擅長處理的，始終環繞在史料呈現，動機不外乎「能夠為馬華文壇留下一些史料，以免這些史料隨著他們的逝世而湮沒」。[4]由此可見，李錦宗面對史料，以及出現在馬華文壇裡的人物，帶有一種溫潤的情懷。《殞落的文星》的寫作，恰似為十五家已故文人做數千字的資料列傳。他從一九七〇年代末開始動筆，寫作的對象無關名氣大小，也不獨沽一味，許多在大家記憶裡漸趨湮滅的文人，多年來確實也僅在李錦宗筆下找到詳盡的記錄。除此，《馬華文壇作家與著作》（2017）另列有「2000-2009永別馬華文壇的作家」，詳考生卒年月，存史又帶幾分紀念意味。綜合而論，李錦宗被冠為馬華文壇史料第一人，大家看重他收集與整理史料文獻所下的苦工，為那個欠缺文學、報刊數據庫，民間的華社資料研究中心未成氣候，學院的馬華研究和典藏依舊貧乏的年代，「發掘」、「搶救」與「補述」文史記憶，[5]展開了文學史料編纂的延續工作。那一絲面對史料的誠懇，對文學的初心，令人感佩。

從方修到馬崙、李錦宗這一代的業餘馬華研究者，李錦宗是當中專注於史料整理的接力者，將自己的文學志業視為接力賽的最後一棒，帶有使命與意志，對馬華文學而言，繼往開來，自有其珍貴的價值和意義。然而，史料整理工作是寂寥又乏人聞問。李錦宗生前有四本個人著作出版，編著《馬華文學大系・史料》，對馬華文壇可謂鞠躬盡瘁。最後一本規劃出版的著作《馬華文壇作家與著作》未及見其刊印，竟成了遺著。爾後遺孀努力為其編輯成書的遺稿，還有《錦書宗筆——馬新文史綜述》（2018）和《錦書宗筆之多元文壇鉤沉》（2019）

---

4 李錦忠：〈後記〉，《殞落的文星》（新山：彩虹出版有限公司，1999），頁285。

5 這種搶救的姿態，多少也延續方修早期面對報刊史料的斷簡殘編的困境，而帶著使命的意義。見觀止：〈一頁史料史〉，《文藝雜論二集》（新加坡：星洲書屋，1967），頁41-59。

二書。前者是李錦宗對馬華文學著作的點評和介紹，出入史料以勾勒
與補正作家生平事蹟，以及憶舊文章。後者尤其難能可貴的是，他跨
足馬來文壇、馬英文壇、大馬淡米爾文壇動態、馬來文學的翻譯和評
述，以及對印尼文學的關注。作為馬華文壇史料專家，從馬華文學領
地與大馬其他語種文學的跨域寫作，在在證明了他以史料的引介與推
廣為志，期待在文學的史料意義上，做出跨領域的結合。

三　從史料到文學記憶：《馬華文學大系・史料》

在馬華文學研究領域，歷來各家《馬華文學大系・史料》版本收
入的文獻，基本是概述性描述文類和文學發展面貌的文錄、文藝團體
和組織的介紹、發刊詞、作家小傳，以及作品目錄等。從方修主編的
《馬華新文學大系・出版史料（1919-1942）》（1972）開始，除了以上
項目，另有收錄《星洲日報》或《南洋商報》「新年特刊」不同作者寫
作的綜整文壇概況文章，記錄一九三一至一九四〇每年度的文藝活動
總結。這個文藝紀年傳統，爾後有方修（觀止）接棒，先後出版《文
藝界五年》（1961）、《文藝雜論》（1964）、《文藝雜論二集》（1967）、
《文藝界又五年》（1975）等，完成了一九五六至一九七八年的文藝
界活動總錄。[6]這樣的紀年編錄體例，未見於趙戎編選的《新馬華文文
學大系。史料（1945-1965）》（1972），而是李錦宗編著《馬華文學大
系・史料（1965-1996）》做了接續，從一九七〇至一九九六往下記
錄。儘管重疊了方修曾做的年份，但對馬來半島的文藝動態和史料掌
握得更細且兼顧東馬，大有補方修之不足。

李錦宗的年鑑式的文藝總論，基本是相應時代的寫作。這類文章

6　完整的資料又收入方修：《新馬文學史論集》，香港：三聯書店，1986。

內容，關心的是文學生產及其活動，後面涉及的就是組織和出版。這部分更像是華人社會脈絡裡的慣有運作，總以鄉親社團組織為華社的基本文化單位。因此文學建制總難免附著於此。這也決定了李錦宗眼下的文學史展演，更多屬於「史」的層面──史料、文獻、記錄、報導等等，而不是表現史觀、識見、眼界的構建。李錦宗編著《馬華文學大系・史料》，大概可驗證他建構的文學史想像。全書收錄數篇關於文類、地域性文學概述的簡史作為「文學的發展」，值得注意的是將眼光放到了東馬的砂拉越和沙巴。這也意味著一九六五以降的馬華文學版圖，跟國家歷史時間相應疊合，而成為有國籍的文學史，確切回應著國籍的地域，當然也屬清晰可見東馬文壇跟西馬文壇的互動軌跡。接續的史料收集，依然是李錦宗最關注的文學組織、文學刊物與文藝副刊的發刊詞，以及年度總結文字，還有文學活動的記錄。這樣的編輯內容，反映了馬華的文學建制與產業。

　　李錦宗為《馬華文學大系・史料》寫的導言，從一九六〇年代下半期的文學發展軌跡接著講。導言裡關於一九八〇年代以前的敘述，基本援引此前〈戰後馬華文學的發展〉一文的基礎，而一九八〇年代以後的敘述，則有《80年代的馬華文壇》為根底。李錦宗的文學史料觀照顯得可靠和全面，自然也是他的資料收集與記錄的工作做得仔細，長年積累近似一部活的電腦資料庫。他在概述一九六〇、七〇年代馬華詩集，視野不侷限星馬而兼顧港臺出版。對照方修之前做的紀年史料，可補方修彼時資料所收不全，以及史觀的限制。無可諱言，李錦宗完成相關紀年補敘已近八十年代，蒐集資料更有餘裕，亦可見彼時對港臺新馬的文學互動脈絡的關注。從文學史發展的步調而言，李錦宗編著的這一卷史料，已清晰可見馬華旅臺文學的寫作與出版動態。其中一個有趣的參照是，書內關於一九八〇～一九八三年的年度總結，用的是周循梅的文章。其實李錦宗在《80年代的馬華文壇》是

有相關年份的記錄。這是不希望僅是一家之言所做的平衡，還是取周循梅的紀錄是另有考量？端看一九八〇年馬華文壇紀要，周文關注的是馬來半島的文藝動態。但李錦宗的記錄則有「《伏虎》在臺灣甚獲佳評」，張貴興、方娥真、溫瑞安在臺北的小說出版，以及沙巴、砂拉越的文藝動態的報導。[7]這隱然說明了他的文學視野裡，兼及當代馬華文學跨域流動與生產面向。

　　李錦宗一輩子埋首史料文獻，而史料自然不直接等同文學史。文學史的寫作還需要文學作品的具體評述與判斷，對文學思潮與發展脈動的總體觀照與把握，這涉及種種對文學修辭、學術思路、文學與文化立場，以及意識形態的相互拉扯和呈現。但馬華文學的長期發展，卻也離不開報刊、文學社團，以及仰賴企業家與華團的捐獻。換言之，回到史料的馬華文學史，是李錦宗為馬華文學研究鋪下的敲門磚。而他身後留存的馬華文學藏書和文獻史料，以「李錦宗馬華文學史料館」的形式，在新紀元大學學院陳六使圖書館持續運作，跟「方修書庫」兩相輝映。這是李錦宗在馬華文學的另一層意義，讓後來者敲響他執念的史料。

7　參見李錦宗：〈1980年的馬華文壇〉，收入《80年代的馬華文壇》（新山：彩虹出版有限公司，1996年），頁1-20。此文是1996年的補敘之作，收集的史料自然是甚於1980年代。但李錦宗不囿於在地史料的眼界，才是重點。

錦宗印象記

陳　劍[*]

　　談起錦宗，腦海中立即浮現一位笑容可掬而有點靦腆的漢子，沉穩而低調。和藹可親和他這笑容就是他的招牌，他總是笑著，似乎從來沒有為了什麼生過氣、發過脾氣。見他一面後，你就永遠也忘不了他，因為他憨厚得可愛。一般上，人們都認定他是個老實人，接近他後略有瞭解，你就會發現他其實並不簡單，是個有學問而守信諾的謙謙君子。

　　認識錦宗還是上世紀六、七十年代的事。那時我比較常到吉隆坡，經常參與大馬文壇的一些國際事務，比較常會面的有雲裡風、孟沙、甄供等人。也接受一些邀請擔任些文學評判的任務，當了好一些大馬作協主辦的文藝比賽的評判。間中還認識了許多留臺歸來的學人以及由臺灣嫁過來的或者應該說從臺灣娶回來的姑娘，她們當中有好幾位都成了大馬文壇的佼佼者，如永樂多斯、戴小華等。忘了什麼場合就認識了李錦宗。原來他是大馬文壇的活字典，專門收集和研究馬華文學的方方面面。同時還是收藏報紙和剪存大馬文藝資料的專家。家裡所有的空間都用來囤放尚未處理的各種報章，其癡迷程度無人能出其右。說起這事，我現在還不知道這些報章後來怎麼處理。對他最能容忍而又從戀愛開始就必須幫忙的愛人也就是後來的妻子，這日子是怎樣過來的？

---

*　新加坡前作家協會理事長、國際詩人筆會發起人、主席團成員兼副主席。

　　我最初始終沒有瞭解他的職業，不知道他幹的是哪一行。後來才知道他原來還大有來頭，是在首相府裡當了三朝元老的秘書兼翻譯，還精通馬來文及英文。知道這回事還是因為他收集報章，我偶爾提到大馬政治部心理作戰部主任杜志超的一次報章關於馬共的訪談，他輕聲問我是不是要這篇東西，我說好呀，但也沒問他是否擁有。不料第二天，他就帶來了整整三天的海峽時報的有關訪談剪報的複印版，讓我十分驚訝。他不是只收集中文報麼？怎麼連英文報也收集？這才爆出他原來在首相府工作。這讓我對他另眼相看，高人不露真相呀！這時我認識與他也都好幾年了，他真是個十分低調的人。

　　自上世紀九十年代末，我因故離開新加坡，去了澳洲坎貝拉大學做研究。這時，我已經完全結束業務數年，專心轉業學術研究，並因此流離國外十八、九年。間中，或回新加坡講講課，為來新的中國公務員做培訓工作，有關方面經常指定我為他們講些政治體制、城市規劃與建設、社會體制與保障等課題，有時也受邀到中國各地黨校上課。偶爾，也因故到吉隆坡開個會什麼的，但都蜻蜓點水，來去匆匆，辦完事立即走人。這樣，時日一久，與大馬作協和許多文友就失聯了，特別是，手機一換，那就徹底斷了線。我與錦宗，也這樣失聯了。他什麼時候走的，我一點都沒有消息，後來知道，讓我沉默良久，為失去這樣一位好友深感傷痛。

　　最近，才偶然在 WhatsApp 上獲得錦宗愛妻玉蓉的聯繫。新馬分家後，在最初，雙邊文壇的聯繫原本還很緊密，但現在似乎已經氣若游絲，關係疏遠多了。玉蓉說，有心人要為錦宗出版一本紀念冊，新加坡似乎就只有我和楊松年還記得錦宗，希望我們能寫一篇文章作為紀念，這真是義不容辭了。由於身邊有關錦宗的資料闕如，無法深入細說。在大馬則許多文友對他知之甚詳，他們也必然應大書特書他的貢獻，我就無需畫蛇添足啦。但對錦宗的為人我卻印象深刻，他樂於

助人，在他力所能及的範圍內，他都有求必應，事必躬親，鞠躬盡瘁。為學者，許多人都甚為「自私」，對寫作資料視如珍寶，分享是難如登天的事。但錦宗卻總是極盡努力協助查找相關資料，自費影印相送，絕不猶豫、毫不吝嗇，從來不怕什麼第一手資料讓人「偷盜」、「剽竊」、或落入他人之手，成了別人的第一手資料。我對他說：「你是真君子！真心說明別人做研究，目的是還原文史真相，偉大！」他卻謙虛

地清描淡寫地笑著說：「沒什麼，我只是比別人方便些。」他從事新馬文史資料收集經年，累積豐富，知情者都視他為新馬文史寶山。據知，他之所以去做這煩碎而又勞累的剪報工作，是因為發現方修老先生在收集和論述新馬文史間中多有遺漏，便自告奮勇肩負起這個重任。後來他也就沉迷其中，不能自拔，使自己也變成了一位文史學者，整理和書寫了許多文壇史實，一些著作尚未出版卻人已西歸。《馬華文壇作家與著作》一書是他研究馬華作家與作品的心血結晶，還是怡保觀音堂法雨出版小組折資出版的。每個作家雖著筆不多，卻也畫龍點睛，刀刀見骨，是研究馬華文壇不可或缺的重要參考資料。他個人留下的作品不多，但文壇凡有文史資料整理和編撰之事，無他則不成其事，《馬華文學大系》十卷本中的《史料集》就是他的心血貢獻。

　　一九六五年八月新馬分家，馬來亞文壇也就一分為二，變成了兩個國家。這造成像我們這個年紀的人，又曾在新馬兩地讀書、工作和生活，並在兩地均有親人的我們，實在難於接受！他後來在處理新馬文史資料時，無奈必須根據「兩國」的政治現實來區分，而忍痛把已移居新加坡或在新加坡文壇活躍的文人割裂出去，而僅僅保留了在馬的文人資料。不過，他偶爾也因疏漏或其他原因，錯列了極少的幾位新加坡文人在其書中。

　　他原本要寫一部《馬華文學史》，但病魔沒有因他的意志而還是硬生生地把他帶走，致使他的心願付諸東流，實為遺憾之至。

方修以後的馬華文學史家李錦宗

伍燕翎[*]

　　李錦宗在馬華文壇並不算是一個太閃爍的名字。尤其在這個創作強勢，而評論相對薄弱的馬華文壇而言，一生默默耕耘於舊紙堆中搜集和整理史料的李錦宗，他的努力並不容易為他人所見。究其實，李錦宗花盡半生的心血在搜羅、查證、整理和研究馬華文學史料文獻。這種長期爬梳、考辨史料真偽的細緻工作，吃力不討好，然而李錦宗一輩子孜孜不倦、埋頭苦幹，為馬華文學研究者留下不少極其珍貴的史料。

　　李錦宗留下五本史料性專著，即《馬華文學縱談》（1994）、《80年代的馬華文壇》（1996）、《殞落的文星・史料集》（1999）和《新馬文壇步步追蹤》（2007），以及遺著《馬華文壇作家與著作》（2017）。此外，他主編了韋暈小說選《流霞》（1998）、《馬華文學大系・史料（1965-1996）》（2004）、陸庭諭和頎洋著《原汁原味》（2008）《濤聲遠去，林木依舊：慧適紀念集》（2010）、征雁遺著《回首話當年》（2010）、《馬來西亞廣西詩文選》（2012）、《馬來西亞海南詩文選集》（2013）等作品，其中不乏具學術和史料參考價值，對馬華文學史的整體觀視和建構，有一定程度的助益。他長期關注馬華文學史料的搜集和整理工作，尤其有系統地偏重於一九六〇年以後的馬華文學發展，此稱繼方修以後另一位馬華文學史家，亦非過譽。

---

* 馬來西亞新紀元大學學院中國語言文學系副教授。

一　失落的沙洲

馬華文學百年發展，許多早期文獻和史料的保存，長期以來其實並沒有做好。報刊、雜誌、期刊、出版品、檔案史料、書信等，由於一直欠缺妥善和制度化的保存和管理，以致許多寶貴的資料散佚無間。二戰日寇時代，許多華文出版物包括報紙和雜誌嚴重被銷毀，後來也鮮有採取適當的補救措施，對史料保存的客觀性認知不足、對歷史資訊處理的欠缺系統，都可能導致後來研究工作難免受影響且裹足不前。

史料的搜集和整理，是一項基礎性的研究工作，可是常常做得再怎麼好，大部分人也只是看到創作人和評論人的光環，對那些寂寂無聞爬梳、搜集和輯佚史料的學人，似乎是視而不見。

馬華文壇長期以來並沒有太多學者在史料的整理下過功夫。一直從未間斷著力於該領域的大概只有兩個人，一是李錦宗，另外一位則是馬崙。馬崙在該領域確是比李錦宗先行一步，他在一九七〇年代已開始收集和整理馬華文學史料，並先後出版《馬華寫作人剪影》（1979）、《新馬華文作家群像：1919-1983》（1984）、《新馬文壇人物掃描：1825-1990》（1991）、《新馬華文作者風采：1875-2000》（2000）等重要的史料專著。這些馬華寫作人的生平簡介鋪展出一幅幅馬華文學巨匠的風采，進而勾勒出馬華文學發展史的全貌。

李錦宗實則比馬崙年少七歲，可以算是同代人，但他比同時寫小說又是文學史料家的馬崙更集中於馬華文學史料的研究。他的作品於一九九〇年代陸續出版，研究焦點主要放在一九六〇年以後的馬華文學，恰恰延續了方修之後的文學史書寫。

方修的《馬華新文學史稿》到《戰後馬華文學史初稿》，僅爬梳至一九六〇年代的馬華文學，似乎至今再難有人繼承方修的衣缽，一

本更完整的馬華文學史恐怕不容易生產。李錦宗對此早有識見。始於一九七〇年，他每年從不間斷給報刊雜誌梳理年度馬華文壇動態，包括文學書籍、文藝刊物和副刊等出版，文學活動、文學團體等等要事，鉅細靡遺，一一搜刮，記錄和展現了一時代的馬華文學風貌。

熟識李錦宗的人都知道，他於一九七二年婚後即定居八打靈，兩層排屋的居家儼然像一座圖書館，屋前車房外是日以繼夜厚厚堆積的舊報刊；屋內廳堂寢室乃至階梯間是滿布的書籍、史料檔和筆記。一九八四年起，他擔任馬來西亞華文作家協會理事，出任資料組組長，直到後來患病才不得已減少出席會議。

由李錦宗編著的《馬華文學大系‧史料（1965-1996）》於二〇〇四年出版，可以說是方修《馬華新文學史稿》續篇，繼方修以後處理至一九九〇年中期的馬華文學史料，為補闕和完善馬華文學做了相當程度的鋪墊工作。

編寫文學史畢竟是一項浩大工程，絕不可能靠一己之力即可完成。馬崙和李錦宗長期不懈埋首浩瀚史料，而在這個尚不算是非常重視挖掘和辨析史料、少運用原始材料、忽略文獻開發和檢索的馬華文壇而言，這種滴水穿石的堅韌和默默付出的精神，似乎並沒有得到公平的對待。他們沒有獎項的光環，沒有豐富的學術資源，也許連相互角力的學術平臺也有所欠闕，然而這樣一個缺乏嚴格學術訓練的民間學者，卻孜孜不倦致力搜羅資料，撰述成書，填補了長期為之忽視的學術空白。李錦宗是繼方修以後的文學史家，如此稱譽，當之無愧。

二　當代意識和籍貫考證

作為文學史家的李錦宗，他對馬華文學的「當代意識」非常自覺和強烈。馬華文學到了一九七〇年代，進入高品質發展階段。「現代

派」文學在一九七〇年下半期顯然站穩馬華文壇，由溫任平領導的天狼星詩社就是最好的代表。當時不僅天狼星的文藝活動和出版非常蓬勃，其他詩社和出版社皆紛紛設立，許多代表性的馬華作家大多在這時候湧現，並持續寫作至一九八〇年代。年輕一輩的作家後來居上，各種文類都交出漂亮的成績單。

李錦宗於史料研究工作中，雖然沒有特別釐清「當代文學」這個概念，然而卻可以發現他更直接進入文學藝術的核心，比起方修，他似乎刻意淡化政治歷史印記的影響。歷史意義對文學的生成固然重要，然而馬華文學卻是在歷史進化和社會變革中，愈能夠彰顯它的美學實質。一九六〇年代以後的馬華文學，看來已不單純是以政治事件來劃分文學史分期的時代。

《馬華文學大系史料（1965-1996）》由李錦宗編著，按照斷代的時間線記錄至一九九〇年代上半期的年度馬華文壇發展動態，其中包括文藝書籍、刊物和副刊的出版，文學活動和組織的開展等。從當今文學蓬勃發展的態勢看來，馬華文學通過漫長的歷史發展，終於鋪展出它的紛繁多姿和獨特精神。

馬來西亞華人社會在國家獨立後這二、三十年來，其社會結構、公民身份、角色扮演、族群認同等等議題，已隨國家和社會變遷而有所改變或轉換。然而，李錦宗對南來和本土華人作家的籍貫和地域分布卻非常看重。他的遺著《馬華文壇作家與著作》可以說盡了半生心血整理出豐富詳瞻又格外珍貴的作家資料。書中潮籍、客籍和瓊籍都是華人籍貫之中較為重要的寫作群體，李錦宗對這些作家籍貫的考訂梳理，細微至生卒日期皆有所把握，為馬華文壇留下寶貴的歷史記錄。

從移民到定居，馬來西亞華人的身份轉換有它一定的意義。作家們的籍貫文化和特色在其寫作中不算有太明顯的體現，然而李錦宗一直熱衷於此項研究工作，尤其他對南來作家的籍貫與生平考述，開掘

了馬華文學的地理性因素，發現了地域文學的指標意義，為後來「地方誌書寫」做好鋪墊工作。

三　溯本探源與在地意識

李錦宗在處理一九六〇年以後的文學史料研究中，積極地整理和挖掘南來作家的本土性／本土意識，同時考察了中國現代作家和早期馬華文壇的關係，對馬華文學和中國文學深厚的歷史淵源，再一次做出解說和探究。

《隕落的文星》史料集所囊括的作家名單如山東佬、白鶴、林參天、依藤、林姍姍、葉苔痕、貂問媚、蕭遙天、溫梓川、張一倩等等，皆曾經在馬華文壇上活躍一時，為馬華文學進程發揮了相當程度的作用。

後來由新加坡青年書局出版的《新馬文壇步步追蹤》更是一本對馬華文學研究具有深遠歷史意義的文學史料集。〈蕭乾二度來馬〉、〈謝冰瑩在馬來亞〉、〈聶紺弩在新馬〉、〈淩淑華的新馬緣〉、〈淩淑華在南大〉、〈陳子遺在馬來半島〉等篇，不僅詳述了中國現代作家在馬華文藝上的貢獻，對他們在馬來西亞華人教育和文化建設上所綻放過的光芒，亦有所著墨。

許多早期南來作家在馬來亞／馬來西亞的蹤跡，李錦宗做了詳盡的記錄，為部分曾經出現在方修編著中的作家名單和作品做了注腳。有的作家如雪泥鴻爪，如最後回到大陸的金枝芒、梁若塵、瑩姿等人，又如回到香港的傑克，在他們遊歷或旅居馬來亞的數十年間，不僅致力於教育事業和文藝刊物，同時也為當時的馬華文壇留下不少篇章。

本土出生作家如雪蘭莪沙登的戴隱郎，檳城的溫梓川、李士源、韓玉珍和方北方，都是馬華文壇一代重要功臣。這些較為陌生的本土

作家，經李錦宗深入挖掘，馬華文學呈現了更豐富的解讀面向。

四　隕落的文星

　　從一九九四年出版第一本集子，到二〇一六年由遺孀林玉蓉協助整理和出版的遺著，其中還包括李錦宗一本重要的史料編著，總共有五本作品留世（《80年代的馬華文壇》已收集在《馬華文學大系・史料（1965-1996）》）。一輩子

不長，詩文不必多，李錦宗大概完成了他一生最重要的書。這些嘔心瀝血挖掘、徵集和整理而成的文學史料，足以反映了李錦宗在馬華文壇的價值和貢獻。

　　李錦宗寫過不少記述前輩作家的悼念篇章，雖志在表揚和紀念，卻帶著史海鉤沉的心志和意念，這種默默持恆的努力並不容易。他說過：「在這個對文壇冷漠的社會，一般人忽略了他們的存在，有意或無意地使他們彷彿處身於邊緣的地帶，讓他們好像死水裡的泥沙，慢慢地沉澱在水底。」然而，李錦宗本身又何嘗不是這樣被對待？

　　曾經被馬來西亞華文作家協會提名角逐馬華文學大獎，卻因為李錦宗的作品非創作類而最終和獎項無緣。獎項當然不一定是一個作家單一的衡量指標，也許跟所有默默耕耘的史料工作者一樣，他們的隕落最終是為了這片文學花圃可以遍地開花。

卓識厚德
吳相洲教授追思專輯

主編：董就雄

編者按

　　吳相洲教授（1962-2021）之生平及學術成就，廣州大學人文學院在其逝世後發的訃告概述得比較簡賅，茲引錄如下，以概其餘：

> 生於遼寧錦州。北京大學文學博士，廣州大學人文學院二級教授，博士生導師。新世紀首批百千萬人才工程國家級人選。樂府學會會長、中國唐代文學學會副會長、中國王維研究會會長。國家古籍保護工作專家委員會委員，首都師範大學中國詩歌研究中心專職研究員。《樂府學》主編、《唐代文學研究年鑒》主編。吳相洲教授長於唐代文學和樂府學研究，出版《樂府學概論》等著作二十餘部，發表學術論文一百餘篇，成就卓著，享譽學林，是當代樂府學的奠基者和重要推動者。吳相洲教授胸懷博大，為人正直，治學嚴謹，師德高尚，深受學生愛戴，也深得學界同仁的高度認可與尊重。[1]

　　成就如此斐然的吳教授，身負著繼續領導學界樂府學研究之重任，卻於二〇二一年四月二日在北京病逝，享年才五十九歲。這個年紀，屬於學術成果的收成期，應該還有很多年月可以貢獻斯文，所以他的過世分外令人覺得惋惜。同時由於他宅心仁厚，為人設想，比較少向友人透露病情，即使彌留之際，亦不想驚動別人，甚至有些老友

1　訃告題為〈沉痛悼念吳相洲教授〉，載廣州大學人文學院網頁：http://rw.gzhu.edu.cn/info/1048/5030.htm，刊發於2021年4月3日。

對他的病況也毫不知情，又或只聽聞一二，而不知具體；故他去世消息甫傳出，大部分人都感到很突然及難以接受。

逝者已矣。蒙《華人文化研究》陳煒舜教授相邀，為吳教授做一個紀念專輯，以表達對他的敬意和追思。筆者與吳教授相交有年，故立刻就答應。為展現專輯中撰文者與吳教授不同之交往關係及地區的多樣性，乃邀得內地、日本、新加坡、香港共七位學者撰文。這包括他的同事廣州大學人文學院戴偉華教授、他的日本友好關西大學長谷部剛教授、他所領導王維研究會的副會長西安文理學院張進教授、他的新加坡「老熟人」新躍社科大學陳珀如老師、與他在首師大結問學之緣的廣西大學文學院龍文玲教授、他的弟子中國人民大學國學院梁海燕教授，而筆者在是次專輯中也正好充當香港代表。在諸篇文章裡，我們可以感受到吳教授的君子之風、作為「領路人」的偉大、帶病身兼兩個學會會長的擔戴、強大的組織能力、如孤松般獨立站在酒店門口迎接與會代表的高忱、指導學生時精批細改的無私，以及對後學的鼓勵與提攜。[2]

2　本頁之照片由梁海燕教授提供。本專輯大部分照片及插圖由撰文者提供或附於文章中，下不一一說明。

追思相洲

戴偉華[*]

　　當別人告訴我，相洲兄來廣州大學工作時，我半信半疑，怎麼會從北京來到廣州？我也曾考慮去廣州大學，並得到校方批准，而未及時到崗。後來我說，既然相洲兄來廣大了，我就不去了。因為我和相洲兄是同行，都是中國唐代文學學會副會長。

　　二〇〇四年唐代文學年會在華南師大舉辦，相洲來信說，希望有一單人間，他外出開會習慣一人住。在房間緊張而有補貼的情況下，我特別給他作了安排。因為此事，在學會裡我倆也就有了彼此間的關注和聯繫。給我印象頗深的，是一次唐代文學會合影。我選前排靠邊的一個位置坐下，相洲過來，把我推到前兩個位置，兩人用力推讓了一番，相洲說論年齡你是兄長，論資歷你早我當副會長。這樣的推讓，平生第一次，讓我真切感受到相洲的君子之風。我平時記年月不牢，剛問秘書處田苗博士，我是二〇〇八年始任，相洲是二〇一二年始任副會長。

　　應該說和相洲交往多起來，是到廣州大學。

　　二〇一八年四月三日下午相洲兄和我加了微信，而第一條信息的時間是七月九日，「戴兄：要放假了，該聚聚了。定於明晚六點鵝公村冬天房一聚。」此後聚會大約有四次。記得有次聚會，有人勸相洲喝酒，相洲說，剛在北京用中藥調理身體，好了一點，已經一年多未喝酒了。可能是他做東，還是飲了一些酒。現在想起來，他戒酒多好。

---

*　廣州大學人文學院教授。

吳相洲教授主持樂府學會會議手冊封面

　　我與相洲工作上交往也不多，但他幫過我幾次。為了學科建設，我向領導建議，應加大研究生發表論文的力度，在刊物檔次上再進一步。我讓剛入學的蔣業勇同學抓住機會，在相洲負責的《樂府學》上發表論文。事先和相洲說了，他說這是好事，只要論文質量符合刊物要求。經過努力，二〇一八年十二月十二日下午通過微信提交了《〈步虛〉調研究述評》一文，很快得到回復：「收到！明年上半年刊出。」學生的這篇論文在《樂府學》第十九輯發表，於公可以用作填表，於私成了他得到國家獎學金的重要成果之一。老師幫助過學生，學生會銘記在心。業勇對相洲老師去世極度傷感，他說：「吳老師不帶一絲塵垢地走了。對待學生，吳老師一向都以鼓勵、提攜為主。二〇一九年十二月，樂府學年會在廣州蓮花山舉行，我去幫忙做會務工作。會

間各位專家的討論十分激烈，吳老師坐鎮其間，總是微笑看著他人。吳老師那種對學生的關注、關心、包容，真讓人感到如沐春風。」

第二件事是參加在廣州大學主辦的樂府學會。他給我發了邀請。我和他說，大會不要安排我主持評議，還是安排大會發言，這樣院裡填表有用，他一口答應。那次我作了〈關於白居易、劉禹錫〈憶江南〉研究技術路線〉的大會發言。

相洲兄進廣大後工作很努力。他指導本科生的《以博物館為載體的山區短期支教新模式探索》，獲「挑戰杯」省賽特等獎、國賽二等獎。我也想在這方面有所嘗試，正值防疫期間，我想指導學生作有關鍾南山院士方面的課題，並和幾位學生聯繫，做了一些準備。後來我向相洲兄請教，他說得非常詳細，並給我出了題目及具體操作建議：「抗疫逆行英雄譜（列傳、圖片、視頻、音訊、文字……）應該可以。」並提醒我：「現在就可以讓學生上網收集資料。」「進入各醫療機構網站。」「還可以建個資料庫。課題就叫做廣州抗疫英雄譜。」儘管這一工作條件不成熟，後來沒有繼續做下去。但可見相洲兄幫人細心，落到實處，至今難忘。

我曾將為陳永正先生《沚齋書聯》所作序文傳給他看，他回信云：「仔細拜讀，覺兄真乃永正先生知音。去年夏天到香港珠海學院開會，得見陳先生。彼時但知其善作詩詞，書法也很有特色。今從序中知道陳先生書聯竟有如此深厚造詣，真有古人之風。亦唯有兄學問書法能發其光彩。佩服佩服！」他的鼓勵，讓我信心倍增。

二〇二一年一月一日，我給他發元旦祝福，他說：「謝謝兄之美意！書法大好！大好！如果不是應約而作，能否留給小弟？」一月七日我去短信：「相洲兄好！多次耳聞兄一直在看病，又不便多問。祝健康快樂！字還留著。」相洲回信：「感謝！肺炎，斷斷續續住院。謝謝兄的牽掛！不要緊，有好消息及時奉告。」我一直等待他的好消

息，能再次歡聚在小洲鵝公村，當面把字給他。

聽到他去世的消息，我很悲痛，好長時間都不能從悲傷中走出來。想寫哀悼的文字，幾次都未能成篇。同事雷淑葉博士的哀悼文〈不見去年人，淚濕春衫袖──追憶吳相洲教授〉，我讀了兩遍，幾度哽咽，同時也知道相洲在廣州生活的另一面，身披哈達的相洲載歌載舞呈現出別樣風采。學院要推送哀悼相洲的唁電唁函、輓聯悼詩和回憶文章，書記、院長要我代學院擬一輓聯，初稿寫成，我徵求了相洲的幾位朋友、學生的意見，再作修改。現附錄於此：

　　京師廣府，樹蘭滋蕙，音容猶在；
　　漢曲唐章，提要鈎玄，格局已成。

戴偉華撰書吳相洲教授輓聯

偉大的「領路人」

長谷部剛[*]

　　吳相洲教授，對我來講，始終都是偉大的「領路人」。

　　二〇〇〇年，吳教授出版《唐代歌詩與詩歌：論歌詩傳唱在唐詩創作中的地位和作用》，我還忘不了讀完這本書時的驚愕與感動，因為當時我在日本從事樂府詩研究，吳教授已在此書中討論到我關心的研究焦點。

　　從此以後，我一直走在吳教授開拓的樂府研究道路。通過《唐詩創作與歌詩傳唱關係研究》（2004年）以及《永明體與音樂關係研究》（2006年），我學到吳教授樂府研究的真面目。二〇〇〇年代，我沒有機會得到直接的傳授，可謂一直私淑吳教授。

長谷部剛與吳相洲教授在討論學術問題

---

*　日本關西大學文學部総合人文學科中國學專修教授。

　　二○○九年中國唐代文學學會在南開大學召開年會時，我第一次拜見吳教授。吳教授特別歡迎日本學者參加唐文會。他因為曾經學過日語，那時候和我用日語來溝通。一知道我是早稻田大學松浦友久教授的學生，吳教授就顯得更加高興。他曾經讀過松浦教授討論李白樂府詩的論文，吸收了松浦教授的研究成就。

　　之後，我有時候在中國，有時候在日本，得到吳教授直接的傳授。最難忘的就是吳教授於二○一三年三月四日在我任教的關西大學做演講，題目：《唐代樂府學概述》。能夠邀請吳教授來日本做演講，能夠將吳教授最先進的樂府學研究引進到日本，那時候我真是欣喜若狂。

　　二○一○年代，吳教授有幾次機會長期逗留日本，他喜歡上日本瀨戶內海地方的自然環境，經常說：「退休後，希望在瀨戶內地方隱居。」

　　但是吳教授忽然離開人間，歸於西山，萬分痛心。從前我夢想：吳教授隱居後，我帶著酒壺去拜訪他，和他一起眺望瀨戶內海，談論樂府文學。接到訃聞，深深感受到我的夢想永遠不會實現，嗚呼哀哉！

憶昔君在時

──追念吳相洲會長

張　進*

　　認識吳相洲會長是在二〇一一年五月北京──中國王維研究會成立二十週年國際學術研討會上。原會長陳鐵民、陳允吉、師長泰均年逾七旬請辭，作為執行會長的師長泰先生精心擇選、推薦首師大吳相洲教授繼任新一屆會長。他對我說過，相洲是陳貽焮先生的高足，對唐代歌詩與王維詩歌研究卓有建樹，中國詩歌研究中心在首師大，以後會對王維研究會的工作大力支持。我佩服先生的知人、善謀。這次大會即由首師大文學院與中國詩歌研究中心承辦。會議安排了兩處會場，一在紫玉飯店，一在北京市政府寬溝招待所，與會代表們興致頗高。一次進餐時，吳會長走過來敬酒問好，我說挺好的，一則會議氛圍很好，二則我大弟弟也在首師大工作，順便走個親戚！他說：「好啊，歡迎常來走親戚！」又說：「我和您小弟張弘是老朋友，我就叫您大姐吧！」這讓我頓時有了一種親近的感覺。會上與他接觸不多，但印象深刻。

　　這次赴京參會，我還有另一項重要事情，就是去中華書局聯繫「王維資料匯編」的出版事宜。二〇〇九年第五屆王維年會上，我與臺灣侯雅文，香港董就雄，西安高萍、楊曉慧，留日博士郭穎等諸位同仁組成「歷代王維接受研究」團隊（後增補韓國金昌慶、香港梁樹

*　西安文理學院文學院教授。

風等），「匯編」是項目成果之一。看到會議簽到冊上有中華書局馬婧
的簽名，就打聽找她。有人告訴我，她是吳會長的博士生。她看了我
帶的申請材料，讓我儘快寄樣稿來。從此我們有了近四年的合作。王
維資料跨詩畫兩大藝術領域，既廣且雜，搜集、整理、校對，尤為費
力。在交定稿後，陸續有新發現的資料需要補入，又有遇到的一些麻
煩問題需要解決，馬婧沉穩、細緻、謙和、大方，頗有乃師之風。

　　二〇一四年五月，由南通大學文學院、首都師大文學院承辦的第
七屆王維年會暨國際學術研討會在南通召開。我陪同師長泰先生提前
由西安飛上海轉南通，吳會長也提前抵達。東道主王志清副會長派潘
鳴老師陪師先生、吳會長和我，一同遊覽了號稱「江海第一山」的南

張進與師長泰會長、吳相洲會長在南通狼山風景區合影

攝於二〇一四年五月

通往狼山風景區。漫步海山之間，我報告吳會長《王維資料匯編》已於三月出版，明天高萍、梁瑜霞、榮小措她們報到時，要帶四大包書來贈與參會專家，聽取意見。還說了我們接下來要做的《王維接受史》四卷，他頻頻頷首，非常支持。

二〇一六年十月，師長泰先生因病在北京醫治，臨出院時，不幸藥物反應，猝然離世，令人震驚、哀痛！高萍連夜趕往北京，與吳會長及北師大康震教授等為師先生送別。不久接高萍電話，說吳會長要調往廣州大學工作，二〇一七年第八屆王維年會由廣州大學人文學院承辦。五月初吳會長的調動手續尚未辦妥，命高萍和我先赴廣州協助籌備會務工作。報到之日，見到吳會長，我問他，選擇南下，是因霧霾嗎？他說「是」，我能理解。去年秋冬，我因工作太累，又連日霧霾，咳嗽了兩三個月，愈治愈咳。三月初，帶着一位中醫開的四味中藥（開水泡服），去埃及迪拜旅遊了一趟。那裡陽光充足，空氣良好，沒幾天咳嗽就好了。我相信吳會長換個地方對身體必定有益。大會開幕式上，吳會長緬懷了王維研究會的發起者師長泰先生的卓著功績，回顧了第七屆年會以來所取得的突出成果，對今後王維研究提出了兩點期望。

會議結束的當天下午，吳會長請尚未離會的我和劉方教授、以及他的學生和我的學生，去廣州大學城附近的鵝公村美食店吃飯。飯局輕鬆愉快，有幾位先走一步，群聊漸成單聊。吳會長小聲對我說，他想辭去會長一職。我一愣，問為啥？他說：「我現在同時任兩個學會的會長，太累了。」這我承認，可一想到師先生對他的眷重與寄望，我一時不能接受，說：「你是會長，我是副會長，有句話本不該我說。既然你叫我大姐，我就以大姐說這句話。師老師把重任託付給你，先生屍骨未寒，兄弟就要撂擔子，先生地下有知……」他不作聲了，我忽然覺得言重了，便說：「大姐說話爽直，別介意噢。再等等

吧，下一屆我也該辭，咱先物色人，到時候好推薦。」於是他說了提名人選，兩人交換了意見，甚覺欣慰。

　　二〇一八年六月，西安文理學院文學院鼎力資助四卷本《王維接受史》由中華書局出版，希望有專家的推薦意見。吳會長欣然命筆，稱本書也將是一部「具有標誌性意義的成果」，「該部書動員境內外十多位學者，歷時數年完成，也是王維研究會幾年來工作的一項重要成績。故鄭重推薦該書早日出版，以嘉惠學林。」之後我忙於該書的修改、定稿，與他聯繫漸少。工作上的溝通，由高萍作「二傳手」。

　　四月二日晚，高萍傳來吳會長去世的噩耗，震驚萬分，不敢置信。立即通過小弟張弘添加了首師大趙敏俐教授的微信，問明情況，不禁悲從中來，淚流滿面。聽小弟說，相洲到廣州大學這幾年，又完成一項國家社科基金重大項目──「《樂府詩集》整理與補編」，為樂府詩研究、為廣州大學做出重大貢獻。我這才知道，他是背著磨盤跑萬米啊！想起當初他說太累了想請辭，我還激將他，悔哉！痛哉！無以自遣！相洲兄弟，你用生命的音符，譜寫了一曲悲壯動人的樂府詩，江河為之悲咽，天地為之動容！送君從此去，千古留徽音！

2021年5月21日

故人不可見，懷相洲老師

陳珀如[*]

　　自四月二日相洲老師因病辭世，迄今已有月餘，承香港珠海學院董就雄老師相邀，為臺灣南洋文化學會《華人文化研究》的相洲老師紀念專輯寫篇紀念小文，翻閱了與相洲老師往來的電郵短信，回想與相洲老師相處的點滴，心緒難平，唏噓不已。

　　相洲老師在學術上，特別是在樂府學的領域上的成就是人所共見的，但對相洲老師最為初始的印象卻是他那強大的組織能力。因我成長於臺灣，並常年僑居於新加坡，且是中年後方開始修習中國文學，還記得二〇一一年與相洲老師結緣於王維研究會二十週年的年會，當年對中國內地的學術界的認識非常粗淺，承相洲老師的邀請，參與了會議，有了一窺高牆的機會。在那次的會議中，相洲老師遍邀名師，同時對於會程安排細緻而全面，不僅有正式的論文交流，更讓許多年輕的與會者可以在輕鬆的活動環節中，向前輩先進們請益。我得益於此甚多，與中國內地學術界的交流便是始源於此次的會議。

　　隨著對內地學術圈的接觸日久，對相洲老師的學術成就愈發敬佩。他虛懷若谷，肯定他人，廣交朋友。幾次同時與會，見到相洲老師時，他總是溫和含笑，殷殷問候。而對年輕學者，總多肯定之語，絲毫不見一個學術領導人的高慢之氣。只可惜相聚匆匆，且自己多有怠惰，沒能在專業上多向其請益。

---

* 　新加坡新躍社科大學講師。

　　有多次會議，相洲老師皆曾相邀，因自己學力淺薄，論文寫作有所不逮，同時會議日期也常與教學任務相衝突，請假不便，未能參加。但相洲老師未減提攜之心，有會議總不忘發函相邀，亦多次寄來《樂府學》學刊，拳拳盛情怎不令人感念於心。

　　最後一次與相洲老師的相聚是在二○一九年於廣州舉辦的樂府歌詩國際學術研討會，當時也因為教學任務無法全程參與，但相洲老師還是在繁忙的會務中幫我細心安排。記得會議結束，準備離會趕往機場，在酒店大廳辦完手續時，發了訊息向相洲老師道別，不多久，便見他匆匆趕來。見到我時，笑臉盈盈地說：「我還怕沒趕上，你已經離開了呢！」他說，我們是老熟人了，我為了他的邀約不遠千里而來，他一定得親自送我離開。我們談笑話別，合影留念，並約定在來年內蒙古大學的唐代研究會上再見，如今當時的笑語還猶在耳，當時的合照仍在眼前，而故人卻已不可再見！

二○一九年吳相洲老師主持樂府歌詩國際學術研討會

夫子乘鶴去，德音永留存

——吳相洲老師瑣憶

龍文玲[*]

　　二〇二一年四月二日晚上八點，得知吳相洲老師去世的消息，如晴天霹靂，不敢相信。他可是我讀博時五位博導中最年輕的一位啊！

　　初識吳老師，是二〇〇三年四月赴首都師範大學考博的時候。當時，導師魯洪生教授正在韓國講學，面試我的是趙敏俐老師和吳老師。趙老師已在二〇〇一年的《詩經》會上見過，吳老師則只是讀過他的《唐代歌詩與詩歌》。當我走進面試教室，看到趙老師身旁還坐著一位陌生的年輕老師，心裡不由得惴惴不安。趙老師告訴我：「這是吳相洲老師。」若非趙老師介紹，真不敢相信那就是吳老師。後來才知道他是一九六二年出生的，剛四十歲出頭，是文學院最年輕的博導。而當年的我已三十四歲，還一事無成，甚是慚愧！

　　面試的場景已記不太清了，只記得，當聽到我自述碩士論文是研究張衡文學時，吳老師問：「你讀過張震澤先生的《張衡詩文集校注》嗎？你怎麼看待這部書？」我趕緊回答：這部書雖然主要完成於文革時期，有一定時代局限，但校注完備，此書前言對張衡文學成就的評價並未過時，袁行霈先生主編的《中國文學史》關於張衡辭賦的內容，基本接受了張先生的觀點。吳老師就說，這部分是許志剛老師編寫的，他是張先生的弟子。我脫口而出：「可我印象中，許老師和趙老師是

* 廣西大學文學院教授，廣西大學文學與文化研究中心主任。

二〇一三年第三屆樂府歌詩國際學術研討會赴烏蘭察布草原考察

同門呀？」這口無遮攔的話惹得兩位老師都笑了。趙老師邊笑邊說：
「張老師也是我的老師。」面試就在兩位老師的朗朗笑聲中結束了。

　　讀博期間，我雖未聽過吳老師的課，但從他那裡獲得了不少教
益。儘管吳老師行政事務忙，科研任務重，但每一屆博士生的論文開
題報告、預答辯、答辯工作，他都爽快支持。從他給我們的意見不難
發現，他從不敷衍每一位學生，該表揚的表揚，該批評的批評。記得
他對我們一位學姐的開題報告批評頗嚴厲，其中一句話是：「你這篇
開題報告，除了題目五個字之外，其他都可以刪掉。」當時可把我和
別的同學嚇住了，所以讀博期間，我不敢輕易打擾他，但他指出的問
題，我一直牢記在心，儘量不貳過。比如，他曾指出我開題報告使用
標點符號不規範：「你打出的『＜＞』，不是單書名號，而是大於號和
小於號。要知道，一個標點符號就是一個字，不能馬虎。」這教導，
我至今牢記。

　　吳老師對學生嚴格要求的同時，也不吝於鼓勵提攜。由於我博士

畢業後繼續在高校工作，因此，吳老師、趙老師等母校老師一直關心我的成長。每次樂府會議召開，我都有幸接到邀請。而每次與會，我都很有收穫。比如，我在幾屆樂府會上提交的分階段研究漢昭帝至漢平帝時期的樂府歌詩的系列論文，吳老師在會議總結中都予以表揚，認為把西漢樂府的發展分階段研究，細緻而有意義。這使我深受鼓舞。會議期間，他常抽空給我提出論文修改意見，令我非常感佩。

　　二○一九年的廣州樂府會，是吳老師調到廣州大學之後第一次承辦的樂府會議，也是最後一次。會議在廣州市番禺區廣百蓮花山酒店舉行。會址風景好，但離市區遠。這是吳老師為了替與會代表節省費用特地選擇的。因路途遠，吳老師還安排人員到機場、高鐵站設點，把每一位代表接到酒店，又在會議結束後一一送站。後來，吳老師告訴我，接送代表的交通費，都是他自己先墊付的。

　　我是晚上七點多到會議報到的。一下車，就見吳老師一如既往，西裝革履，如孤松獨立站在酒店大廳門口，迎接每一位到會代表。這一幕，我從二○○七年起，每兩年都會見到，很熟悉。這次會議，感覺與以往不同。一是會議事無巨細，吳老師都親自參與。二是吳老師的鼻息聲有些大，還夾著喘音，這讓我感到有些莫名的心憂。聽說吳老師離開首都師大，是因體檢時肺部有問題。但看著他聽會時全神貫注、與學者們談笑風生的模樣，我想，可能也就是普通鼻炎吧。

　　會議是十一月十一日結束，我為了參觀南越王博物館，十二日才返回南寧。與我同時離會的還有幾位學者。吳老師得知後，特地親自開車領我們去蓮花山公園。入園時，我想買門票，被吳老師堅決攔下了。蓮花山很美，有兩個特點。一是有南越王墓的採石場遺址，二是有一尊巨大的觀音像。記得在觀音像前，吳老師駐足了好一會兒。

　　和吳老師最後一次見面，是在二○一九年十二月二十五日晚上，在廣西民族大學相思湖酒店的劍客咖啡館。當時吳老師應邀到該校講

二〇一九年十一月第七屆樂府歌詩國際學術研討會後遊蓮花山

學，二十四日晚上到達，二十六日清晨離開，因此，他約我晚飯後和幾位朋友到咖啡館聊天。這次見面，師生相談甚歡。吳老師告訴我，他在廣州大學的聘期於二〇二一年底到期，待他手頭的重大項目結束後，就到廣西大學看看我工作的地方，看看這裡的人文環境。我盼望他早日到來，率領我和同事們深入研究《樂府詩集》。同時，請他早日來看看二〇二一年樂府會議召開的地方——廣西大學文學院。這些，他都答應了。

　　告別之後，我就等候著吳老師的到來。然而，二〇二〇年，他沒來，回復我的春節祝福時只說了一句：「希望來年四季好。」不知他是如何度過二〇二〇年的四季的，只知道他的重大項目結題了。我不難想見他為結題而忙碌的情景。

　　二〇二一年，仍未等到吳老師來，等到的卻是他駕鶴歸山的噩耗。他所答應的事，已永遠無法兌現。他的音容笑貌，只能留存心間，化為永恆。

　　願吳老師在那邊沒有病痛，不再勞累！

2021年5月22日

緬懷恩師吳相洲先生

梁海燕[*]

　　吳相洲先生是我的碩士導師，也是我學術道路的啓蒙者，人生路上的引路人。在我人生觀念由蒙昧、混沌到逐漸明晰的轉變過程中，吳老師的點撥、引導，以及有教無類的用心栽培起著關鍵作用。

　　我於二〇〇二年考入首都師範大學，跟隨吳老師攻讀唐宋文學方向碩士研究生。考前我對吳師並不瞭解，也未曾謀面。筆試成績出來後，懷著忐忑心情給老師打電話。當我報上姓名和成績後，電話那邊的聲音立刻高興起來。問到能否被錄取，吳師只說目前給他打電話的學生裡，我的成績最高，可以著手準備複試。聽了這話，我頓時放鬆下來。一頭鑽進圖書館，把書架上的古代文學書籍一一翻過。其間翻到陳貽焮所著《杜甫評傳》，一套三冊。當時覺得書好厚，且對於杜甫的講解親切易懂，印象較深。複試時，要求談幾本看過的古代文學研究書目。我絞盡腦汁地想，當說出《杜甫評傳》時，在場的幾位老師很感興趣，還追問了幾個問題。因我看的並不細緻，只能大概說說，好在老師們還算滿意。最後，有一位老師（後來知道是左東嶺老師）指著旁邊另一位面帶笑容的老師，對我說：「這部書的作者陳貽焮先生，就是吳老師的老師。」原來如此！我與吳老師的緣分，即此開始。

---

* 中國人民大學國學院副教授。

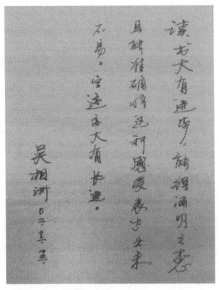

吳老師為我批改的讀陶淵明集筆記

　　吳師指導學生特別用心，傾其所有而授之。我們那一屆，吳師一共招了三名碩士生，我們三人便跟他的博士生一起學習。無論是讀書報告，還是論文寫作，都按照統一標準要求。老師對我們的培養很有規劃。第一年任務就是讀原典，從先秦《詩經》、《楚辭》一直讀到晚唐溫庭筠。鑒於我們不知如何選擇版本，老師便親自帶我們到琉璃廠的各家書店挑選，那一次基本買全了唐五代之前的重要文集。時至今日，仍清晰記得吳師一邊仔細查看書架，一邊指點店員拿書，還不忘叮囑我們：「這些書你們一輩子都用得著，一定要愛惜！」雖然當時還不能完全體會老師的良苦用心，但那些沉甸甸的書籍，無形中已對我們產生激勵。正是緣於吳師的殷切期待，我與另外兩位同門（向回和周仕慧），在碩士畢業後又都考了博士。就這樣，我們的人生道路，在不知不覺、毫無糾結的狀態下，做出了理所當然的選擇。這些書，現在都擺在我辦公室的書櫃裡。每一本上面都有老師細心的批

閱，或用「單勾」「雙勾」「紅線」等批改符號，或在我略有心得之處寫下評語。每每看到老師瀟灑的字體，都感覺是與老師面談受教。

　　從第二年開始，我們加入了吳老師主持的「《樂府詩集》研究」課題，我們三個碩士生跟著讀博的師兄、師姐，在老師的指導下，每人負責一類樂府詩研究。起初我們設想的比較樂觀，具體寫作時才真正體會到研究之不易。往往在語言表述，材料辨識上，都需要老師反覆指點說明。直到二〇〇五年畢業論文答辯完，整個暑假，老師還在逐章為我們修改。《樂府詩集分類研究》叢書終於在二〇〇九年正式出版。那時，我已經從北大博士畢業，入職中國人民大學。回顧整個歷程，從明確研究對象、熟悉材料、初稿成形、加工打磨，到書籍出版，吳師指導我們花費的精力和心血，比他自己完成研究都要多。我自知秉賦一般，基礎也不好，吳師卻一直積極鼓勵。我在學界最初發

二〇〇四年八月，吳老師帶學生在塔爾寺考察留影

表的幾篇文章，投稿前老師都仔細幫我改過。《上官體新論》是在讀書報告基礎上形成的，那是我第一次正式寫學術文章，記得初稿交上不久，被叫去談話。老師直接拿他修改後的版本，對照著我的初稿，一一講明改動的原因。那情景，跟教小學生寫作文一模一樣。

吳老師領我進入學術大門，也讓我切身體會到古典詩歌蘊含的豐富情感。記得二〇〇三年的春天，老師把兩週一次的讀書會安排到玉淵潭。我們坐在櫻花樹下，討論李白的詩，感受「花明玉關雪，葉暖金窗煙」的明媚。二〇〇四年暑假，老師又帶我們西行考察，途徑蘭州、西寧、嘉峪關、敦煌諸地，從訂票、出行到參觀、考察，吳師都提前做了周密安排。此次西行，令我大開眼界，熟悉了許多唐人送別詩、邊塞詩中的地理名物。撫摸陽關界碑，目睹蒼茫古道，胸中自然湧出「勸君更盡一杯酒，西出陽關無故人」、「戍客望邊邑，思歸多苦顏」一類詩句。受老師的薰陶浸潤，我們於現實人生外，時常自由穿梭於古典詩詞營鑄的廣袤歷史空間。吳師很講究生活情趣，也關注學生的生活。每年元旦，我們都會在老師家歡聚，吃著師母做的刀削麵，倍感家的溫暖。

吳老師經常教導我們，要做一個有良心的人，懂得感恩的人。也經常強調，承諾別人的事情一定要做到。他在人生最後幾個月，還在病榻上為「《樂府詩集》整理與續編」課題而勞神。常人可能難以理解，是生命重要，還是學術重要？或許每個人都有自己的答案。但在吳師心裡，完成課題是對國家、對學界的一個承諾。有良心，信然諾，是吳老師做人的原則，也是吳門弟子需要傳承的師訓。

二〇二一年四月二日，又是櫻花盛開之季，吳老師卻離開了我們，帶著他對樂府學的諸多構想，帶著他對世間諸多不捨。但我又不認為他真的走了，眼前每每浮現老師站在櫻花樹下，面帶笑容，眼眸裡都是期許……

先生逝何遽，動我起沉悲

——記懷吳先生相洲教授

董就雄[*]

　　與吳相洲先生已相識十六載。記得二〇〇五年六月底，我隨同鄺健行老師參加在新疆舉行的中國李白研究會第十一次國際學術研討會，吳先生也是與會者之一。鄺老師與吳先生早就相熟，便介紹我們認識。

　　研討會後，一眾學者到世界四大草原之一的那拉提草原遊覽。草原位處天山腹地，伊犁河谷東面，遠望一片無垠碧綠，與白雲相接。草原上雖處炎夏，卻特別涼快，時見牛羊成群，或低頭吃草，或咩吽鳴叫，還有不少人在騎馬。我那時未騎過馬，卻也躍躍欲試，隨著一位新疆青年的指導，騎了上馬，但只敢慢慢踱步，怕跌下來。記得那時在附近的吳先生對我說：「小董，你不要怕，騎快一點！」我不由得用力連抽馬鞭幾下，馬便四腳騰起，向前猛跑，竟將護策的新疆青年也拋到背後，朝終年積雪的天山方向直奔過去，兩耳風聲呼呼，隱約還聽到吳先生連聲說：「好！好！」散會後不久，收到吳先生寄來一個書本大小的信封，發緘一看，原來內有一張我的騎馬照，令我十分驚喜。吳先生就是如此鼓勵後學，如此有心思。

　　後來我相繼參加了二〇〇六年在北京舉行的唐代文學國際學術研討會、二〇〇九年在西安舉行的王維國際學術研討會，二〇一一年在

* 香港珠海學院中國文學系教授。

北京舉行的王維會議，都有見到他；他又邀我參加多屆樂府歌詩國際
學術研討會，與他漸漸熟稔。一一年那次王維會議的地點在寬溝，他
知道我喜歡寫詩，特地在閉幕式上朗讀我剛寫成的詠寬溝絕句。在樂
府會上，他還安排我在大會發言。我真切感受到他對後學扶勵的熱忱。

　　二〇一九年七月，我邀請吳先生參加敝系主辦的「古典體詩教
學、創作與研究國際學術研討會」，他一口便答應。當時與者共四十
多人，來自日本、韓國、新加坡、馬來西亞、內地、臺灣及本港等
地，有不少他的老朋友。吳先生發表的論文題為〈「緣情」何新？
「綺靡」何過？〉，篇幅雖不長，卻非常有新意。文章指出陸機「詩
緣情而綺靡」一語實來自〈毛詩序〉，認為「『詩緣情』，就是『志』
因『情』『發為詩』之意」，而「織『聲』成『音』就是『綺靡』的
本義」。吳先生主張陸機之貢獻是：「在提煉這句話同時，揭示成律
『聲』成『文』與遣『言』成『文』的同構關係。」文章提出「綺

吳相洲先生在香港珠海學院「古典體詩教學、創作
與研究國際學術研討會」「名家聚談」環節發言

靡」既可看作律「聲」成「音」，亦可以視作遣詞成文，釐清了「緣情」與「綺靡」的關係。吳先生又追溯「綺靡」一詞在盛唐前後的評價轉向，梳理出盛唐以前，「綺靡」一直被視作對詩歌的正面評價；盛唐以後便一下變為負面評價，將此詞由褒到貶的過程和盤托出。在閉幕式的「名家聚談」環節，他是聚談嘉賓之一，其談話同樣精彩，其中有一句令人印象深刻的話，此話後來經徐晉如教授引錄在他悼念吳先生的微信貼文上：「學藝術的都需要藝術專業考試，學文學的居然沒有文學創作能力的入學考試，不可思議！」

　　同年十一月，我參加在廣州番禺蓮花山舉行的「樂府學會第四屆年會暨第七屆樂府歌詩國際學術研討會」。那裡遠離都市煩囂，恍似仙鄉，令人俗慮俱忘。還有墜落人襟的厚大樹葉，鏗然有聲，一片詩意。用膳處是如入畫圖的湖心餐廳，最適合會議後與諸學者再續雄

董就雄於二〇一九年樂府研討會與吳相洲先生合照

談，重與細論文。夜來曲橋燈燦，湖波粼粼，好風微涼，誰都會流連
忘返。這大概也是吳先生選此址開會的原因，其週到細致的心思，無
人可及。我提交了有關陳恭尹樂府詩的文章，在宣讀論文後，我請問
他高見，他沒有即時回應，而是說：「待我再細看文章後回覆你。」
會議結束那天，他專門致電給我，談論我文章中涉及的中古音問題。
中途線路不佳，影響及話音質量，他便在微信中錄音給我，逐點詳
說。其中建議我引用郭錫良《漢字古音手冊》一書，以支撐我對陳恭
尹用韻的判斷，令我得益甚大。吳先生就是這樣考慮週到，就是這樣
扶掖後學，與他鼓勵我騎馬的心思一致。

今年四月二日，突然在微信「樂府研究交流群」中收到吳先生病
逝的消息，令我十分震驚，也不敢相信，更無法接受，感到無比沉痛。
因為幾個月前還和他在微信中通訊，如今接到他消息時，卻是病逝的
噩耗。交流群中大家紛紛表達悲痛，很多人都寫了輓聯，而他四月四
日清明節便出殯，我到四月五日才稍為平抑心情，寫成以下輓聯：

吳先生相洲教授千古

卓見闢蠶叢，樂府遂能成顯學；
熱腸扶後進，文林孰不仰遺風。

他是樂府學權威，當初若非他開闢這條蠶叢之路，樂府學的研究不會
有如今這個興盛之局；而他熱心提攜後學，是人所共知的。

上月我參加「璞社」詩會，適值詩課題目為〈賦別〉，不禁又想
起吳先生，想到其學術成就，以及在新疆鼓勵我騎馬及拍照相贈的情
意，想到那時我竟沒有贈詩感謝他，乃寫成以下這首詩，敬酬吳先生
在天之靈：

賦別吳先生相洲教授

先生逝何遽，動我起沉悲。樂府誰持柄^{先生為中國樂府學會}，

唐音待解疑^{先生專研唐詩創作與歌詩}。每慚登馬日，未賦贈鞭詩。

豈意蕪篇就，今成永別離。

2021年5月完稿

附錄

示我明鑑

——《典型夙昔：前修緬思錄》初集讀後感[*]

陳躬芳[**]

　　記得二〇一九年的十一、二月期間，知悉煒舜師兄籌備《典型夙昔：前修緬思錄》初集事宜，書中八個專輯都曾先後在二〇一七至二〇一九年間刊登於《華人文化研究》半年刊。他談及整理及編寫老一輩學人的往事，我們彼此都感悟極深。在迅猛忽至的疫情下得知溘然辭世的學界摯友，其中的震驚和悲傷，猶如晴天霹靂般，使人不期然地陷入悲悽低落的情緒當中，久久也無法釋懷。我們面對生命的離去，顯得如此的軟弱與無奈，除嘆息與不捨外，還是無法撫平心頭忽湧而至的哀傷；通過記錄及緬懷已往生的學人之治學及生活軼事，在動盪難安的時代中如獲前行不竭的療癒動力。

　　首先，編修此書既要放下手上所忙的事，又要搶著時間和有關學界耆宿進行訪談，當中所費的時間、耐心與精力非常人所能忍受；倘若手慢了，眼睜睜地看著老一輩學人帶著他們一生豐盛的閱歷故去，而你只能在以後的歲月裡留給自己無限遺憾及懊悔。我曾經在研究生階段訪問過出生於清末民初的一代女性，記錄她們在民初廣州國民政府的參政經驗、軍政訓練及新式學堂的女學生生活等形象。當時少不

---

[*]　本文曾刊登於「虛詞」文學網站（2022年12月18日）及《華人文化研究》第10卷第2期（2022年12月）之「群書評隅」欄目，頁276-279。

[**]　香港科技大學人文社會科學學院碩士。

更事的自己，總以為往後可再抽時間和這些「民國新女性」詳談，孰
不知這個「詳談」在一轉身之後便成為我今生的憾事。此後參與古蹟
辦工作，有機會訪問新界原居民的老婦人、禪修院中的老尼、修道院
的修女等，她們的一生見證了香港近百年歷史中的重大事件，但與歷
史建築物之評估無關或因身在女性族群而不被記錄。同樣地，想著
「回頭詳談」卻又成不了了之的空想。說到此處，特別佩服主編的堅
持和「及時」行文──把生命中各位恩師的點滴記下，追憶學界前輩
的生活軼事之餘，同時留下第一手的文獻史料，為後世相關研究領域
參考利用，也彙集了不同研究領域的學者以「學林敘事」書寫體式撰
寫的範文。最重要的是，通過敘述一代學人的生平事蹟、學思歷程、
教學工作及人格修養等方面；以及前輩與後生間的師生情誼，同儕間
惺惺相惜之情，呈現出傳統文人的道德情操。一代哲人雖已遠去，然
其生命的故事依然影響著一代又一代的學人，並向來者示範其曾經的
過往及激勵著後人治學方向與態度。

一　故國神遊，把酒話蒼涼

此書共有八個專輯，依次記錄了孔德成先生（1920-2008）、王叔
磐教授（1914-2006）、吳匡教授（1917-2017）、李傑教授（1923-
2008）、黃兆傑教授（1937-2007）、李勉教授（1919-2015）、陳捷先
教授（1932-2019）和石立善教授（1973-2019）等八位已故學人的相
關事蹟，包括回憶錄、口述歷史、雜談、隨筆、札記等體例。這些的
追憶錄或以自述或他人敘述的方式進行書寫，窺見一代學者對家國社
會、治學教學、待人處世及人格修養等方面，呈現出他們一代的傳統
知識分子，雖歷經近世的顛沛流離，仍保留著他們在哪裡，哪裡就是
「中國」的氣魄。無論在香港、臺灣、新加坡以及海外各地等始終對

根屬的地方有一份安身立命之心，以真實的生命歷程印證近現代中國
的種種變革及苦難。他們當中不乏早期追隨國民政府遷臺或當代享譽
盛名的儒者，提倡經世之術，傳承中國文化，講求禮數的聖人後代，
包括孔德成、吳匡、陳捷先等。尤其孔德成先生終其餘生不曾回到山
東故園，遙遠的孔府家事把酒談笑間盡付歲月的蒼涼。正如林語堂的
女兒林太乙在其《林家次女》書中回憶民國時代的中國說：「故鄉是
不能回去的，假如回去，已經物是人非，只有在記憶中才能回到童年
和少年」。龍應台也在《大江大海》說：「時代的鐵輪，輾過他們的身
軀，那烽火倖存的，一生動盪，萬里飄零」。這一代知識分子神遊故
國，總是參和著一種美麗與哀愁的惆悵，一份未完成的使命及一個未
圓的夢。

二　示我明鑑，古今相續流

　　老一輩先生們經歷近代中國多事之秋，晚生輩以他人敘述一代學
者的風範，記錄他們的治學及教學歷程，同時具有補證歷史之效。傳
記文學糅和史學與文學的內涵，具重要的參考價值。以個人的命運蘊
含在一個共同的大命運裡面，尤其動盪的年代，信息較混亂，個人的
生命經驗集合起來就是一部整體的歷史，反證一些普遍既定的論點。
如余英時先生在《顧頡剛日記》意外發現他的生命型態有別於典型的
「象牙塔中」的學者，佐證了顧先生與一般過去的認識不同：謹厚寧
靜的恂恂君子，同時還擁有激盪以至浪漫的情感，還原其學者風貌另
外的一面。

　　其次，當舊的政治社會秩序被人為的破壞，新的風俗習慣一時又
不可能興起建立時，個人的日記或生命經驗正好補足此缺失的一頁。
作為歷史研究的應用，如何把傳記、如何應用於歷史研究著作中？舉

例而言，一九四五年出版的《漢家女》，無論英文本及中譯本在研究
清末一八九四至一九三八年間廣泛徵引，出生於山東小縣城一般市井
的小婦人的生命歷程，然其所述說中與近一百五十年的中國社會發展
歷史足以證明。因此一九四五年初版後，一九六七年史丹福大學再
版，一九七二年至一九七七年間每年再版一次，銷行極廣。香港科技
大學人文學科何傑堯教授在其「清末社會生活」課程中，一直以各種
零碎的個人日記、傳記等反駁既定史觀的一種反證詮釋的材料，如
《漢家女》、沈復的《浮生六記》是必讀的教材。又如一九五六年初
版的傳記文學叢刊系列之四李樸生的《我不識字的母親》（其後不斷重
印），書中所述的歷史片段補證了二、三十年代的廣州國民政府管制
下的社會狀況。由此可見，傳記文學中的個人生命經驗或他人記錄的
文稿，在歷史文獻之應用之重要性。

　　書中八個專輯中所記的內容，在相關領域皆可為重要的文獻史
料。如王叔磐教授在任教內蒙古大學期間，為北方少數民族收集及保
留了重要詩文；如李勉教授在抗日前後深入鄉村收集宋詞古唱遺譜，
那些口語耳傳古老的唱腔語調及時地保留下來，已失傳九百年的古老
曲譜在遷臺後的二十年間陸續整理，真正做到了「為往聖繼絕唱」。
自四十年代以降，中國進入了「失去的四十年代」，外界對中國社會
文化的掌握，幾乎只靠四十年代中期的有關著作作為參考。在那些「失
去的年代」中，歷史檔案文獻離散各地，海內外學者的研究極為困難，
無法書寫有關中國社會的完整文稿。如一代清史泰斗陳捷先教授半生
專治清史，撰寫了多部明清史；後為完整歷史敘述，在八十年後更表
現了極大的雅量，在已整理的《清史稿》基礎上努力促成兩岸學者共
同整合清史專論。總言之，每一位老人的故去，如若失去了「半榻圖
書子史」，他們如「一簾明月清風」的氣節同時感召著後生一輩。

　　此外，文稿中頻頻出現了盧溝橋、西南聯大等，這些遙遠而熟悉

的名稱；以及偶爾出現近現代學者的點滴往事，許多歷史往事躍然紙
上。如懷念陳捷先教授文稿中的一幀攝於一九六三年東亞學術研究會
的照片，幾乎囊括了近代傑出的文史學家如許倬雲、郭廷以、孔德成
等身影，如若重逢了離別已久的人和事。又如洪濤在黃兆傑教授生平
事蹟一文中展示，一本出版於一九〇五年的 *The Complete Works of
William Shakespeare* 並由拔萃男書院校長頒發給黃兆傑教授獎品的書
轉送給他。這系列的英國文學書籍是早期男拔萃及皇仁書院等極其珍
貴的教科書，也是日後研究有關香港早期英國文學教科書對社會、文
化環境影響之重要線索。

三　尊師重道，銘記點滴情

　　回首先生們授業解惑時，其言行舉止在當時也許只是平常事，想
起了心中卻惘然不已，終身受用。每一篇細膩情深的追憶都承載著一
段段難忘的知遇之情、提攜之恩及同濟間惺惺惜惜相惜之誼。一般舉止
儼然，令人生畏的學者在其門生摯友描述中，風采卻截然別樣。如孔
德成先生的專輯中，潘美月、曾永義、鄭吉雄、吳宏一諸篇文稿中記
錄了其中深厚師生情誼及孔先生的調皮、幽默的一面；或閒時組織定
期聚餐，把酒言歡，灑脫而簡樸地生活。又如楊兆萊老師在懷念李傑
教授一文中回憶與老師相處的點滴，如「備課充分，不驕不傲，不卑
不亢，不擺架子、善待學生，誠懇專一」。又如黃頌賢回憶黃兆傑教
授提起晚清古文學者林紓在魏易口譯下掌握狄更斯而陷入「三秒」黯
然沉思的情緒，言傳身教讓學生明白求學問的謙虛與識見。在生活
中，作為專注於研究領域的學者們，總是忘了自己的日常生活中的輕
鬆時光，過得刻苦而緊繃，故日子總是大部分時間都在書寫論文、閱
讀及沉思之中，有時候顯得特別孤獨寂寥而不被理解。因而，李傑教

授在中大擔經管學院沉重的教學之餘，不忘勉勵後輩學人「生活並不是艱苦的」（Life is not so hard）。這些生活上的日常在專輯中斷斷續續地記錄，雖片言隻語卻讓聽者終身銘記於心。

曾記得大學時黃嫣梨教授在上課期間提起其恩師章群教授及劉家駒老師離世時眼泛淚光，一時梨花帶雨的，把年輕的我們嚇得愣住了——平常總是巧笑嫣然、注重端莊形象的老師竟無法控制自己的悲傷。後在其追思兩位教授的文稿中，體會到深厚的師生情誼及念念不忘提攜的點滴恩情。多年後在抗疫情期間偶見許久未遇的老師們，甫見面即問及我們的學業進展如何，恨不得看到所有教過的學生都有「青出於藍」的成就。一時感同身受，似乎一種不再屬於這個時代的情誼乍現眼前。隔著上一代及新世代中間的我們，肩負著把舊有傳統價值的「尊師重道」向叛逆世代傳遞的使命。然而，老師的傳統教育角色在網絡信息爆炸的年代逐漸淡化了，滴水之恩彷若一個古老而荒誕的神話。

四　逝者如斯，嗚呼悼念辭

誠然，討論此書，極難下筆。煒舜兄囑咐我在文中不要拘束，只管說自己的感受，但提筆之際，還是汗顏不已。身為晚輩的我，對於書中所提及的當代學者們只在有關著作略有認識，也未曾見過他們，如今細閱學界緬懷悼念文稿，有幸「遇見」過去的先賢們，深感一種屬於「民國時代」的純樸敦厚、謙謙君子所生長之社會環境及學術文化變遷之風貌。他們曾經意氣風發、年華正茂，在逐夢的年紀帶著對家國情懷、純真的理想；或顛沛流離至香港、臺灣或海外各地或「邊陲」之地，整整一代人帶著隱忍不言的傷痕，不忘的是傳承文化的使命。

　　再者，上一代的學者治學嚴謹誠懇、埋頭苦幹、博覽群書，文獻功底及論證能力高超，我們這一代疏於打好紮實根基，治學態度流於輕浮武斷，倚賴電子資訊查找史料，或曲解或片面地斷章取義。而今我們遙想一時鴻儒，雖煙灰飛滅，似是與這世界不相干了，然「逝者如斯，而未嘗往也」，其中氣節風骨縈繞迴轉千古，如若一江春水滋養著文化繼承者，又如一塊明鏡似的映照著後生，並砥礪著一代又一代學人。疫情還在蔓延的當下，世界正經歷顛覆性的改變，人心支離破碎、各自孤寂茫然，追憶緬懷一代學林人物似水的年華，以其生平經歷及其時代的整體或片段，讓年輕一代重新「邂逅」或「反身詮釋」屬於他們的經世之道，即「悲莫悲兮生別離，樂莫樂兮新相知」的現代意義。尤其多位在疫情期間相繼英年離世包括石立善教授及吳相洲教授，故編修此書更具意義非凡。

發之於「誠」
——略談《典型夙昔：前修緬思錄》與「學林敘事」[*]

王芷茵[**]

　　一年前有幸在香港初文出版社校對陳煒舜老師的《玉屑金針：學林訪談錄》，一年後得陳老師所邀，撰寫《玉屑金針》的姊妹篇《典型夙昔：前修緬思錄（初集）》書評（刊登於《國文天地》2020年12月號），無論是對訪談錄的出版工作，還是出版後的閱後感，能以不同身份參與其中，是我的榮幸，對我在學術路上也有重要的啟示。

　　《玉屑金針：學林訪談錄》集結了對二十四位出生於三、四十年代的學者的訪談成果，《典型夙昔：前修緬思錄》雖說是姊妹篇，卻有不同，不再限於與學者直接對話的訪談形式，而更多是門生故舊對前賢恩師的緬懷文章。全書以專輯的方式，分為甲編和乙編，共收錄對八位已故學人的緬思文字。甲編五位，包括孔德成（五篇）、王叔磐（四篇）、吳匡（四篇）、李蘭甫（五篇）、黃兆傑（七篇），各專輯與《玉屑金針》訪談錄一樣，原登於《華人文化研究》半年刊，而主要以回憶散文的形式記載了他們的生平、教學、研究、日常生活點滴等；乙編收錄三位學人，包括李勉（兩篇）、陳捷先（三篇）、石立善（七篇），以散文或訪談問答或追思會的形式對三位學者作學術回顧，表達敬意和思念。

---

* 本文曾刊登於《國文天地》第445期（2022年6月），頁138-131。

** 香港中文大學中文學部博士生。

陳煒舜主編《典型夙昔：前修緬思錄》初集

（臺北：萬卷樓圖書公司，2021年）

書中專輯皆曾刊登於《華人文化研究》

　　這八位先生，出生年代橫跨一九一〇至一九七〇年代，學術足跡活躍於大陸、香港與臺灣，散播於世界各地，學術專業包括古文經學、古器物學、中國古代文學、民族學、語言文字學、經濟學、清史研究、比較文學、翻譯、漢學等。《典型夙昔》就像一部部由不同敘述者引導的傳記電影，為讀者提供了一個近距離接觸這些在我們眼中遙不可及的「聖人」、「宗師」的機會，文章讀來親切、感人。如潘美月〈我所認識的孔德成先生〉一篇如此介紹衍聖公孔德成：「孔老師是孔子血脈和思想的繼承人，在公眾眼中舉止莊嚴、言談穩妥。但一

般人都看不到，孔老師還有很天真、活潑的一面。」書中的同代或後代學者為我們保存了難以為外人所見所聞的對前賢的第一手材料，或交流學術，或閒話家常，「喝烈酒、抽香菸、做研究、寫論文」（楊松年〈黃老師，你仍然活在我的學術道路上〉），「一邊吸收知識，一邊參悟研究方法，同時還學到待人處世的態度、甚至喝酒吃飯的儀節。」（潘美月〈我所認識的孔德成先生〉）

　　車行健教授在序言中提到《典型夙昔》「介於雅正和通俗的特質」，既能作研究歷史的掌故史料，又有一定的文藝價值和文學內涵。雅俗共賞的特質除了表現在上提到的生活日常之外，必不可少的是關於學者的生平、學術成就和教學治學態度。如曾永義在〈我的恩師孔德成先生〉一篇中以三個人生階段介紹孔德成先生的一生，包括在曲阜成長至結婚的十六年，八年抗戰勝利回到南京的十一年，和四九後在臺灣至終老的六十一年。全篇記錄了孔德成先生重要的人生事件，如在他出生時：「北洋政府派軍隊包圍了孔府，還有顏子、曾子、孟子的後裔，孔家最有權力的十二府長輩老太太們，以及其他各路監產人員齊聚孔府。」這是何等壯觀超現實的畫面！又如格日勒圖的〈栽桃植李映邊關：憶王叔磐老先生〉一篇記錄了王叔磐教授一系列的研究動態和學術成果，包括《元代少數民族詩選》、《古代蒙古族漢文詩選》、《歷代塞外詩選》、《北方民族文學與中華文化》、〈遼代契丹文化述評〉等，對古代北方少數民族漢文詩歌這個「邊緣」的學術領域做了大量的整理、考證、評注工作。

　　除了以上所舉關於學者生平和學術成就外，筆者認為更深刻的，在於「緬思」二字。全書所以讀來親切、感人，只因當中誠之真，情之深，念之切。如黃俊賢在〈我眼中的黃兆傑老師〉中回憶了最後一次見到恩師的畫面：「有一回我扶他坐上輪椅，推他出醫院大堂散散步，他很開心，笑得很燦爛，這是我最後一次見到他的笑容。」普慶

玲在〈堅強，是對一個人最好的懷念——懷念最溫暖最可愛的石立善教授〉中表達了對石立善教授離世一事深切悲憫的不捨和傷痛：「驚聞老師溘然病逝的噩耗，猶霹靂，更覺冷到骨髓，渾身抽搐，一個人待在辦公室哭了許久才踉蹌離開。直至此刻，我整個人還是懵懵的，仍然無法相信，也不敢去觸碰。稍微一觸，身心便在顫抖。對我而言，這完全是不可能的、太突然、太意外、太悲傷。人是如此渺小、如此脆弱，猙獰的病魔，為何要『搶走』我們最溫暖最可愛的石老師。」楊松年在〈黃老師，你仍然活在我的學術道路上〉中談及黃兆傑教授在治學、教育、為人處世等方面對他的影響：「他不僅在學習方法上開導了我、在學習態度上引導了我，更在指導學生的方式上教導了我、在關心學生生活上親導了我。直到今天，他還是活在我的論文寫作上，活在問題的發掘和探討上，活在引導學生學習的方法上，活在帶領學術界朋友推展文化的工作上。黃老師，我想你，我想念你。」楊兆萊在〈貫徹一生知行的「誠」字——回憶李傑吾師〉一篇中以「誠」回饋李蘭甫教授：「他的授課風格是盡責盡心、備課充分、不驕不傲、不卑不亢、不擺架子、善待學生、誠懇專一、專業專心、盡忠職守。」「不過我想，撰文時如果發之於『誠』，則文句詞藻自然流露，不待久候、不需挖空心思（……）李師當年待人處事得力於一個『誠』字，又將這個『誠』字贈給我。我就以誠心來撰寫這篇文字，聊表對李師深深的懷緬吧。」

　　車行健在序言中對此類以學林人物為題材的追憶與記述文章命名為「學林敘事」，以學者為主體，或自述，或由他人敘寫。它異於一般文學上的回憶類文章，敘事形式多元，有紀實性散文，有直接或間接的對話訪談，有追思會，並非為了向讀者透露學術名人的不為人知的八卦，滿足大眾的偷窺慾，而是提供了更多生活細節，或課堂講授、研討會、公開講座，或日常的、私下的、偶然的交流，留下很多

動人的瞬間和珍貴的研究材料，要重構或保存一個學術譜系，這些材料尤有重要的意義，能補足側面，更好地從生活細節和處事態度進入對學者或其思想脈絡的研究。「學林敘事」一類的記述或追憶學林人物的文體存在已久，但學界對此類文體一直未有正式命名和歸類。陳平原在〈文學史視野中的「大學敘事」〉中首先提出「大學敘事」的術語，以《圍城》、《未央歌》等文學作品為切入點，圍繞大學中人的活動，討論作為「文學想像」的大學校園生活和所投射的一個時代的思想變遷：「關於『大學敘事』，就體例而言，可以是歷史，也可以是文學；就立場而言，可以是官方，也可以是民間；就趣味而言，可以是開新，也可以是懷舊。」（陳平原：〈文學史視野中的「大學敘事」〉，《北京大學學報（哲學社會科學版）》，2006年第43卷第2期，頁74）此概念得到學界的不少回應，如李洪華在二〇二一年初出版的《二十世紀以來中國大學敘事研究》（上海：三聯書店，2021年）中，以大學校園為主要敘事空間，以各類大學人物如教授、大學生、留學生等為主要描寫對象，系統地梳理了二十世紀以來中國大學敘事小說的發展，並分析和反思「大學敘事」的藝術形態及思想價值。與「大學敘事」相對的還有一個「大學描寫」的說法，引入盧卡奇（G. Lukács）「敘述與描寫」的概念，以「描寫」取代「敘事」，指出當今大學書寫的散文化和流於日常瑣碎，缺少與個人命運或社會整體性的關係。車行健在序言中為該類文體重新定名為「學林敘事」，擴充了描寫對象和敘事空間的範圍，不僅限於大專院校和大學體制中的相關人物，而將其界線延伸至其他專業文教界別或研究機構，如臺灣的中研院、故宮博物院等，亦包含隱身於社會各界的學有專精之士。「學林敘事」更全面地構建了學林現象，將個人的記述、回憶與社會，跨地域地，連接不同時空，宏觀地表現對不同年代、歷史的體驗，使「學林」場域作為一個有機整體，重新進入我們的視野。

　　「學林敘事」以「學林」二字呼應《玉屑金針：學林訪談錄》；
又以「敘事」二字，意在為此文類建立系統，強調理論與情感的結合
和學術專業面，從不同的同輩後輩、回憶角度和片段還原了更貼近現
實的面貌，既能為一般讀者展示大師前輩的風采，也能為後繼研究者
提供治學線索。這個概念由車行健概括，由陳煒舜主編，前有《玉屑
金針：學林訪談錄》，現有《典型夙昔：前修緬思錄（初集）》（相信
將有更多相關文集面世），或能作為建立「學林敘事」一類文體的研
究起點。在此寄望陳老師的編纂工作愈做愈好，「學林敘事」在未來
文學史上能有更長遠的發展。

後記

　　繼《典型夙昔：前修緬思錄》初集於二〇二一年四月出版後，二〇二四年又出版二集，可謂一則堪嗟，一則堪慰。堪嗟者，一椿椿哲人其萎的噩耗傳來，令人驚詫、令人不捨；但作為《華人文化研究》編委，基於懷緬之情，理應為他們編纂追思專輯——這既是不得已、卻又不得不為之舉。堪慰者，各個冥誕、週年祭、三年祭、五年祭、十年祭甚至卅年祭專輯的順利編成，足以證明諸位前修的身影縱然逐漸遠去，而遺愛仍在人間，終不可諼。二〇一七年以來，《華人文化研究》陸續登載了十九個紀念專輯，茲將其目臚列如下：

　　　　五卷一期（2017.06）：〈先施以誠：李蘭甫教授十年祭專輯〉

　　　　五卷二期（2017.12）：〈示我明鑑：黃兆傑教授十年祭專輯〉

　　　　七卷一期（2019.06）：〈高山仰止：孔德成先生百年冥誕專輯〉

　　　　七卷一期（2019.06）：〈明月清風：陳捷先教授追思專輯〉

　　　　七卷二期（2019.12）：〈朝霞遠山：王叔磐教授百秩晉五冥誕專輯〉

　　　　七卷二期（2019.12）：〈立誠積善：石立善教授追思專輯〉

　　　　八卷一期（2020.06）：〈瀟散振奇：吳匡教授三年祭專輯〉

　　　　八卷一期（2020.06）：〈山高水長：羅宗強先生追思專輯〉

　　　　八卷二期（2020.12）：〈克寬克柔：鄭良樹教授八秩冥誕專輯〉

　　　　九卷一期（2021.06）：〈壯美斯文：余光中教授紀念專輯〉

九卷一期（2021.06）：〈卓識厚德：吳相洲教授追思專輯〉

九卷一期（2021.06）：〈逆順從心：游順釗教授追思專輯〉

九卷二期（2021.12）：〈剛毅近仁：楊樹同教授週年祭專輯〉

十卷一期（2022.06）：〈洞幽燭暗：張灝教授追思專輯〉

十卷一期（2022.06）：〈椰浪蕉風：李錦宗先生五年祭專輯〉

十卷二期（2022.12）：〈慧眼仁心：黃德偉教授追思專輯〉

十一卷一期（2023.06）：〈指南薪傳：高明先生紀念專輯〉

十一卷一期（2023.06）：〈如保赤子：謝正一教授追思專輯〉

十一卷一期（2023.06）：〈人間愉快：曾永義院士追思專輯〉

李蘭甫教授至吳匡教授諸專輯，已收錄在《典型夙昔》初集。二集所劃時間下限則截至二〇二二年底，總共纂錄了余光中、羅宗強、楊樹同、鄭良樹、黃德偉、李錦宗、吳相洲七位前修的紀念專輯（依年齒序），達十五萬字。此外，陳躬芳、王芷茵二位女士為《典型》初集所撰書評、讀後感，則以附錄形式殿後。（游順釗教授專輯，其家人不擬納入《典型》二集；張灝教授專輯諸文，已另收入《幽暗已成千古患：張灝教授紀念文集》。故皆從闕。）相對早先刊載於《華人文化研究》的版本，本書因篇幅或體例考量，對各專輯所收文章容有增刪，以盡量求得一致。如李明濱教授〈黃德偉教授與大陸比較文學學科建設瑣憶〉、程中山博士〈書齋盡日心常遠，最憶吾師鄭百年〉，脫稿較晚，未及在專輯發表於期刊之際收入，所幸稍後載諸《華人文化研究》之「三餘劄記」欄目，茲藉彙編成書的機會而補錄。另一方面，少數篇章係論文性質，與學術隨筆或學林敘事（車行健教授語）的特徵相去較遠，故唯有割愛，謹此致以歉意。

　　本書七位主角中，我雖曾捧讀羅宗強（文論專家）、李錦宗（馬華文學史家）兩先生的著作，可惜無法拜識於生前；所幸楊松年老

師、范軍兄組織紀念專輯,讓我以編校工作結隔世之緣,透過各位師友故舊的大作來了解羅、李二位其人其學,誠是難得。鄭良樹教授(漢學家、書畫家)為我負笈中文大學時的授業師,黃德偉教授(比較文學學者)是我承乏佛光大學時的同事,楊樹同教授(哲學家)乃「食黨」前輩。三位我皆曾打算組織訪談,始終未果。如今唯有以紀念專輯的形式來聊表心意了。在此要誠摯感謝鄭師母李石華女士的統籌,以及馬來西亞新紀元大學學院鄭良樹漢學研究中心、德偉老師遺孀張澤珣教授、「食黨」同仁孫金君女士分別應允為三個專輯負責主編工作。

樂府研究專家吳相洲教授是內蒙古大學王叔磐先生的高弟,二○一九年時應邀編成王先生百秩晉五冥誕專輯。不料專輯問世未幾,吳教授竟爾捐館,年未周甲,教人扼腕不已。香港珠海學院董就雄兄係吳教授晚輩好友,承擔追思專輯的主編任務,使人感佩。類似情況又如曲學泰斗曾永義教授(1941-2022),同樣於二○一九年允諾將他在無盡燈學會的演講稿〈我的恩師孔德成先生〉納入〈高山仰止:孔德成先生百年冥誕專輯〉;此後短短三年間,曾老師便溘然長逝,令人心痛。為懷念曾教授一直以來的愛護之情,編委會特邀鄭吉雄教授編成追思專輯;惜出刊時間較晚,唯俟《典型》三集再行收錄了。

余光中先生是著名詩人、文論家、翻譯家,馳名海內外,不待贅言。我生也晚,未能逮及余先生的吐露港歲月。然大學時期選修黃維樑教授的「新詩」課,始識余詩佳勝之處。一九九七年六月底,維樑老師在中文大學崇基學院舉辦詩歌朗誦會,邀請余先生蒞臨讀詩。維樑老師且安排接風午宴,命我同往。印象所及,當日在座者有樊善標、王良和、江弱水、關詩珮諸師友,談笑風生。我以外系小輩敬陪末席,榮幸曷極。余先生見我在座,戲以一謎語相問,謎面為「釣烏賊」,打一城市名。我稍加思索,答云「即墨」。余先生略為流露驚異

之色，點頭道：「年輕一輩知道這個城市的並不多啊！」維樑老師補充：「煒舜雖是商科生，但文史修養還不錯。」在眾人注目之下，我只有赧顏一笑。不久我果然考入中文系碩班，攻讀專業卻為古典文學。後來雖在兩岸三地不止一次和余先生相逢、且有請益，但因緣難以言深。二〇二二年正值余先生仙逝五週年，我遂厚顏誠邀維樑老師主編紀念專輯，維樑老師欣然答允，專輯所收文章精彩紛陳，真箇令全刊生色。而於我個人而言，能邀得學有專精的維樑老師為余先生編成專輯，也是用以紀念這段不深不淺的因緣罷。[1]

此外值得補記的是二〇二〇年春夏之交，《華人文化研究》曾有編委提及，刊登紀念專輯固然極有意義，但也令期刊不無肅穆悽愴之感；時值創刊人楊松年教授八秩壽誕，不妨考慮在當年六月號組織一個祝壽專輯，讓氛圍有所調和。可惜的是六月號已稿擠為患，實難安排。因此，我向《國文天地》張晏瑞總編求助，古道熱腸的晏瑞兄不假思索，便答應將祝壽專輯安排在《國文天地》二〇二〇年八月號，可謂皆大歡喜。到二〇二三年，同仁為李明濱教授（俄國漢學研究專家）組織九十大壽專輯，同樣由《國文天地》（當年十月號）推出。兩刊之合作無間，由此可見一斑！至於這些祝壽專輯日後是否能同樣結集成書，就有待進一步規劃了。

《典型》二集編成之際，臺灣清華大學李欣錫教授正在中文大學訪學。欣錫兄學殖深厚，又諳熟學林掌故，於是相邀為本書撰寫序文。欣錫兄慨然應承，謂此是首次為友人作序，意義重大；又以「名山事業」相勉，稱書中「學林敘事」這類文章十分合口味。稍後拜讀

1　又及：余先生專輯撰稿人之一的古遠清教授，也是《華人文化研究》作者。二〇二二年十二月二十八日，古教授伉儷夫婦因新冠肺炎驟然辭世，編輯同仁未及安排追思專輯，遂在十二月號「三餘劄記」欄目刊登古教授於當年七月所撰〈人生八十才開始〉，以表軫念。

鴻序〈尋向所誌，古道照顏〉，欣錫兄現身說法，談及自身與余光中、鄭良樹、羅宗強、吳相洲諸位之人、之書的互動，不僅具有歸結之功，更收學林敘事的點睛之效，令人激賞。

　　走筆至此，恰逢《華人文化研究》十一卷二期藍本竣工，此期原本規劃的〈鄺健行教授紀念專輯〉、〈常宗豪教授紀念專輯〉則因編輯安排而延至下期推出。對於《典型夙昔》系列，我一直抱持著這樣的心情：禱願學林前輩康強壽考，同時不忘辭世有年的賢達。謹此再向各專輯的主編、撰稿者、贊助者、關心者乃至廣大讀者致以忱摯的謝意。聯曰：

　　　　樂水樂山，有涯生豈有涯知；
　　　　達人達己，無量壽因無量光。

陳煒舜於香港烏溪沙壹言齋
二〇二四年二月二十九日

史學研究叢書・人物傳記叢刊　0601004

典型夙昔——前修緬思錄　二集

主　　編	陳煒舜
責任編輯	呂玉姍
特約校對	林秋芬

發 行 人	林慶彰
總 經 理	梁錦興
總 編 輯	張晏瑞
編 輯 所	萬卷樓圖書股份有限公司

發　　行　萬卷樓圖書股份有限公司

　　臺北市羅斯福路二段 41 號 6 樓之 3

　　電話 (02)23216565

　　傳真 (02)23218698

　　電郵 SERVICE@WANJUAN.COM.TW

香港經銷　香港聯合書刊物流有限公司

　　電話 (852)21502100

　　傳真 (852)23560735

ISBN 978-986-478-991-7

2024 年 3 月初版

定價：新臺幣 560 元

如何購買本書：

1. 劃撥購書，請透過以下郵政劃撥帳號：

　　帳號：15624015

　　戶名：萬卷樓圖書股份有限公司

2. 轉帳購書，請透過以下帳戶

　　合作金庫銀行 古亭分行

　　戶名：萬卷樓圖書股份有限公司

　　帳號：0877717092596

3. 網路購書，請透過萬卷樓網站

　　網址 WWW.WANJUAN.COM.TW

大量購書，請直接聯繫我們，將有專人為

您服務。客服：(02)23216565 分機 610

如有缺頁、破損或裝訂錯誤，請寄回更換

國家圖書館出版品預行編目資料

典型夙昔：前修緬思錄. 二集/陳煒舜主編. --

初版. -- 臺北市：萬卷樓圖書股份有限公司,

2024.3

　面；　公分. -- (史學研究叢書. 人物傳記叢

刊；601004)

ISBN 978-986-478-991-7(平裝)

1.CST: 世界傳記

781　　　　　　　　　112016193